한국시인 사랑시 1

한국시인 사랑시 1

발행처·한국문인협회 시분과
발행인·문효치
기 획·정성수(한국문인협회 시분과 회장)
편집위원·김창완(편집위원장) | 이향아 | 이정현 | 채수영

제작판매·사단법인 한국문인협회 THE KOREAN WRITERS ASSOCIATION • 청어
대 표·이영철

등 록·1999년 5월 3일
(제321-3210000251001999000063호)

1판 1쇄 인쇄·2017년 8월 20일
1판 1쇄 발행·2017년 8월 30일

주소·서울특별시 서초구 효령로55길 45-8
대표전화·586-0477
팩시밀리·586-0478

홈페이지·www.chungeobook.com
E-mail·ppi20@hanmail.net
ISBN·979-11-5860-508-7(04810)
979-11-5860-506-3(04810)(세트)

한국문인협회 시분과 사화집

한국시인 사랑시 1

청어

사랑을 주제로 한 시의 축제

문 효 치
시인 · 한국문인협회 이사장

지난 2015년부터 올해까지 3년 동안 계속되고 있는 한국문인협회 테마별 사화집 시리즈에서 이번엔 '사랑'을 주제로 한 시집『한국시인 사랑시 1』을 선보이게 된 것을 대단히 기쁘게 생각합니다.

'사랑시'는 그동안 동서고금을 막론하고 수많은 시인들이 즐겨 써 온 소재, 혹은 주제일 뿐만 아니라 세계 여러 나라 독자들의 호응도도 매우 높은, 그야말로 누구에게나 사랑받는 특별한 시의 장르(?)이기도 합니다.

요즈음 일부 시인들이 발표하고 있는 조금은 난삽한 난해시와 시적으로 얼마간 설익은 산문적 시들이 독자들로 하여금 시를 멀리하게 하는 한 요인이 되고 있는데, 이런 안타까운 상황 속에서 누구나 어렵지 않게 다가갈 수 있는『한국시인 사랑시 1』을 출간하게 된 것은 여러 가지 의미에서 다행스러운 일이라고 아니할 수 없습니다.

작품이나 이름이 잘 알려지지 않은 신인에서 잘 알려진 원로에 이르기까지 여러 시인들의 특별한 사랑시를 한자리에서 접할 수 있다는 것은 어찌 보면 일종의 축복이라고도 말할 수 있습니다.

특히 등단한 지 얼마 안 되는 신진 시인들의 시를 대량으로 만날 수 있다는 것은 시의 다양성 측면에서 그 질과는 별도로 시인 자신에게나 독자에게나 매우 뜻있는 일입니다. 신인들이 이러한 특정 테마축제에 자유롭게 참여할 수 있는 기회는 사실상 그리 많지 않기 때문입니다. 여러 신인들은 이번 사화집 참여를 자신의 문학이 발전하는 새로운 문학적 전기로 삼으면 좋을 것입니다. 따라서 이처럼 특별한 사화집 기획은 이런 측면에서도 대단히 바람직한 일면을 지니고 있습니다.

기왕에 발간한 사화집 『한국시인 출세작 1』과 『한국시인 대표작 1』에 이은 세 번째 사화집 『한국시인 사랑시 1』 상재가 우리 문학사에 조금이나마 일조하는 멋진 일이 되길 빕니다.

영원한 주제 사랑

정 성 수
한국문인협회 시분과 회장

이번에 한국문인협회에서 시분과 회원들의 시를 모은 세 번째 사화집을 상재합니다. 지난 2015년에 발간한 『한국시인 출세작 1』과 2016년에 발행한 『한국시인 대표작 1』에 이은 2017년의 『한국시인 사랑시 1』이 그것입니다.

시인이 한 권의 시집을 내는 일도 하나의 '문화적 사건'인데, 이렇게 수많은 시인들의 시를 모은 사화집 발간은 더더구나 특별한 문화적 사건이 아닐 수 없습니다. 그러니까 『한국시인 사랑시』는 우리 한국문인협회 시분과에서 처음으로 기획, 편집하고 출판한 세 번째 문화적 사건이 되는 셈입니다.

이것은 그 질과 양을 떠나서 그 기록적 가치만으로도 특별한 의미를 지니고 있다고 말할 수 있습니다. 왜냐하면 모든 문인들의 최종 문학적 결과는 작품집 발간으로 그 책임을 완수하게 되기 때문입니다.

따라서 우리 한국문학의 문학사적 의미로나 독자를 향한 대중적 의미로나 이번 사화집 『한국시인 사랑시 1』은 그 나름의 충분한 탄생의 의미를 스스로 부여받게 됩니다.

'사랑'은 동서양 모든 시인들의 영원한 주제 중의 하나입니다. 예로부터 지금까지 지구촌에서 수많은 사랑시들이 발표돼 왔고 앞으로도 새로운 사랑시들이 끊임없이 태어나게 될 것입니다. 그만큼 사랑은 우리 인류가 지니고 있는 대단히 소중한 정신적 자산 가운데 하나입니다.

『한국시인 사랑시 1』 속에서는 476편의 사랑시가 숨쉬고 있습니다. 여러 가지 빛깔의 사랑시들이 저마다의 색채로 꽃을 피우고 있습니다. 꽃의 종류가 다르듯이 피어오르는 향기 또한 서로 다를 수밖에 없습니다. 우리는 단체 특유의 그 다양성과 특수성을 인정하고 존중해야 합니다.

세상에 쉬운 일이 없듯이 『한국시인 사랑시 1』 사화집을 만드는 데도 크고 작은 애로사항이 적지 않았습니다. 그 많은 어려움 속에서 몇 달 동안 수고해준 이정현 사무부장의 노고에 대해 이 자리를 빌어서 고마움을 표하지 않을 수 없습니다.

이제 우리는 한국문학사 위에 또 하나의 탑을 세웠습니다. 시분과 회원 여러분, 시인에게 남는 것은 언제나 작품뿐입니다. 건강과 함께 오래오래 좋은 시 많이 쓰시기 빕니다.

사랑 숲에서의 몇 달

이 정 현
한국문인협회 시분과 사무부장

'사랑'을 주제로 한『한국시인 사랑시 1』에 대한『월간문학』광고(5월호)와 이메일 안내문을 보낸 후, 해외를 포함한 전국 각지에서 보내온 사랑시를 만나게 되었습니다.

편집과정이 마치 사랑의 미로를 헤매는 것처럼 쉽지는 않았지만, 지름길보다 구불거리는 오솔길에서 느끼는 특별한 즐거움도 알게 된 값진 시간이었습니다. 그리고 약력은 등단지, 시집, 문학상, 문예지 회원 순으로 실었고 가급적 6행 이내로 정리하려고 애썼습니다.

다만 사화집 참여 자격 제한 때문에, 타분과 회원이 보낸 사랑시와 마감일이 지난 사랑시 모두를 다 싣지 못한 것은 아쉬움과 죄송함으로 남습니다.

사랑시 접수에서부터 편집에 이르기까지의 몇 달 동안 자나 깨나 제 머릿속은 온통 사랑시뿐이었습니다. 한 분 한 분의 사랑시에 흠뻑 빠져서 사랑을 사랑한 소중한 시간들이었습니다.

『한국시인 사랑시 1』에 참여하거나 관심을 가져주신 한국문인협회의 여러 선생님들에게 깊은 감사의 마음을 전해드립니다. 특히 저를 끝까지 믿어주신 정성수(丁成秀) 회장님, 고맙습니다.

차 례(가나다순)

399 • 정순영 | 첫사랑
400 • 정순자 | 폭설
401 • 정아지 | 그 여름 너머
402 • 정영란 | 사랑
403 • 정용진 | 사랑
404 • 정인관 | 가을 그리고 그 여자
405 • 정정근 | 한마음
406 • 정정례 | 짝사랑
407 • 정종규 | 그리움 비우기
408 • 정지안 | 사랑이라는 말 그것 참 생각보다 어려워
409 • 정창희 | 여보! 우리 저 꽃을 봐요
410 • 정춘희 | 춤추는 창문
411 • 정태순 | 삼덕공원에서
412 • 정태조 | 오월의 장미
413 • 정태호 | 겨울 장미의 꿈
414 • 정호영 | 가을의 흔적
415 • 조규화 | 동행(同行)
416 • 조남명 | 그대와 걷던 길
417 • 조덕순 | 외손녀
418 • 조덕혜 | 그대가 있어
419 • 조두환 | 사랑
420 • 조민희 | 사랑이란 이런 거잖아
421 • 조부선 | 사랑
422 • 조성순(부산) | 孟浪이 첫돌에 부쳐
423 • 조성아 | YOU
424 • 조세용 | 억새꽃 파도
425 • 조원기 | 엄마 소리
426 • 조정자 | 사랑할 때는
427 • 조종명 | 강
428 • 조진우 | 연서(戀書)
429 • 조한석 | 그대가 있어
430 • 조향순 | 풀벌레 소리
431 • 조형식 | 사모곡
432 • 조홍련 | 단소를 부는 사나이
433 • 주광현 | 아직도 옛 생각이
434 • 주영욱 | 그 겨울의 하늘 수박 · 2
435 • 주응규 | 사랑 사색(思索)
436 • 지은경 | 즉흥환상곡
437 • 진경자 | pm 2시 · 2
438 • 진동규 | 구시포 명사십리
439 • 진영학 | 사랑
440 • 차영한 | 가을 숲을 사랑하는 까닭은
441 • 차옥혜 | 사랑
442 • 채바다 | 가슴에 피는 꽃
443 • 채수영 | 사랑을 부르면
444 • 최광호 | 가을날
445 • 최금녀 | 눈 오는 일기
446 • 최대락 | 당신이 있어 너무 행복합니다
447 • 최대승 | 사랑 이자
448 • 최동화 | 로렐라이 언덕
449 • 최 림 | 하늘 쟁기
450 • 최명숙 | 바람의 말
451 • 최모경 | 어머니 등에서 울고 싶다
452 • 최상화 | 어느 멋진 가을날
453 • 최승영 | 세기의 동행 · 2
454 • 최승옥 | 대나무
455 • 최승학 | 손금
456 • 최영근 | 몽돌의 외출
457 • 최원규 | 그리운 그 소리
458 • 최은하 | 불나비
459 • 최인석 | 갈증을 풀어주는
460 • 최재선 | 담장 너머 당신께
461 • 최정수 | 그대 향한 내 마음
462 • 최정숙 | 꿈길
463 • 최종한 | 사랑 유전
464 • 최진화 | 꿈
465 • 최해필 | 오 지칠 줄 모르는 나의 활화산이여
466 • 최현순 | 배낭
467 • 최현희 | 수채화
468 • 최홍준 | 그대
469 • 최휘림 | 노래
470 • 태동철 | 인연의 고리
471 • 편효성 | 꽃지 노을
472 • 하순명 | 순백 편지
473 • 한경희 | 사랑
474 • 한성국 | 아내의 기도
475 • 한수종 | 돈할아버지
476 • 한이나 | 도라지 佛
477 • 한희정 | 갯바위
478 • 함용정 | 봉숭아 사랑 · 23
479 • 허말임 | 겨울 편지
480 • 허영자 | 무지개를 사랑한 걸
481 • 허혜자 | 목화밭에서
482 • 현항석 | 어머니의 기도
483 • 홍경흠 | 난행(難行)
484 • 홍금자 | 자귀나무 꽃피다
485 • 홍기연 | 사랑의 의미
486 • 홍나영 | 삶
487 • 홍대복 | 가시나요
488 • 홍성수 | 슬픈 사랑
489 • 홍순선 | 그림자
490 • 홍은숙 | 유리그릇
491 • 홍춘표 | 어머니 사랑합니다
492 • 홍해리 | 사랑
493 • 황미광 | 첫사랑
494 • 황 봉 | 사랑 빚 갚기
495 • 황인동 | 정말이다
496 • 황진주 | 피와 살

그리움

알 수 없는
어떻게 그릴 수도 없는
그렇다고
어디에서
그 무엇으로도 대신할 수 없는
가슴속 깊은
진한 울렁임

피 응어리로
한 점 한 점 그리다가
한 순간
한 숨으로 지워버려도
마음속 깊은 골짜기에서
속절없이 솟아나는
신선한 샘물

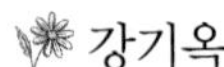

강기옥

1995년 『문학공간』 등단
시집 『그대가 있어 행복했네』 외 5권, 평론집 『시의 숲을 거닐다』
역사기행 『문화재로 포장된 역사』 문화재 답사기 『국토견문록』
한국문인협회 문학유적탐사연구위원장, 국제펜한국본부 이사
미래일보 논설위원, 월간 『아트앤씨』 계간 『가온문학』편집주간

스타킹

대야에 벗어놓은 아내와 딸의
살색 스타킹

날씬한 딸 스타킹 옆으로 아내의 스타킹이
퍼질 대로 퍼져 있다
물을 먹으면 먹을수록
윤기 나는 딸의 스타킹과는 달리
아내의 스타킹은
힘겨운지 하반신을 벽에 기대고 있다

아내의 스타킹
올이 풀려나간 자리로 지난 시간들이
영상으로 다가와 물결친다
이 못난 남편 탓에
종일 거리를 누벼야만 했던 살색 스타킹
아직도 갈증을 다 풀지 못했는지
꿀꺽꿀꺽 물을 들이킨다
가슴이 뜨거워진다.

오늘밤, 아내를 위한
사랑의 세레나데 노래 한 곡조 불러주어야겠다

강별모

2010년 『월간문학』 등단
저서 『종착역까지는 몇 번의 고비를 더 넘어야 한다』

거울 속의 나

대나무 얼기설기 묶어놓은
오이 받침대 풀어 헤치다가
어린아이 팔뚝 같은 오이 떠올리는
거울 속의 나는
농작물과 소통하는 농부입니다

비료와 퇴비 모이 주듯 뿌리다가
감나무 그늘 쉼터에서
물마시고 곁두리* 먹으며
주님께 감사 기도 올리는
거울 속의 나는
하나님 사랑받는 아들입니다

산새들의 합창에 가슴 설레고
서늘한 바람결에
얼굴 붉히는 사과 볼에서
가을이 온 듯 시상 떠올리는
거울 속의 나는
자연과 사랑에 빠진 시인입니다

* 곁두리: 힘든 일을 할 때, 농부나 일꾼이 일정한 시간 먹는 끼니 외에 참참이 먹는 음식을 일컫는 말.

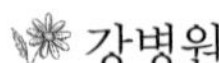 강병원

2010년 『한국문학정신』 등단
시집 『들깨를 털며』 외, 퇴임 기념문집 『세월은 나에게』
한국장로문인회 장로문학상 수상
한국장로문인회 부회장
한국문인협회 회원

안개

숲이 어우러진 마을을 짙은 안개가 덮씌우고
있었는데 풋사과 같은 사람이 상큼한 향기 풍기며
내게로 다가왔다

침묵의 축제 같은 시간이 흐르고 내 영혼을 생채기
내더니 치유의 약도 남기지 않은 채 떠나버렸다

가끔 안개는 찾아왔지만
나는 늘 혼자였고
옛 사람 찾는
허기진 마음만 있었다

도랑물이 흘러 강물 타고 바다에 이른 날
마을에 옛 안개가 찾아오고 그 사람과
나는 의치와 안경을 낀 채 얼굴 주름 움직여
어색한 웃음 만들며 만났다

강봉중

2008년 『시와수필』 등단
시집 『강물 되어 흐르리』 외 동인문집 7권
한국문인협회 회원

들리는 게 어디 불빛뿐이랴

눈보라 치는 낡은 플랫 홈에서
야경열차를 탄다

그리움을 찾아 나선 게 아니다
사랑을 하러 왔다

밀실 한 칸이
온통 우리 차지다
숨을 필요도 없고 거리낄 것도 없다
그저
웃음 가득 바라보기만 하면 된다

그리스산 붉은 와인으로
은밀하게 잔을 마주치고
일렁이는 불빛으로
낮보다 더 이쁜 밤의 연인을 본다

'블루 캔버스'의 재즈 소리
여기저기
환호성으로 왁자지껄하지만
그런 건 관심 밖이다

사랑의 열기로
밀실은
꿈 가득한 야경이다

모든 게 몽롱하고 황홀하다

흔들리는 게 어디
불빛뿐이랴

강성오

1996년 『한맥문학』 등단
한글워드 딸기체 구안자
서울특별시교육청 영재교육실무추진단장
초등수학 참고서 저술(21권)

나는 꽃 처녀

4월은,
내 처녀가 화알짝 피어나던 계절
붉디붉은 첫사랑이 피어나고
눈물도 아름답던 스무 살 꽃 시절
자운영 꽃밭에 나비인 양
봄바람 가슴 가득 벌렁이던 시절
내게도 있었던 봄날의 향기
아직도 가슴은 그 시절 꽃물이 들고
노랑노랑 물들어 설레는 4월인데
시간은 속절없이 세월로 엮이어
머리에 찬 이슬이 소복이 쌓이네
빠알갛게 부끄럼 타는 나는
아직 꽃 처녀
마알간 하늘이 다가와 입맞춤하는
사알작 이는 봄바람.

추정 강숙려

1993년 『한맥문학』 등단
저서 『피리 부는 당신』 외 7집
한민족작가연합, 나래시조, 한국문인협회 밴쿠버지부 회원
한국문인협회, 한국현대시인협회, 국제펜한국본부 회원

물새 사랑놀이

이름 모를
다정한
물새 한 쌍

'삐악 삐악' 물으면 '그래 그래' 답하고
하나가 물길 들면
따라하는

춤사위 멋스럽고
이만큼 가까우면 저만큼 멀어지는
사람을 비웃듯

사랑 물결로 가득한 작은 연못
정답게 다정하게
뒤돌아보며 사랑놀이 한창

강신기

2014년 『문학미디어』 등단
시집 『배꽃이 눈처럼 내리는 고향』 『세월은 저만큼』
한국문인협회 회원
글빛 및 예뜰동인 활동

꿈속의 향기

동장군이 나날 엄동설한 껴안고
함박눈발 장단 맞춰 너울거린 춤사위
새해 정월대보름달 소원 비는 눈동자
꽁꽁 얼어붙은 시퍼렇게 질린 얼굴 손등

녹색 숲 향기 퍼지른 그때 그 시공
그윽한 냄새 그리움 못 잊어라……

회색빛 구름도 울고불고 넘는
싸움터 일군 하늘 아래
칩거 생활 겨울나기 갇힌 파파노인
지팡이 녹슬어 날갯짓 부러지다.

자연의 여정에 순리 좇아 시늉하는
순수성 부러워 간절하다.

섣달그믐께 친정어머님 기일
하얀 색깔 한복 차림 이조 여인상!
쇠퇴해진 기력 선보인 꿈속의 향연

슬픔, 비탄 이겨낸 외로움에
시퍼렇게 짓이긴 동영상 치맛자락
세찬 눈발이 민낯 마구 갈겨대다.

매화당 강영순

2002년 『문학시대』 등단
시집 『설원의 사랑』 『枯木에 꽃 피었다』 『녹색 숲 향기』
한국농촌문학상, 현대문학사조 작가특별대상 수상
한국문인협회, 국제펜한국본부 회원
가톨릭문학회 회원

별보다 고운 눈물 내 안에 가두고

저리도록 숨찬 흐느낌을 가슴에 묻고
단절된 웃음의 의미를 되짚으며
극심하게 자신을 내몰고도
더는 어리석지 않다 말했다

무참히 깨진 현실은
고독한 마음을 손상시키고
주술에 걸린 듯, 분명한 의식도 없이
헤어진 그 밤이 아프고 절실해서
사무치게 미쳐본 적이 있는가

인생의 중대한 비극에 맞닿아 휘청거
리며
사위어 가는 눈웃음으로
건널 수 없는 악천후의 강을 거슬러
황급히 떠나야 함은 능력 밖의 일이다

내 안에 허물어지고, 부서지며
몸살 같은 통증으로 쓰러져 가는
자아를 일으켜 세우는 저항의식
또 다른 열정은 분노다, 반란의 함성
이다

목적을 위해 뛰는 원시적인 생각이
아프도록 싫지만 버리고, 비웃고, 팽
개치며
다시 걷는 이 길
터질 듯한 심장의 무게를 조금씩 달래며
투명한 공기를 만나고 싶다

별보다 고운 눈물 내 안에 가두고
습기 찬 미소로 돌아오는 어수선한 감정
기억의 수레는 이제 저 멀리로 보내고
싶다

小蘭 강옥희

2016년 『창작과의식』 등단
시집 『별보다 고운 눈물 내 안에 가두고』 『흑조』 등
한국영농신문 농촌문학상 최우수상, 문학사랑 인터넷문학상 수상
한국문인협회, 대전문인협회, 한국여성문학인회 회원

파두 난 너의 사랑을 안다

파두
네가 없는 저녁이다

아말리아 로드리게스는 심장 밑바닥을 긁고
슬픔은 자작나무 그림자를 베고 누웠다
그림자엔 한낮의 뜨거운 눈물이 배었다
황홀했던 노을 어두운 숙명으로 풀어지면
곧 무거운 주름을 달고 밤이 올 것이다

파두
슬픔은 우리의 재산

파두
난 너의 사랑을 안다

세상의 보이지 않는 풍경 속
온축된 무늬로 그려진 하나의 지도
수천억 별 중에 별 하나
양도할 수 없는 현존*이다

파두 파두……
난 너의 사랑을 안다

* 메를로뽕띠(지각의 현상학)에서 차용

강외숙

2009년 시민신문 신춘문예로 등단
시집 『내 영혼의 초록쉼표』 등
제10회 이은상문학상 등 수상
한국문인협회모국어위원회 감사
국제펜한국본부, 계간문예작가회 이사 등

사랑시초

1
인생은 모루 위에서 끊임없이 불과 물로 단련되는 사랑이다.

2
내 유전에는 모하비사막의 떡갈나무 같은
1만 년 수명의 사랑이 내장되어 있다.

3
어릴 때 종아리에 피멍이 들도록 회초리깨나 맞았다.
그리고 어머니는 돌아서서 몰래 치맛자락에 눈물을 닦으셨다.
어른이 돼서도 다시 맞고픈 어린 눈에도 훤히 뵈던 사랑 매.

4
바람에 쓸리는 풀잎이듯 잠결에도
아내 쪽으로 돌아눕는다.
무심으로 하는 이 하찮은 일들이
오늘은 내 미처 몰랐던 사랑이 된다.

강우식

1966년 『현대문학』 등단
성균관대학교 시학교수 정년

아직도 우리 사랑 유효한 걸

지상에서 가장 열렬한 우리 사랑
잠 속 헤매다 꿈길에서 만날까
그대 곤드레 된 새벽길까지
애타게 부르다 세상 소식 잊은 채
새벽별 뜨는 하늘바다에 이르렀네

나 그대 미워한 적도
그대 나 싫다 한 적도 없이
단지 우리 사랑 서툴렀을 뿐
내가 그대를 사랑한 것보다 더 많이
우리 사랑 영글어 익을 때까지

한날한시 더도 말고 덜도 말고 사랑하다
미움의 개기월식이 사랑을 덮어
세상이 온통 어둠의 바다 되거든
그때 하늘 바다에 이르자 했으니
우리 사랑 아직도 유효한 걸

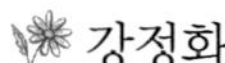 강정화

1984년 『시문학』 추천 완료
시집 『대낮에 허깨비』 외 12권, 시선집 『세상속의 작은 일』, 산문집 『새벽을 열면서』 외 1권
시문학문학상, 한국심각성본상 수상
한국문인협회, 국제펜한국본부 이사
현대시인협회부 이사장역임

유채밭 사잇길을 걸어가다

시원한 바람이 등을 씻어준다
붉게 물든 노을이 지친 몸을 일으켜 세운다
뛰어 오르고 싶다
한없이 흔들리며 춤을 추고 싶다
시공간이 움직이는 무대처럼 아름답다
사랑을 놓지 않는다면
더불어 살아갈 수 있다는 존재의 확인이다
샛노란 꽃봉오리 같은 그녀가
바람에 흔들리는 유채꽃이 되어 나를 지켜본다
수많은 언어와 몸짓이 정돈되어 다가간다
얼마나 아름다운 길인가
밥 짓는 굴뚝 연기 피어오르고
긴치마 고운 여인이 두레박 건져 올리며
유채밭 사잇길을 바라본다
보일 듯
들릴 듯
더 이상 숨길 수 없는 혼자만의 길에서
맑은 물 쏟아지는 소리를 듣는다

강진구

2007년 『공무원문학』 등단
시집 『바람소리』 외
고양시문인협회 이사

어떤 사랑의 기억 한 조각

선을 넘지 못하는
그리움의 줄넘기
발목에 와 닿는 선 · 선 · 선

넘길수록 팽팽한
그리움

멀리 서산마루에
저녁놀 내리면
차는 숨 타는 가슴
강물에 식히며
부질없이 돌팔매질 하누나

제방뚝 구절초 지천에
고개 쳐들고 흔들어
외로움만치 낙엽이 날리고
기다림만치 어둠만 깊어라

나즉히 바람결에 한숨 내쉬면
얼굴은 달이 되어 공산에 뜨고
기억은 별이 되어 아스라이 잠긴다.

강희동

1998년 시집 『기억 속에 숨 쉬는 풍광 그리고 그리움』 으로 작품 활동 시작
시집 『손이 차가워지면 세상이 쓸쓸해진다』 『지금 그리운 사람』 『금강송 이주촌』 등
경기시인상, 경기문학인 대상, 율목문학상 등 수상
현대시인협회, 국제펜한국본부, 경기시인협회, 글밭 동인

그립다 합니다

무지갯빛 다가선
비 개인 오후의 하늘에 드리우면
좋을 듯합니다
꽃향기 미소를 띄운 비 개인 아침의
하늘이면 좋을 듯합니다

솜털같이 보드라운 파란 하늘
평화로운 그리움의 바다에
흠뻑 젖어볼 일입니다

참았던 무지갯빛 사랑의 언어가
풍요로 오시다가
외로워진 강물에 여울져 홀로 가는
나그네
마음 한 번 뜨겁게 잡아주시렵니까

영글은 햇살만 말고 검불 같은 쭉정이로
시린 손끝마다 그리움의 햇살로 다가
가서
그대 사랑의 언저리 맴도는 바람으로
머뭇거리다가
머–언 발치에서

오늘도
시인의 가슴속에 피울 수 없는 그리움
으로
떠나야만 합니까
그립다 그리워하면서도……

고광수

2007년 「한맥문학」 등단
시집 「기다림의 미학」 등 4집
공저 「문학과 산사람들」 외 다수
한국문인협회 회원
한맥문학 동인회 부회장, 한국문인 산우회 부회장

윙크

윙크가 무엇인 줄 아니
한쪽 눈을 감는 거야

상대방의 허물을 감싸주는
사랑의 눈을 감는 거야

사랑은
두 눈을 뜨고서는 할 수 없기에

사랑은
한쪽 눈을 감는 거야

눈감아 주지 않고서는
사랑할 수 없기에

사랑을 할려면
한쪽 눈을 감는 거야

고산지

(본명 고영표)
1979년 시집 『비비고 입 맞추어도 끝남이 없는 그리움』 출간 등단
시집 『상선약수마을』 『계곡의 안개처럼 살다』
제5회 시사문단문학상 대상 수상
한국문인협회, 국제펜한국본부 회원, 크리스찬문학가협회 회원

가을 무정

이슬 차가운 산사나무 열매 익어간다
홍조 띤 뺨에 흰 수수 모가지 부끄러움

욕정이 불쑥 들이대는 콧등에
체온은 상큼한 사과맛 숙취를 튕겨낸다

지금이 아니면
그대 손 시려울 텐데
봄날의 낙화(落花) 가을엔 투정이다

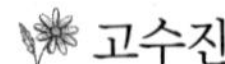 고수진

2006년 『한울문학』 등단
한국문인협회 강화지부 부지부장
강화향교 강의
강화숭조회 회원

아내에게

시간의 강가에서
눈송이 날리는 숲속에서
우리는 사랑에 빠진다

비를 몰고 오는 것도 아닌
한 가닥 마른 빛줄기를 찾아
우리는 사랑에 빠진다

당신의 삼천의 뼈마디마다
사랑의 고통은 여물어
당신과
나의 모습이
시냇물엔 듯 어른거리는
세 어린 것을 낳고

지구가 궤도를 잃고
파-란 공간 속을
떠내려가는 동안에도
나에게 귀 기울이는
청순한
나의 아내여!

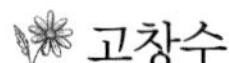

고창수

1965년 『시문학지』 등단
시문학상, 정문문학상, 시인들이뽑는시인상, 바움문학상
코리아타임즈 한국문학번역상, 국제펜한국본부 번역문학상
루마니아 Lucian Blaga 세계시축제 대상

그래서 더욱 아름다운 사랑입니다

사랑은 동사입니다
실행하지 않는 사랑이 무슨 소용입니까
가진 것 모두 남김없이 비워내
따뜻이 안아주어 허물조차 감싸는
사랑은 동사입니다

사랑은 조사입니다
오른손이 하는 일을 왼손이 모르게 하듯
나의 존재를 숨기어 타인을 도와
예쁜 사랑을 지켜주는
사랑은 조사입니다

사랑은 감탄사입니다
비난에 익숙한 우리들
사소한 기쁨에도 환한 미소로 반기어
뜨거운 가슴으로 맞장구치는
사랑은 감탄사입니다

사랑은 형용사입니다
세상에 던져진 보잘것없는 암석을
찬란한 보석으로 다듬어
존재하는 것만으로 더없이 소중한
사랑은 형용사입니다

사랑은 접미사입니다
아무 것도 내세울 것 없는 나
머리보다는 꼬리가 되어
균형을 잡아주어 사랑을 완성하는
사랑은 접미사입니다

그래서 더욱
아름다운 사랑입니다

공석진

2007년 「한류문예」 등단
시집 「너에게 쓰는 편지」 「정 그리우면」 「나는 시인입니다」 「흐린 날이 난 좋다」 「지금은 너무 늦은 처음이다」
한국문인협회, 고양문인협회 회원

나의 에트리타

모네의 에트리타*는 코끼리바위
멀리서 보고 돌아서도 좋지만
마티스의 에트리타는 목마른 새
부리가 바다에 잠긴 채 멈춘 사연
돌아설 수 없다

나의 에트리타,
이생에 오를 수 없는 절벽
건너지 못할 낭떠러지 그대를 미워한다

가까이 가도 만나기 힘든
그대를 중심으로 돌아가는 세상
너의 웃음에 저며진 시간을 징검다리로
아슬히 하루를 살아도
그대를 향한 퇴화된 날개짓 멈출 수 없다

세파(世波)에 깎여도 변하지 않는 마음
밤과 낮, 두 얼굴로는 모자라서
중독되어 버린 소리와 향기 훔치고 싶은데
가질 수 없어도 완전한 사랑이 되는가
가까이 갈수록 그대를 잃고
나의 말은 바다에 잠기고 있다.

* 에트리타: 프랑스 노르망디에 있는 해변 그림으로 유명하고, 하얀 절벽으로 유명한 해안.

공현혜

2009년 『현대시문학』 2010년 『서정문학』 등단
시집 『세상 읽어주기』
한국서정문학대상 수상
한국문인협회 서정문학연구위원

낙산*을 걷는다

반갑다는 이도 없는데
성치 않은 몸으로
시린 무릎 이끌고
백발을 휘날리면서
낙산을 걷는다.

길섶에서 봄을 기다리는 햇풀아!
수더분히 앉아있는 바위야!
모두가 반갑네만
산새는 낯가림하는지
반기기는커녕 멀어만 가는데
낙산을 걷는다.

더 선명해지는 지난날의 흔적들
끝내 찾아볼 수 없는 사람들
모두가 세월의 등 뒤에 숨었구나.
인생길 가다 보면 함께 만나려나 싶어
낙산을 걷는다.

정들어 그리던 고향이라지만
집은 허물어지고 담도 사라지니
고향은 고향이로되 고향이 낯설구나.
동부레기 젖 먹던 시절 그리워
또, 낙산을 걷는다.

* 낙산(樂山): 동네 이름(경북 칠곡군 지천면 낙산리)

곽종철

2011년 『대한문학세계』 등단
시집 『마음을 흔드는 잔잔한 울림』 『물음표에 피는 꽃』 등
한국문인협회 정회원 및 독서진흥위원
창작문학예술인협의회 및 대한문인협회 이사
한국전쟁문학회 이사 및 서울시인협회 정회원

야릇한 감정

양탄자 위 왕자처럼
백마 탄 소년
말고삐 붙들어 매고
잠시 소녀의 팔베개 위에서
눈을 감는다

연둣빛 들판 그쯤
공주님과 나란히 누워
솜털 구름 꿈속에서 새하얀 공주 그도
눈을 감는다

솜털 뽀송뽀송한 하얀 얼굴
보들보들한 살거리
잔디에 나란히 누워 닳을세라
터질세라 보기도 부끄러워라

낫닭 울다 지친 눈부신 오후 한때
보시시 눈을 뜨면
단잠 깨어 곁에 누운 공주님과
살포시 입맞춤 하네

큐피트의 화살은
심장부를 나란히 뚫어 각시 되고 신랑
되어
들판은 침대라
푸르른 창공은 이불이어라

행복하고 사랑스런 날들이여
달콤한 꿈 야릇한
행복에 취하는구나

구숙희

2015년 『문장21』 등단
시집 『잠자리가 본 세상 구경』 『시가 있는 다락방』

꿈에게

네 바람대로 가거라
살아 못다 이룬 꿈의 조각이여
부푼 하늘로 또는 땅끝으로
네 닿지 못한
처처 깊고 깊은 목마른 곳까지
가거라 내 손 안의
소소한 바람이여
더디 오르는 발걸음이
오늘은 왠지 낯설지 않다
드문드문 골짜기에 웅크린 운무
숨죽인 채 손 내미는 야윈 가지들
두어야만 꽃 피고
잎 푸르거늘
내 초조함이 너를 키우랴
가거라 동서남북 문을 열고
흩어진 산새소리 모아
숲을 이루고
파아랗게 숨비소리
바다를 이루어
더는 꺾이지 말고 아파하지 말고
네 소중한 세상의 은밀한 곳에서
깨끗한 하늘 보고
목을 축여라

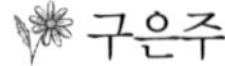

구은주

2010년 『문학세계』 등단
시낭송집 『너는 꽃으로 피어』
선주문학상 수상
구미낭송가협회 회장
한국문인협회, 경북문인협회, 금오산문학회 회원
한국문인협회 낭송문화진흥위원

첫 마음같이

바람이 그물에 걸려도
해가 돌담에 부딪쳐도
매몰찬 밤이 코를 곤다 해도
당신께 가렵니다

험한 언덕이 빛을 막아도
허접한 울타리가 바람을 안아도
등불로 밤을 밝혀
당신을 보렵니다

빈 들판이 하얗게 물들면
앙상한 가지 위에 핀
눈꽃이 되어
당신을 웃게 하렵니다

별들이 뿌려놓은
아름다운 선율 위를
세상에 하나뿐인 해처럼
당신과 걸어가렵니다

지금 이 순간도
첫 마음같이

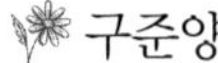
구준양

2014년 『제3의문학』 등단
동산교역 대표

별은 내 가슴에

별이 보고 싶어
별이 있다는 산으로 갔다
그곳에 있던 별
어느 곳으로 갔는지 보이질 않는다

언제나 초롱초롱 반짝이던 별
나의 별은 어디에 있을까?
두리번두리번 사방을 살피다가
언젠가 봐둔 곳
별 뜨는 언덕으로 발길을 돌렸다
그곳에도 별은 없었다

눈을 감았다
세상 어디에서도 찾을 수 없다던 별
눈을 감으니 그 자리에 있었다
눈꺼풀과 눈동자 사이
얇은 망막을 비집고
그 맑고 촉촉한 자리에 별이 있었다

눈을 감은 채 시리도록 구경했다
행여 빛을 잃을까
한 번이라도 더 봐두려고 눈을 뜨지 않았다
감긴 두 눈 속에서 별은
제멋에 겨워 반짝이고 있었다

차라리 눈을 뜨지 않은 채
영원토록 별을 볼 수 있으면 좋으련만…….
자꾸만 눈을 뜨라고 보챈다
아직 별을 모두 보기에는 멀었는데
눈을 뜨고 별을 보라고 부추긴다

눈을 뜨면 별을 잃는다
뜨지 않아도 또 영원히 잃고 만다
어쩔 수 없이 눈을 뜨고
눈 안에 들어찬 별을 본다
서서히 흐려지는 별빛
더 늦기 전에 별을 옮기기로 했다
눈을 떠도, 눈을 감아도
언제 어디서나 볼 수 있는 곳
마음 안, 한 켠에 별을 담았다

오늘도 나는 별을 보고자 산을 오른다
그리곤 눈을 감은 채 별을 찾았다
그곳에 있던 그 별
누가 따 갔는지 보이질 않는다
눈 안에 있던 그 별도 사라지고 없다

어디로 갔을까?
어디에 있을까?

콩닥콩닥, 가슴 한쪽이 들썩인다
그래! 바로 여기에 있었구나
그제야 별을 찾았다
산마루 끝 하늘에서, 눈 속에서 따와
가슴 한 켠에 숨겨놓은 그 별
날이 가고 달이 가도
별의 모습으로 내 가슴에 남을.

권규학

2004년 「한맥문학」 등단
시집 「詩가 삶이 될 수 없는 이유」 외 9권
공저 「늘푸른문학」 11집 등
장폴 사르트르 문학상 서정시집 저작 최우수상
한국문인협회, 한맥문학가협회 회원, 늘푸른문학회 회장

술잔

나비 불러낼 궁리를 비 오는 날 한다. 망상 속을 훨훨 날다가 돌아와야 조용해질 날개, 길 잃은 남자를 벤치로 유인한다. 당신, 여기가 내 마음의 함정이라는 걸 몰랐지? 주저앉혀 놓고, 심란하고 축축해서 숨 막혀 죽을 듯한 오늘의 나를 보여준다. 내가 당신에게 파 놓은 함정이란, 설산 크레바스 같은 것. 말 많고, 탈 많고, 속 좁고, 까다로운 그대에게 화수분 품은 꽃을 슬그머니 내밀어준다. 정신 줄 놓고 푹 젖어들게 한다. 그래, 이쯤에서 그대에게 한 번쯤은 꽃이 되어주는 거야. 사는 일 잠시 채워졌다 한순간에 누군가의 뜨거운 목구멍 속으로 밀려드는 일 아니겠어! 가슴팍 오목한 잔이 무지무지 그리웠다는 듯이 그대는 입술을 댈 거야. 잠깐 피어난 봄의 꽃들이 공중에 술잔처럼 떠있다가 몇 모금 빗물을 삼킨 뒤 비틀대겠지. 그때 내가 불러낸 나비 당신은 젖은 날개 말리러 가자며 내 손목 은근슬쩍 낚아챌 거야. 그러나 며칠 뒤 분홍 장막이 걷히고 초록커튼 둘러쳐진 벤치 위에는 나비였던 당신의 흔적과 꽃잎이었던 나의 흔적은 말끔히 지워지겠지. 나비인 그대는 또 다른 꽃이 따르어주는 술을 탐하러 떠날 것이고 나는 또 진열되겠지. 말끔히 씻어 엎어놓은 술잔인 듯

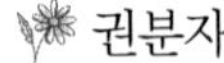 권분자

2013년 『월간문학』 등단
저서 『너는 시원하지만 나는 불쾌해』

그 여인

억겁(億劫)의 인연으로나 잠깐 스쳤으리.

온몸에 드리워진 하루의 고단(孤單)
을 늘어진
어깨에 지고
서둘러 집으로 돌아가는 길이었겠지.
허무를 탈탈 떨쳐버리고
오늘 하루만을 가슴팍으로 끌어안고서
참으로 달콤한 꿈을 꾸었겠지.

한 잔 술이 이토록 아련한 밤에
자정으로 가는 시간, 전철은
종점을 향해 바쁜 걸음으로 노량진
철교를 건넌다.

푸석푸석한 머리칼에 핏기마저 말라
버렸지만
아직은 고운 얼굴인데
온몸에서 넋이 빠져나간 모습을 하고
혼곤(昏困)히 잠에 취했나보다.
긴긴 하루는 피곤으로 절정을 향하고
조신(操身)과 민망(憫惘)을, 막차의 밑
바닥에 내려놓고
순간을 어깨에 기댄
낯모르는 곱디고운 얼굴 하나를
저린 마음으로 살며시 떼어놓는다.

도시의 화려한 불빛에 가려진 가녀
린 여인
짧은 이 밤, 작은 치마폭 하나로
온 식구를 감싸 안은 채

내일 아침은
또 다른 세상에서
그녀만의 태양은 눈을 뜨리.

권영춘

2014년 『스토리문학』 등단
시집 『흐르는 세월 그 속에서』 『달빛이 만든 길을 걸으며』
한국가톨릭문인협회 회원. 관악문인협회 부회장 역임
한국문인협회 회원

홀홀히 가오신 님아

님아!
호올로 가오신 님아
나만 홀로 외오 두고
홀홀히 가오신 님아

님은 갔습니다
푸른 물 파도 길로
철렁철렁 떨치고 갔습니다

떠오르는 빛으로 왔다가
석양에 그림자 드리우며
노을빛 이랑 길을
성성히 밟으며 갔습니다

화목(火木)이 되겠다던
스스로의 다짐은 어이 두고
홀홀히 가셨나요

아아! 님은 갔지만
님의 글은 남아있습니다

바다를 산천을
그 발길 간 데 족족
시어로 노래로
남겨놓고 가시었습니다

雲影 권오정

2011년 「서라벌문예」 등단
시집 「꽃불」 외 다수
노천명문학상, 제1회 매헌문학상대상 외 다수 수상
한국문인협회, 국제펜한국본부 회원
충북문학, 농민문학, 현대시인협회 회원

사랑을 저축하세요

사랑을 저축하세요
지금까지 살아오면서
아내를 사랑하고 배려해준
귀한 사랑의 향기 같은 것
눈물 같은 정성도
용광로 넘치던 열정도
땀이고 아픔이던 희생도 모두 모아
주세요

아내의 가슴 깊은 곳에는
숨겨놓은 고운 통장이 있어
당신 사람의 흔적이
고스란히 저축되고 있어요
착한 연인들은
조금씩 모은 사랑의 잔고가 쌓여
인생을 즐기며 사랑하지만
어떤 사람은 신용불량자가 되어
마이너스 통장의 주인공이 되지요

애정도 없이 사랑도 없이
아내의 눈물과 희생을 강요하며
명령하고 지배하려 해서는
지겨운 원수가 되고 말지요

지금부터라도 사랑의 통장 하나 만들어
"사랑한다" 말하며 사세요
"고생했다" "감사하다" 말하며 안아
주세요

사랑의 점수를 얻어야
우리들 외로운 노년
방긋 웃는 아내의 더운밥 먹을 수 있
어요
이부자리 따뜻하게 연인처럼 살 수
있어요

권우용

2010년 『문학예술』 등단
시집 『여든, 그래도 즐거운 것은』
한국문인협회, 경남시인협회 회원

그믐에 뜨는 달

그믐에도 달은 뜬다
감은 두 눈 안에
닫은 가슴속에
달은 뜬다

하늘 대문에
먹구름 빗장을 걸고
천 개의 강을 두드리며
달을 찾는 그대여

그믐에는
감은 두 눈 안에
닫은 가슴속에
달이 뜬다.

권현수

2003년 「불교문예」 등단
시집 「칼라차크라」 「고비사막 은하수」
「불교문예」 편집위원

내 사랑 별이 되어

멀리서 반짝이는 다사로운 기억들
고요한 밤하늘에
별빛 되어 쏟아지네

두 팔을 벌려 감싸 안으면
포근하게 다가오는 기억들
가슴 가득히 쌓이네

바람마저 숨죽인 밤
내 사랑 별이 되어 반짝이면
나는 진한 사랑의 눈을 뜨네

오 나의 사랑
그리운 내 사랑
마음속 깊이 피어나는 그대

오늘 밤도 별빛 되어
아름다운 숨결로 찾아와
가슴 깊이 안기네

내 사랑
밤마다 그대 있어 행복한 밤
오늘 밤도 내 안에 그대 있어
나의 심장처럼 퍼덕이며 반짝이고 있네

김건배

2011년 『한맥문학』 등단
공저 『바람의 언덕, 해바라기를 피우며』 『한강의 시심』
한국문인협회, 한맥문학가협회, 한국기독시인협회, 한국시인연대, 아산시인회 회원

그대

그대여
아파라
못 보아서 아파라

잊을래야
잊을 수 없어 아파라

눈을 감고 떠올리고
마음으로 생각하고

허공에서 만져봐요
보고 싶은 이여

김건일

건대문인회 초대회장역임
사랑방시낭송회 회장
한국문인협회 부이사장 역임

기다리고 있을 거야

달빛 젖은 밤나무 숲
다람쥐도 피해 가는
수줍은 오솔길
금발머리 소녀 다가온다
빠알간 얼굴에 빛나는 눈동자
무언가 할 말이 있을 듯
얼음기둥으로 우뚝 선다
소녀은 눈 다물고
하얀 벙어리가 되었다

바람이 구름이 흘러
희끗한 머리카락에
일렁이는 그리움
아스라한 아쉬움
물안개 자욱하다
뚝 뚝 떨어지는 물방울
무언가를 생각한다
지금도 그곳엔
소녀가 기다리고 있을 거야

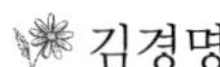

김경명

2008년 『문파문학』 등단
한국문인협회, 창시문학회

첫눈, 내리고

어디서 오시는가, 설레는 가슴을 열어
다가올 시간을 담습니다
하얀 눈이 내려와, 자꾸 내려와 창밖 나뭇가지보다 내 마음에 먼저 내려 쌓이고, 단단한 땅에 스미고, 마음은 그대 영혼을 안고 생각의 생각을 녹이며, 젖고 젖습니다. 한참을 생각 속 걷다 돌이켜보면 젖어드는 그대 분명, 첫눈입니다 생각의 숲은 눈발과 눈발 사이 경계처럼 이어지고 그 생각들을 또 다른 내 안에 담으며 선택의 길 걸어갑니다.
때때로 가슴 뛰던 세월의 속살, 억새꽃 하얀 미소로 흔들리면 축복이 쏟아져 내린 땅에 서서, 첫눈의 젖은 숨소리 시간에 담습니다

김경숙

2007년 『만다라문학』 등단
경북문인협회 공로상 수상
한국문인협회 회원
경북문인협회 시분과위원장
안동문인협회 사무국장
안동지부문학회장 역임

형광등

번쩍!
섬광이 방안을 가득 채운다
사물은 하얀 불빛아래 벌벌벌 떤다
순간부터 꾸밈의 알리바이는 성립되지 않는다
수사관 앞의 피의자처럼
진실은 백일하(白日下)에 드러날 것을
어둠은 거짓을 거짓되게 가려주었으나
형광 불빛 수갑(手匣)은
모든 오류(誤謬)를 가둬버렸다

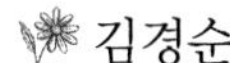

김경순

2008년 『문예사조』 등단
국제펜한국본부, 한국현대시인협회 회원
한국문인협회 대외협력위원

나와 같이 떠나실래요?

나는 당신을 사랑합니다
그 누구한테 비교하여도
오로지 당신 선택할렵니다

나와 같이 떠나실래요?
어디든지 상관없이 갑시다

나는 다른 사람도 아닌 당신
내 옆에만 있어주면 되네요

우리나라 여행이 아니라도
난 상관이 없어요

당신이 가자는 곳으로
같이 떠나고 싶어요
난 당신을 놓치기 싫으니까

안 보면 너무 보고 싶어서
일손이 잡히지 않는 하루

당신을 보면 내가 새처럼
기분이 좋아 안아보고 싶어라

당신을 맞잡은 두 손
영원히 내 곁에 두고
매일 당신만 쳐다볼 것이구려

김경환

2014년 「한국미소문학」 등단
한국문인협회 회원

이름

바람 장단에
머릿결 춤추는 비비추 한 무리
비워 둔 가슴 한 켠
나도 몰래 먼저 와 닿는
물무늬진 동그라미
동그라미들

해 질 녘까지도
못다 분 바람에
콩닥거리는 물빛
비늘로 일어설 때
진저리치는 노을빛으로
자지러드는 이름
네 이름

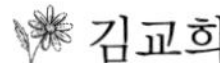 김교희

2004년 「포스트모던」 등단
시집 「소리에 젖다」
한국문인협회, 경북문인협회, 경북여성문학회 회원
의성문인협회 부회장

독으로 시작하는 독도

독도는 호올로 식구들에게서 떨어져 나가
독 깨는 소리나 그네들에게 들으며
독이 잔뜩 든 화살이나 맞는구나

오늘은 북한산 독바위에 올라
하루 종일 독이나 만지며
독을 들어 따앙 땅 두드려볼 거나
울리어 퍼지는 종소리 따앙 우리땅 막내야

반질반질 윤나는 장독대의 독을 씻네, 어머니는
밖에서 놀다 들어온 막내의 얼굴을 씻기네
간장독 된장독 뚜껑을 열어 파르스름 버섯꽃 피었다며
손금 닳아진 맑은 손으로 꽃을 따내네, 한나절을

독들이 밀리어 오네 독일 나치병들이 오네
거센 파도 잘게 부수어
어서 오라, 어서 오라, 그네들에 손 내밀고
독각다리로 독각독각 물 건너오면
독나방이 되어 쏠 거나, 독버섯이 되어 먹힐 거나

호올로 독을 주워 물장구치네
괭이갈매기, 슴새가 날개를 치네

김규화

1966년 『현대문학』 추천 완료로 등단
시집 『관념여행』 『노래내기』 『초록징검다리』 시선집 등
현재 『시문학』 발행인

여자가 사랑할 때

굳어지는 시간 속으로
스며들어
온몸으로 느껴지는 촉촉함

하루 종일 작은 가슴 틀어 앉아
사랑향 한 올씩 풀어내
청아한 새소리로 엮어가는 노랫가락

길어지는 목 타는 기다림마다
곱게 입맞춤 하면
눈 깜빡이며 피어올라
거침없이 뜨거움 이루는 꽃잎 강

김금진

2006년 『문학세계』 등단
공저시집 『바다에서 별을 줍다』 『침묵의 축제』
한국문인협회 회원
아가페문학회 회원

유구왕국*

쪽빛 바다 갈바람 불어와
사자의 두 눈동자 속에 출렁인다

높은 하늘 푸른빛 넘쳐흘러
화려한 성채 푸른 속살로 피어오른다

먼 산 위 구름 한 조각
굽이굽이 뱀 냄새로 스민 해상왕국

구스쿠**에 떠오른 붉은 산발
전설 따라 멀어져만 간다

* 유구왕국: 일본 오키나와의 옛 왕국명
** 구스쿠: 옛 왕궁터

김기원

1979년 「현대시학」 초회 추천
현대시학회 회원
한국스토리문인협회 회장 역임

공짜

따뜻한 햇볕
시원한 바람
산들 즐기는 푸른 눈
늘 마시는 공기
공짜 공짜 공짜야

아침의 아름다운 일출
저녁 때 불타는 노을
밤마다 어둠 밝히는 달빛
반짝이는 저 밤하늘의 별들
공짜 공짜 공짜야

푸른 야생차나무 잎
축제마다 마시는 녹차
봄 산에 빨간 진달래꽃
거리마다 색다른 장식들
공짜 공짜 공짜야

어머니 아버지 사랑도
아름다운 아침저녁 인사도
시인들이 보내오는 시집도
누구의 시를 읽는다 해도
공짜 공짜 공짜야

인생살이 무얼 더 바래
빈손으로 왔다 빈손으로 가는데
욕심 없는 삶 정주고 장 받세
차 한 잔 나눔이 큰 적선
공짜 너무 좋아하지 마세

김기원(진주)

1994년 『시와 시인』 『문학21』 등단
시집 『나 차밭에 있네』 외 7권
매월당김시습문학상 본상, 연암박지원문학상 대상, 한국문인협회 대상, 한국펜명인대상 등 수상
한국문인협회 이사, 국제펜한국본부 이사

사랑

젊은 날 끝없이 넓고 푸른 하늘 아래
진종일 헤매어도 꽃씨 하나 줍지 못할 때
외롭지 않은 사람 있으랴.

문밖에 나서면 갈 길이 천리보다 멀고
그립고 향기로운 길은 서럽게 비 내리거나
물안개 자욱하여 짐작조차 할 수 없어
허구한 날 애태우지 않은 사람 있으랴.
보이지 않은 것에 몸을 기대고
오지 않은 세월만 속절없이 기다리다
기어이 흘러가지 않은 사람 있으랴.

사랑, 그렇지
모두가 사랑 때문이지

한세상 살 만큼 살다 해 저문 날
창가로 산 넘어 막다른 길에 마주 서면
노을 따라 불타는 꿈같은 사랑,
너희는 잠시도 믿지 마라.
어느새 돌아서서 고요히 사라진다

김년균

1972년 이동주 선생 추천으로 등단
한국문인협회 이사장 역임
시집 『장마』 『갈매기』 『사람』 등
한국현대시인상, 들소리문학상, 윤병로문학상, 윤동주문학상 등 수상
의성문인협회 부회장

그대는 내 노래

사랑은 그대입니다
당신의 이름을 불렀을 때
사랑이 되었습니다
홀로 있던 그 사람
생기 없던 이 사람
사랑이 그리워 숨어있었지만
그날 찰나의 순간 천둥이 되어
그 이름이 비처럼 내렸습니다
사랑은 비로소 그대이며
당신의 이름 안에 내 사랑이 노래가 되고
당신의 사랑은 내 안에 나비로 날아와
내 마음은 춤추는 꽃이 되었습니다
사랑은 당신입니다
당신의 이름은 내 사랑의 찬송입니다

김대웅

2004년 『스토리문학』 등단
시집 『너에게로 가는 마음의 기차』 『폭풍 속의 기도』
저서 『내 인생을 바꾼 성서 속 23가지 지혜』 등
공저 『한국시인 대표작 1』 『2007 역사연감』 외 다수
한국문인협회 회원, 한국문인협회 구로지부 회원, 현대문학사조문학회 회원

나의 사랑

당신은 고산준령 난 뒷동산
숲에선 나무는 사람을 반긴다
그이처럼

언제나 그 자리 지켜주는 님
녹음 그늘에 쉬게 하는 당신
약속 없이 만나면 반가워 팔짝 뛰는
내 님
한평생 살아도 권태를 모른다

때론 영혼에 지진이 일어도
찬란한 그림자로 다시 나타나
깨어날 때 형상으로 족하며
당신 까닭에 담을 뛰넘는다

안도의 저녁 빛
인생의 계절에
등불이 빛을 잃어갈 때 태양은 솟구칠
준비를 하고
목마른 바람에도
가슴에 별을 품고
고운 숨 향기로 남아
환한 웃음으로 오는 당신
낙엽은 떨어져도 가을을 노래한다

물가에 나무처럼
어둠을 밝히는 반딧불처럼
나의 사랑은 시작이다.

서정 김덕조

2007년 「스토리문학」 등단
해동문학(2009) 이사
소년부산일보 특선
현대사의 주역들(국가보훈인물사전 등재

우리 생의 강가에서

언제부터인가
당신은 내 안에 있었지
나의 가슴에 둥지를 틀고
떠나질 않았어

당신을 옆에 두고
볼 수만 있다면
당신의 몸종으로
살아도 좋겠다고

언젠가
탱자나무 울타리를 서성이며
할 말을 못하고
서러운 눈빛으로 떠난
그 얼굴 지금도
그려지는데

잊지 못한 채
오랜 세월이 흘러도
내가 당신 안에 있는지
알 수가 없었지

다시 할 사랑도 아닌데
아직도 둥지 속 무정란을
버리지 못한다

유정란

정란 씨
당신이 알이라면
부화하는 그날까지
나의 가슴에 품겠소.

무봉 김도성

(본명 김용복)
2007년 「한비문학」 등단, 2009년 「국보문학」 소설 등단
시집 「둥근 섬과 깍두기 눈물」
자랑스러운 수원문학인상 수상
한국문인협회 회원

부부

하늘이고 땅이올시다.

하늘은
그 넉넉한 빛으로 땅을 적시고

땅은
그로 하여 늘 큰 가슴으로
보듬어 가꾸나니

아!
하늘과 땅 태초에 하나여서

진정
사랑이 넘치는 부부는
강을 이루어 바다로 흐르나니

혜산 김동원

1995년 『문학공간』 등단
시집 『오지항아리』 『추억의 강』 『빈자의 노래』 외 다수
충북문학상, 다산문학상, 칠레대사상 등 수상
한국문인협회 이사, 충북시인협회 부회장

내 사랑하는 당신

짧은 목숨살이의
어느 모퉁이에서
어쩌면 우리 둘은 만나
어떻게 하나가 되었을까

쉼 없이 흐르는
세월의 파도 속에
너와 나의 영영
이별의 시각도 다가오고 있겠지
언젠가는 나의 곁에서
아스라이 멀어질
파르르 한 장 꽃잎 같은
여린 목숨

그래서 더없이
내 사랑하는 당신이여.

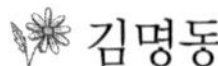

김명동

2008년 『좋은문학』 등단
시집 『내 아들아』 『그 단칸방 시절』 등
호주크리스찬리뷰 편집인
호주한국문학협회 부회장 역임

임의 속요

은밀히 여심을 훔치려 길을 나서겠지
가로수 틈틈이 숨겨진 그림을 찾듯
새하얀 미소로 포도를 들추는
한 송이 들꽃의 소녀를 여미면서
미쁜 정이 스며든 띠를 끄를
초록 등불을 상상하겠지
송별의 민들레를
은밀히 부르며
사모의 물결을 안고
선선하던 눈빛을 그리워함은
임의 속요인 생을 받고 싶었기에
외길 사랑을 따른
오랜 염원이었음을 고백해야겠지
한결 소나무로 얹었던
가느다란 미쁜 눈썹을 훔쳐보던
깊음이 넘치던 유혹을 애처로워하며
먼 봉우리로 오를
밤을 셈하는 잠시까지
은밀한 연정에 취하겠지
별빛이 내리는
지금 같은 마지막 겨울밤에
꽃술이 내릴 여로의 바람을 타고
부르지 못한 노랫말을
내밀히 띄우도록 해야 한다

松香 김명동(경북)

2012년 『문학저널』 등단
시집 『물음표를 지날 수 없을까』
한국문인협회 회원
영양문인협회 부회장

그런 사랑

사소한 몸짓으로도
전해지는 큰 의미

막을수록 소리가 나는
바람의 전설
눈물 안에 갇혀서도
아름다운 세상
영원일 수 없음에도
영원이라 믿고 싶은 시간의 광대
그런 사랑을
아십니까

……너무나 보고 싶은 날에……

김명숙

2003년 『문예사조』 등단
시집 『바람, 그 뒷모습도 바람인가』
한국문학작가회 동인시집 『꾼과 쟁이 1-6』
한국문인협회 회원

사랑이 병이라면

내가 만약
사랑이라는 이름의 병에 걸린다면
그 병이 아무리 깊고 위중해도
절대로 절대로 고치지 않으리라

내가 만약
사랑이라는 이름의 병에 걸린다면
그 병이 아무리 깊고 위중해도
절대로 절대로 고치지 않으리라

뇌성벽력이 천지를 진동하고
장대비 만물을 휩쓸어 가도
내 가슴은 사랑으로 콩닥거릴 것이요

칠흑 밤길 혼자 걸어도
꼬리별 하나
내게로 떨어지길 기도하며
황홀한 그리움에 행복할 것이요

눈 쌓인 달밤을 젖은 발로 달려올
그, 한 사람 기다려
정갈한 찻잔 챙겨 찻물 끓이며
애절한 그리움에 시린 발 동동거리는

아―
생각만 하여도 가슴 설레는 병

김명자

2002년 『사람의 문학』 등단
시집 『시비걸기』 『지는 꽃도 눈부시다』
2016년 명작선-한국을 빛낸 문인100인 선정
2016년 제2회 경북작가상 수상
한국문인협회 경북지회 부지회장 역임

한 송이 들국화

어제 내린 서리로
이파리 시든 들국화
찬바람에
한없이 흔들리고 있습니다
애처로워
–오래 사셔야지요
말하는 나에게
걱정하지 말라던 얼굴에는
이슬이 맺혀있었습니다

기어이 꽃은 떨어지고
그날 이후 살아온 세월
어느덧 가을 되고 보니
지친 몸 참으시며
자식 위해 옹달샘 지키시던
들국화 한 송이
줄기 썩어가는 것, 왜 몰랐는지
아픈 모습 보이지 않으려던
어머니 마음
늦게사 더욱 가슴 아픕니다.

김문한

2013년 『문파문학』 등단
시집 『그리움 간직하고』 『바람 되어 흘러간다』
한국문인협회 회원, 문파문학회 회원

사랑

어찌 불같이 뜨거우랴
어찌 물같이 담담하랴

한없이 받아도 채워지지 않는
쉼 없이 주어도 비워지지 않는

들풀을 스치는 한 가닥 바람처럼
영혼을 스미는 한 소절 노래처럼

보아도 보이지 않고
들어도 들리지 않고

오늘은 만남으로 그리움 영그는 것
내일은 떠남으로 서러움 물드는 것

아, 어찌 불같이 뜨거우랴
아, 어찌 물같이 담담하랴

김미윤

1986년 『시문학』 추천, 『월간문학』 등단
마산시문화상, 불교문화상 수상
시집 『녹두나무에 녹두 꽃 피는 뜻』 『흑백에서』
마산문협회장, 마산예총회장 역임
현재 경남문학관장, 경남시인협회장

장미여관

당신의 손바닥 안에서 잠들고 싶었던 건
불경스러운 꿈,

비명 한 번 지르지 못하고 버림받은
사랑이 머물렀던 곳일 수도 있어

퀴퀴해져 가던 일상의 말들이
페퍼민트 알싸한 향기 속에서 통통
거리고

씁쓸해져 가는 입술에 달콤함을 가득
묻히고 나면
가랑이 사이로, 붉은 꽃잎을 먹기 위
해 흰 뱀이 나올지도 몰라

수척해진 달을 품어보려고 쫀득쫀득
한 눈빛을 번뜩이며 있을지도……

무장했던 신경들이 우두둑 모가지 꺾
이는 순간
붉게 달궈진 욕망이 팔을 휘저으며
푸른 가시 속에서 뚝뚝 피 흘리는 절
정과 마주하기도 할까

꿈틀거리는 씨앗 하나 들어오면 다시
화들짝 피어나는 서설을 잉태할 수도
있을까?

싱싱한 오르가즘으로 가득한
부릅뜬 절벽처럼 까마득할,
붉은 침대가 출렁이고 있어

입술 사이로 빠져나가는 말들이 절창
을 꿈꿀 때……

김밝은

2013년 『미네르바』 등단
현재 계간 『미네르바』 편집위원
『월간문학』 편집국장

그리운 나날

사랑이란,
그리움의 날개를 달고
맘 끝 간 데까지 다가가는 것인가
무언의 대화로 꽃향기 피울 수 있는
그런 나날이면 좋으리

아침 햇살 부비며 꽃 볼에 맺힌 이슬은
소녀의 눈빛 같은 반짝임인가
잡으려면 사라져 버리는
알 수 없는 모습을 만날 수 있는
그런 나날이면 좋으리

바람결에 속삭이는
잎새들의 뜨거운 밀어를 그 뉘라서 알 터인가
그리운 나날 유언 같은 낙화 소리를
누군가에게 전할 수 있는
그런 나날이면 좋으리.

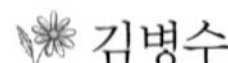

김병수

1992년 『문학세계』 등단
시집 『그리운 나날』 『당신의 사랑은 지금 어느 계절을 지나고 있습니까』 외
경상남도문화상(문학), 마산시문화상(문학), 문학세계문학상(시) 본상 수상
한국문인협회, 국제펜한국본부회원, 세계문인협회 경남지회장
마산문인협회 회장 역임

짧은 만남 먼 이별

당신을 만나지 못하는 이유는
그리움이 소멸될까 두려워서입니다.

별이 아스라이 멀듯이
우리의 사랑도 멀어져 가듯 하지만
반짝이는 뭇별로 항상 그대 곁에 머무를 것입니다.

그대 창가에 비바람 몰아쳐도
떠도는 흰 구름으로
출렁이는 물결로
굽이굽이 헤매다가
그대 가슴에 머무를 것입니다.

우리가 어느 별에서 왔기에
한순간의 꽃으로 만나
스러져가는 이슬이 돼야 할까요.

별과 별 몇 억년거리에 있을지라도
그대여 그대 그리는 나의 영혼은
서걱이는 바람 소리로 나뭇잎에 머물다가
저녁 황혼으로 그대 창문을 노크할 것입니다.

단 몇 분간의 짧은 만남
영원히 사랑한다는
말을 잊은 채

기약도 종점도 없는
슬프고도 먼 이별의 열차를 타야 했습니다.

김보경

1995년 『문예사조』 등단
시집 『강강수월래』 1, 2권 『대한의 노래』
월드 포에트리 무브먼트에 의한 포에트리상 수상
재미시인협회, 미주문인협회
남부캘리포니아작가들 회원, 포잇과작가들 회원
대한사상 강강수월래협회 회장

눈이 오는 날은

눈이 오는 날은
옷을 벗고 싶다

세상의 옷
다 벗어 던지고

광활한 들판
소리 없이 내려 쌓이는
눈꽃처럼
순백이 되고 싶다

거짓 묻은 허물을 벗고
욕심 한 꺼풀도 입지 않은
알몸이 되고 싶다

다 벗고도
부끄럽지 않은
맨몸으로 서서

눈이 오는 날엔
눈이 되고 싶다.

김보림

1989년 『문학공간』 등단
시집 『사금파리의 꿈』 『꼬옥 돌아 갈란다』 등 다수
영랑문학상, 순수문학 대상 수상
한국문인협회, 한국시인협회 회원
국제펜한국본부, 기독교문학인회, 여성문학인회 이사

장미의 노래

나는 너에게
너는 나에게
우리는 서로 무엇인가

장미라고 해두자, 붉은 장미
혹여 그 가시에 찔리기라도 한다면
그만큼 가까움이리니

한 송이 장미여
내 안에서 너는 한없이 투명하구나
유리창같이 맑구나

오호
저 깊은데서 흘러나오는 가락은
너와 나만의 찡한 노래로구나

김봉겸

2012년 『코스모스문학』 등단
저서 『잊혀지지 않는 약속 그 진실함』
동인지 『울림문학』 1, 2권
한국문인협회 회원
한국크리스천문학가협회 부회장

당신의 탑

우연치 않게 들었던 말
가감 없이 귀가에 다가와 맴돌던 것은
그리고는 먼 기억으로 한 바퀴 돌아 나와
다시 울려 나오는 것은
"당신을 보면 높은 산 같이 든든한 내 언덕
기(氣)죽지 말고 허리 펴 오래 살자" 하시던 것을

힘든 나날을 지나오며 당신의 마음 깊이 새기지 못했다

어쩌다 내 핀잔에도 그저
하늘 보며 호탈하게 웃어젖히던 그 우람한 가슴
내색 없이 지나쳐버리던 너그러운 마음
언제까지나 내 곁에 있어 줄로만 알았다

호탕한 시인으로 하늘을 날았던 당신
이제 저 또한 같은 길을 걷는 한 시인으로서
시어(詩語) 같은 당신의 말 한마디 한마디를
마음에 담아 모아 탑으로 쌓아놓고 기도하고 있나니

그 위에 더하여 한마디 더 쌓아 올린다
"기죽지 않고 잘 살아가고 있다고"

김삼옥

2012년 『아시아서석문학』 등단
논픽션 『개나리꽃 합창』 당선
시집 『구름 하나 잡아놓고』
광주문인협회 이사, 광주시인협회 회원
mbc 창사 〈사랑의 계절〉 공모에 「아버지의 눈물」과 건강의 날 공모에 「아들아 아들아 내 아들아」 당선

나는 소망한다 네게 금지된 것을

나는 너의 마지막 숨을 거둘 때
너의 곁에 남겠다

내가 환희로 빛날 때
그림자의 뒤에 숨어
세상에 가장 빛나는 꽃 한 송이로
네가 남아있듯이

나는 소망한다
네게 금지된 것을

함께 갈 수 없는 나라에
동행이 되어
너의 그림자를 밟고 가겠다

너의 울음 뒤에서
네가 그랬듯이
너를 일으켜 세우는
작고 강한 지지대가 되어 서있겠다

*나는 소망한다
내게 금지된 것을

어둠에 한 빛줄기
추운 날에 고요히
너의 해로 떠있겠다

* 양귀자 소설 제목 인용

향명 김상경

신석정 문하
시집『고요한 것이 수상하다』
양천문인협회 7대 회장
32차 전국문인대표자대회 즉흥시 장원

춘화(春火)

지난 겨우내 견뎌오며 꾹꾹 참아왔던
속내 응어리들을
따사로운 봄볕에 녹이어
봇물처럼 발산하는 저 화사한 춤사위

나도 꽁꽁 언 세월
묶인 채 살아온 가슴에 쌓인 한(恨)들
마음 따스한 품에 묻혀
들불처럼 타오르는 속내를
광란의 몸짓으로 풀어볼란다

벚꽃도 터지고 나도 타오르는 이 밤
개 짖는 소리도 없는 적막을
타닥타닥 장작불 타오르듯 깨워볼란다
숭고한 사랑이란 이름이 아니어도,
가장 거룩한 제사, 한 줌 재로 남아도……

김석태

1997년 『문예사조』 등단
시집 『독백』 『화해와 상생』
칼럼집 『어느 법학도의 고뇌』
문경시 환경작품상 공모 시 부문 우수상, 백화문학상 수상
제3대 문경문인협회 회장 역임

첫사랑

하얗게 새하얗게
흐드러지게 배꽃 피는 외딴 한옥집
담 밖으로 흘러나오는 피아노 음률
살금살금 발걸음 두근두근 콩닥콩닥
논두렁, 콩밭, 마늘밭 엉금엉금
담벼락 찰싹 붙어 숨 헐떡이는 도둑놈

서울에서 왔다는 하얀 배꽃 소녀
난생 처음 들리는 동화세상 천사의 노래
가까운 듯 아련한 듯
하얀 맨발의 훠이 훠이 구름 소녀
나를 맴돈다

갑자기 활짝 문 열리고
살며시 나오는 하얀 달빛 소녀
화들짝 벌러덩 엉덩방아 찧고
걸음아 나 살려라
도랑물에 풍덩

홀랑 물에 빠진 생쥐야
하늘이 배꼽 잡고 깔깔 웃던
그때 그 생쥐야.

김석호

1999년 『한국교단문학』 등단
시집 『바람꽃 피는 초원』 『나무새의 날개』
한국교단문학상, 제1회 인간과문학인상 수상
한국시인협회, 한국문인협회 회원
한국아동문학연구회 기획위원

꽃이라 부르다가

꽃상여로 돌아갈 적에는
산양 같은 그리움 기포처럼 기별 세우고

기별로도 다하지 못한 안녕 그마저 흩어질 땐
무등 같던 모국어들 백팔음표로 불러드리고

연둣빛 부호들이 더 슬픈 더듬이를 무한히 흔들어대면
차라리 풀물 같은 눈물로 흘러보고

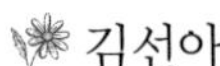
김선아

2007년 『문학공간』 등단
시집 『비 내리는 바다』 『문신을 읽다』
한국시인협회, 한국여성문학인회, 부산문인협회 회원
부산여성문학인협회 상임이사
문학계간지 『여기』 편집주간

그래서 당신은

그래서 당신은 꽃입니다

향기 머금고 순한 눈빛으로
하늘을 향해 손짓하는 조금은 쓸쓸하지만
그러나 청초한 꽃입니다

그래서 당신은 바람입니다

홀로 흔들리면서도 햇빛 움켜잡고
집착의 잎사귀를 펄럭이는
그런 바람입니다

그래서 당신은 숲이 되었습니다

외로운 새들이 날갯짓 하며
부리로 이야기를 물고 올 때
두 팔 벌려 안아주는
그렇게 순수한 숲입니다

김선옥

1987년 『심상』 등단
시집 『오후 4시의 빗방울』 『모과나무에 손풍금 소리가 걸렸다』
한국문인협회, 한국시인협회 회원
국제펜한국본부, 서울시인협회 회원

그리운 강

그 강변을
그냥 지나칠 수가 없다
새벽에는
은빛으로 깨어나고
한낮엔
햇살을 감고 굽이치다
여울에 떠밀리는
세월처럼
그 강변에서 멀어진 나는
어떻게 그대를
그리워해야 하나
뭉클뭉클
슬픔의 꽃이 환하게 피어난다

김선우

2008년 『문예사조』 등단
시집 『길에서 화두를 줍다』 등
아름다운 한국문학인상, 한국글사랑문학대상
대한민국 문화예술 명인대전 시 명인상 등 수상
한국작가동인회 부회장, 한국국보문인협회 자문위원

시가 맺어준 인연

하늘에서 내리는 겨울 비
이놈더러 시 서너 편
온 누리에 눈송이처럼
띄우라 한다

살갑게 맺은 인연의 고리
그 어느 하늘가
척박한 땅에서도 책갈피 속에 소롯이
묻어나는 시향이어라

책상 앞에 앉으면 절로
시 다듬는 소리 듣는다
빛바랜 노트 속에서도
자유로운 나그네처럼

아니 언제부터인가
확실치는 않지만
늘 내 곁에서 살강살강
스마트 폰 카톡 소리는
영혼의 밀창을 두드린다

서책 속에서도 마알간
미소를 띄우며
이제는 내 가슴 깊이
우수수 모여드는 꽃잎처럼
그리움의 닻을 올리고 있다

이맘 저맘, 흔들어버리고
무시로 흐르는 세월 앞에
시나브로 서있다

나즈막이 불러보네
이름하여 겨울연가
이것이 차마, 사랑이
아닐까

김선호(대전)

2010년 「시사문단」 등단
한국문인협회 회원

꽃님아

꽃님아!
너의 흔적을 지우려고 얼마나 힘들었는지
너는 모를 거야
마음 하나를 더 보태어
한 걸음 걸을 때마다 떠오르는 얼굴

꽃님아!
거칠게 불어오는 바람
애꿎게 어둠이 몰려올 때
하얗게 웃어 꽃 한 송이 피어나
쫑알쫑알 웃어대는 어여쁜 얼굴

꽃님아!
열둘 가야금 줄처럼
자유롭게 내리는 햇살에
두근거리는 여유로운 마음과 마음이
마주 보며 눈빛으로 사랑하네

꽃님아!
힘들 때 무작정 기다리며
가슴앓이 했던 그날
섭섭한 무거운 짐 내려놓고
샛별같이 빛나는 꽃님이를 사랑하리라

꽃님아!
오늘같이 힘겨운 싸움의
틈새에서 건너기 어려운 세상
부풀었던 행복은
무너지지 않은 뜨거운 사랑

꽃님아!
그렇게 그렇게 깨알 같은
세월이 흐르는 순간순간을
멈추어 언덕에 앉아 애닯은 마음
토닥이며 쉬어 갔으면 좋겠다
꽃님아 꽃님아

김성대

2006년 『한울문학』 등단
시집 『사랑이 머물다 간 자리』 『진달래꽃』
2005년 호남투데이 신춘문예 수상, 무진주문학 신춘문학상 수상
대통령 표창 외 다수
호남지회장 역임, 광주문인협회 이사, 나주문인협회 부회장 등

그리움

먼 풍경
화폭에 담을 때

스치는 구름
당신의 꿈자락

흔들리는 나뭇잎
어른거리는 얼굴

눈 감아도
또렷한 같이 거닐던 벚꽃 길

바람결에 묻어 온
목소리
귓가에 머무니

모양 지울 수 없는
이 마음
노을을 바라본다

김성영

2009년 『심상』 등단
한국문인협회, 심상문학회 회원

12월의 Blue Moon*

누르기가 힘들었나 보다
북새 바람 휘몰아치는
이 계절
피우지 못할 걸
알면서도
수줍음 겹겹이 연보랏빛 향기
하늘을 우러르는 서러운 봉오리여
그 열정
누가 알아줄까
행여
그대, 눈길 주실까?
망설임
그대, 눈길 주실까?
망설임
어눌해서
밤새 내린 찬 서리에
서리꽃이 될지라도
서러워하지 않으렵니다

* Blue Moon: 장미

김세경

2010년 『순수문학』 등단
시집 『파파는 샤이』 『구슬을 꿰는 시간』 등
영랑문학상 수상
한국문인협회 회원

성소

1
사랑을 할 때는 죽림에 들어간다
미이라가 된, 첫사랑의 심장을 뚫고
죽순이 솟아오르기 때문이다
그 파릇한 불꽃의 정점에서 뿜어 나오는
숨비소리, 그 가파른
수직의 소리에 흔들리는
댓잎의 끝에 서서
맹인 검객처럼 죽순을 자른다
매 순간의 절편들을 죽통에 채워서
폭죽을 쏘아 올려, 클레이 사격하듯
영원을 사냥한다.

2
이별을 할 때는 바닷가에 나간다
절단의 아픔을 숙명으로 사는
바다민달팽이가 있기 때문이다
부질없는 줄 알면서도
잠시나마 함께 소유했던
살돌기 한 조각을 증표로 남긴다
부식되고 마모되어, 부표처럼 떠다니는
매 순간의 흔적들을 수평선에 꿰어
저 꼬치가 귀신고래의 흰 등뼈로 남을 때까지
내 심장의 새장이 수중 산호초가 될 때까지
썰물의 모래섬 위에 누워
독배(毒杯)를 든다.

김세영

2007년 『미네르바』 등단
시집 『버드나무의 눈빛』 『하늘거미집』 『물구나무서다』 외 다수
제9회 미네르바작품상 수상
한국의사시인회, 시산맥시회 고문
계간 『포에트리 슬램』 편집인

사랑법 · 5
– 風向計

바람은 불지 않았다. 청보리 익는 어스름 들판에 노을 깔리고 배추흰나비 너울춤 따라 참꽃 따던 산비탈 밤꽃이 화사하다. 비리비리 종달새 울음 아지랑이와 섞이는데 별안간 자야는 어둔 산길이 무서웠다. 송골 맺힌 눈시울을 닦아주며 그의 손을 잡았다……. 자야, 니 무섭나? 괘한타. 내가 옆에 안 있나. 걱정 말거래이…….
꿈은 꾸지 않았다. 윤사월 햇볕 절로 사랑이 익어 가면 휘휘 휘파람으로 사랑을 전하고 울 엄마 젖무덤 넘실넘실 자야 가슴팍에 묻힌다. 아무도 일러주지 않는 사랑 연습을 우리는 스스로 익히고 있었다……. 니도 내 좋나? 우리도 마 어른들 맨치로 각시 하고 신랑 하믄 안 되겠나 엉?…….
첫사랑이 아니었다. 반백 넘어 찾은 보리밭에는 배추흰나비도 종달새도 보이지 않았다. 바람 부는 방향으로 자야는 흘러가고 이쪽 반대편에 내가 우두커니 서 있었다.

김송배

1983년 『심상』 등단
한국문인협회 시분과회장, 부이사장 역임
평생교육원 교수 역임, 한국시인협회 심의위원
한국문인협회 자문위원, 『계간시원』 발행인

단풍 속에 든다

늘 오늘에 쫓기다 보니
계절이 바뀌는 줄도 몰랐다
무릎 관절에서 은박지 구겨지는 소리가
고통의 뼈를 드러내는 일상

식탁 유리 밑에서 색 붉은 단풍이
생의 깊은 미소를 띠고 있다
묵은지처럼 곰삭은 냄새를 풍기는
내 사람에게 묻는다
– 아침 운동 갔다가 단풍이 하도 고
와서 –

그의 등을 살포시 끌어안고
옥양목 같은 눈꺼풀을 감는다
나뭇결로 메마른 등에 귀를 대고
그의 몸을 맡는 체취에서
갈잎 서걱거리는 소리 들리고

외로움으로 튼 둥지에서
철새처럼 서로의 깃털에 부리를 묻고
시린 밤에 체온을 의지하면서도
가슴에 대못을 박곤 했지

노을빛 물든 얼굴을 가만히 감싼다
몇 올 남지 않은 허연 머리카락
오그라든 등줄기.
젖은 눈시울 속에 훤히 보인다

각자일 때 약하게 뛰던 심장이
둘이 하나인 느꺼운 파동으로 엮인다
그의 옹이진 손을 잡고
꽃살문을 열 듯 단풍 속에 든다.

김수원

2017년 『불교문예』 등단
시집 『사랑 눈보라처럼』 외 다수
한국문인협회, 현대불교문인협회, 인천문인협회 회원
징검다리 시동인회 회장

봄날

꽃길에 서고 싶다
누군가의 손을 잡고
웨딩마치 울리는
연분홍 벚꽃 터널
꽃잎 깔아놓은 길
사뿐사뿐 내딛고 싶다
그대의 신부이고 싶다

김순

2010년 『조선문학』 등단
국제펜한국본부, 한국문인협회, 서울시인협회 회원
한국낭송문화진흥위원회 부위원장
뜨락예술문학 자문위원
동작문인협회 운영이사

길 위를 걷는 파도 소리

기적 소리를 바다에 갈앉힌
길은 허전하다
수많은 날의 수많은 파도 속에
더는 어쩔 수 없는 적막을 부양하고
차가운 자갈들의 침묵을 깨우는
바다가 한 번 더 밀려온다

외로워하지 않아도
그 소금기 짙은 갯내를 풀어내는 바람
누가 낭만이라는 이름을 얹는가

기적 소리는 땅에 묻고
오지 않는 기차를 망연히 기다리며
거듭 사라져가는 시간의
큰바늘 작은바늘의 미동을 헤아린다

길에 지천으로 깔린 봄날
그 봄날 다시 눈을 뜨는데
기적 소리에 잠깨던 작은 마을
더 이상 기다릴 일도 없는 기차 바퀴의 소리를
먼 파도 소리에 듣고 있다

김순자

1995년 『문예한국』 등단
시집 『툰드라의 바람소리』 외 6권 상재
대통령 표창, 부산문학상, 부산여성문학인협회상 등 수상
부산문인협회 부회장 역임, 자문위원

꽃향기

꽃향기가 코끝으로 들어와
크게 가슴 부풀려 마음껏 들이마셔 본다.
어디서 오는 걸까? 아 이 봄꽃 향기
화단에 핀 제비꽃이 수줍게 인사하고
반갑게 맞이하는 봄의 길목에서
꽃들도 향기를 폴폴 풍기며 숨을 쉬고 있었던가 보다.
봄비에 촉촉이 젖어
찬바람이 시샘을 하여도
물오른 가지마다 새 옷 갈아입고
기다림과 설렘을 불러 모아
파아란 봄의 축제가 열리고 있나 보다.

김순희

2009년 『문학세계』 등단
한비문학상 수상
한국문인협회, 사임당시문회 회원

사랑

가까이 있어도, 더 가까이 있고 싶은 것!
눈에 넣어도 안 아픈 것, 눈에서 떠나면 비로소 아픈 것!
남자는 사랑(思娘)을 하고 여자는 사랑(思郎)을 한다

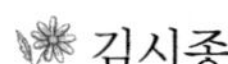 김시종

1967년 중앙일보 신춘문예 시조 당선, 교육신보 자유시 당선
시집 『자유의 화두』 외 39권
경상북도문화상, 서울신문 향토문화대상 외 다수 수상
국제펜한국본부 경북지회장

사랑 편지는

사랑 편지는
눈으로 읽느니보다
가슴으로 읽어야 제 맛이다

가슴 안에
꼭꼭
차곡차곡
가두어 두고

구구절
달콤새콤

곱씹으며
되새기며
삭혀내야 제 맛이다

사랑 편지는……

김시철

1956년 시집 『능금』(김광섭 추천)으로 등단
시집 『능금』 외 17권
서울시문화상, 청마문학상 수상
한국문인협회 수석부이사장 역임
국제펜한국본부 회장 역임

복수초 사랑

하얀 눈 쏘복 쌓인
원효계곡 반석 샘물로
샛별 미소 행복한 꽃

샛노란 저 복수초
영롱한 초록 기쁨
일렁이는 여울 빛

세계의 지질공원
무등 마루 풍혈 군락
입석기둥 하늘 오르고

눈 보 달 등불 아래
늘 푸른 새 생명
새 생활 물결 넘치네

석향 김신덕

2006년 「크리스찬문학」 「현대문예」 등단
저서 「새생명 새출발(newlife newstart)」 외 다수.
광주시인협회, 광주문인협회 회원
한국문인협회 회원

반쪽

나 가난하여 줄 것이라곤 사랑 하나뿐인데
그것마저 시간이 갉아먹어 반쪽이 되고 말았습니다
반쪽의 심장에선 그리움이
온종일 끓고 있어도 어쩌지 못합니다
차라리 이 반쪽마저 없었다면
아무것도 모른 채 사그라질 수도 있었을 텐데
이것도 인연이라 잡히고 말았습니다
온전하게 주지 못한 내 아픔도
안타까워 동동이는 그 마음도
하나 될 수 없는 반쪽
나머지 반쪽은 이 생의 것이 아닌가 봅니다

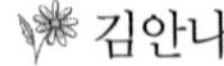

김안나

2002년 『한국문인』 등단
시집 『나는』 외 3집
한국문인협회 이사
한국문인협회 용인지부 부지회장
문학의집 서울 회원
계간 『문파문학』 총무

체리세이지 비가(悲歌)

세 밤은 너무 짧다
두 밤처럼 짧다

뜬 눈으로 지샌

하룻밤은
밤도 아니다

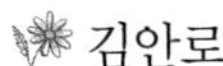 김안로

(본명 김해도)
2004년 『시사문단』 등단
한국문인협회 회원

부끄러워 행복하네

젊은 날 당신이 옆에 있어
마냥 아름다웠던 봄꽃들이
당신이 옆에 없는
늘그막의 지금에도
그냥 아름다워 행복하네

꽃 시절의 추억 속에 당신이 있어
꿈속에 봄꽃 같은 당신이 있어
하냥 아름답고
살짝
부끄러워
가만히
행복하네

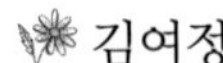
김여정

1968년 『현대문학』 등단
시집 『해인사』 외 13권, 시선집 3권 외 다수
대한민국문학상, 월탄문학상, 한국시인협회상, 공초문학상, 동포문학상 등 다수 수상
한국시인협회, 한국문인협회, 국제펜한국본부 회원
하남문인회 고문

행복한 동행

인생을 함께 걸어갈
친절하고 성실한 친구가 있는 건
참으로 즐겁고 기쁜 일이네.

힘들 때 서로 기댈 수 있고
아플 때에는 고통을 함께 나누며
도움 주는 건 참 좋은 일이죠

사랑은 홀로 할 수 없듯이
아무리 좋은 여행이라도 홀로 하면
쓸쓸하여 무슨 재미있겠는가.

서로 섬길 줄 알고 겸손하며
삶 속에 아픔을 감싸주는 동행은
참으로 기쁘고 행복한 일이네.

김연하

2001년 「문예사조사」 등단
시집 「깨어나는 산」 「세월은 흘러도」 「인생유정」 외 다수
한국전자책저술상, 서울카톨릭 한우리감성상, 국가유공포장 등 9회 수상
한국현대시인협회 이사
한국문인협회 회원

지금 어디쯤 있을까

검은 구름이 몰려온다
우르릉 꽝
소리가 들려올 것 같은 날

서성이는 뜰 앞에서
그를 생각한다
'졸업'이라는
두 글자에 묻어버린
육십 년을 어찌하랴

사각의 둘레 속에
쌓아 놓은 사랑을

비 오는 날이면
비옷을 입혀주던 따뜻한 손
감꽃 같은 마음을 잊고 살았구나

꽃물 토해내는
봄물을 머금고
너의 목소리를 듣는다

네 둥근 시간을 빌어
사랑의 시를 쓰고 있다

너는 지금 어디쯤에서
그리움을 그리고 있을까

우달 김영숙

2004년 시 등단
시집『해는 어디고 비친다』
전국신사임당백일장 장원
한국문인협회 회원, 열린시학 광진문학 이사
월더니스 운영위원장 한국문인문학상

외로운 길

흐르는 강물 바라보며
당신의 이름을 목 놓아 부릅니다

눈썹달과 눈웃음이 너무 고운
그 누구도 아닌 그 이름

여과(濾過)의 시간 속에
외로운 길 험난했지만
꿈을 나르는 보람도 있었네요

가슴에 그리움만 심어놓고
기약 없이 떠나간 그날이 간절합니다.

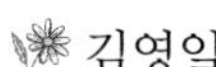 김영일

1995년 『한국시』 등단
저서 『무얼 하고 계시나』 『미워하기보다』 등
한국시문학상, 노산문학상, 김해성시인문학상 수상
한국시문학회 부회장, 한국 21세기문인협회 이사, 노산문학회 이사
한국문인협회, 한국공무원문학협회 회원

벚꽃이 필 때면

강가 벚나무 둘레길 걸으며
훌쩍 떠나버린 시간 속에 갇혀 몸살을 앓는다.

얼었던 강물 녹아내려
바다로 향하는데
따사로운 봄볕에도 녹지 못하는
얼음 조각 하나,
또다시 그리움에 묶여버린 바보-
짙은 먹구름 한 웅큼 목울대로 밀어놓고

꺼이꺼이 마른 울음 토해내며
그래, 잊자 잊어버리자
가슴으로 외치고

또 외치고-

붙잡을 수 없는 그대이기에
놓을 수밖에 없는 그대였기에
허허와 먹먹함 사이에서 휘청거리며
가슴에 잡힌 주름 펴보려고 안간힘 쓴다

호숫가엔
또
다시
벚꽃이 핀다

김옥남

2010년 『문파문학』 등단
용인시문인협회 공로상 수상
한국문인협회 회원, 한국문인협회 저작권옹호위원
문파문학인협회 감사, 한국문인협회 용인지부 사무차장
시계문학회 사무장 역임

사랑은

살며시 잡으면
포르르
날아갈까

두 손으로
꼬옥 쥐면
숨 막혀 잘못될까

새보다 더
파닥이는
가슴속 새 한 마리

김완성

1984년 한국일보 신춘문예 당선(시조)
1991년 『문학세계』 등단
시집 『시인의길』 『마침표의 침묵』 『감자를 먹는 사람들』 등
전영택문학상, 강원도문화상 수상

상처를 남기는 사랑이 나는 좋아

너 떠난 후에
네가 준 흔적을 안고 살 수 있도록
나 이제 너 없이는 견딜 수 없으니
깊은 상처를 내게 줘

돌이킬 수 없는 사랑을 해줘
나 다시는 너를 잊지 못하게
깊은 상처를 남겨 줘

두 번 다시 지울 수 없는
상처를 남기는 사랑이 나는 좋아

김용성

1994년 『문학세계』 등단
시집 『초록빛 식탁』 『안녕 돌리』 『상처를 남기는 사랑이 나는 좋아』

사랑도 이와 같다면

빗방울
후두득
잎새 위로 길이 보인다
사랑도 이와 같다면
젖어서도 번뜩이련만

새의 사랑도 비에 젖으면
물소리가 나는데
비 그치면
숲은 얼마나 무서워질까

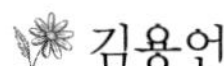

김용언

1977년 『시문학』 등단
시집 『사막여행』 외 7권 상재
시문학상, 평화문학상, 영랑문학 대상 외 다수 수상
한국문인협회 시분과 회장 역임
현재 (사)한국현대시인협회 이사장

눈꽃

너의 깊은 눈 속에서만 맺히리
너의 포근한 마음속에서만 피어나리
너의 그리운 두 손 위에로만 꽃잎 떨어지리

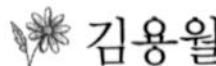 김용월

2015년 『문학저널』 등단
한국문인협회 회원
한국문인협회 양주지회 회원

흑장미

고요가 살포시 그대 입술에 오면
혀끝에 꿈 하나 달게 올려놓고
그대는 지그시 한밤인 듯 눈 감을까

타는 듯 거뭇한, 쾌락 같은 얼굴에
활짝 눈부신 미소 목까지 왔는데
바람만 치렁치렁 저리 매달려 놀다

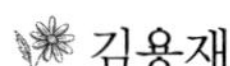

김용재

1974–75년 『시문학』 등단
시집 『겨울산책』 외 10권
영문(영역)시집 4권, 기타 저서 20여 권
국제계관시인상, 한국현대시인상 등 수상
현재 UPLI한국회장, 국제펜한국본부 부이사장

처음

처음
너와 나
뜨겁던
눈빛에
심장에
언어가 있었다면
'설레임'
이라고
하나만
기억해두자

우리에게
마지막 남은
붉고 붉은
혈관 속
언어가 있다면
'그리움'
이라고
하나만
선연히 기억해주자

처음의 그 아득한 때

김운기

2001년 시집 『그대에게』 등단
시집 『곡부 지나며』 『49일』 외 다수
미당서정주문학상 외
한국문인협회, 한국시인협회 회원

초원의 꿈

짙은 안개 속에서 이정표를 잃고 있을 때
문득 다가와서 초원으로 가는 길을 가리킨 백마여
그대 나를 무등 태우고서 안개 는개 휘감기는 산기슭으로
묵묵히 휘날리며 달려갔지요
그대 긴 목을 감싸 안고 젖은 털을 쓰다듬으며
물기 어린 큰 눈을 바라보는 것만으로도
전율이 느껴지는 오솔길에서
끝없는 애무와 사랑의 교감에도 비는 그치지 않고,
천진난만한 그대 웃음소리가
운무 가득한 저 강을 건너가기도 하는군요
그대여, 우리 언제까지 이곳에서 강물의 흐름을 응시해야 할까요
백마여, 그대의 꿈은 저 드넓은 초원으로
한없이 달려가는 것이겠지요
안장이 없는 나는 그저 그대 등에 엎드려
그대 목이나 끌어안으면서 마음 조이며 기다릴 수밖에요
백마여, 머잖아 우리 푸른 갈기 마음껏 휘갈기며
그물에 걸리지 않는 바람같이 함께 달려갈 수 있음도
나는 잘 알기에 가슴 떨리지요

김운향

1987년 『표현』 등단
시집 『구름의 라노비아』 등
소설집 『바보 별이 뜨다』 등
한국문인협회, 국제펜한국본부 회원
한국현대시인협회 이사, 종로문인협회 감사

그 얼굴

눈빛이 너무 보고 싶을 때
흘리는 눈물은
하늘에 젖어
두 뺨을
액젓으로 삭인다

귀, 멀게 보고 싶을 때
볼 수 없다기에
애타는 가슴속
활화산 되어 터지는
백두산 천지라도 되고 싶다

입술 터지게 보고 싶을 때
그대 곁에
한 뼘의 터로 변하여
날로 밤으로
장승 되어 머물고 싶다

내 마음속에 사는 그는
죽어서 살아
나를 슬픔 속 안개비에 물들게 한다

김원용

2009년 『문예춘추』 등단
시집 『내 마음의 홍등』 『크산디페』
한국문인협회, 부산문인협회, 부산카톨릭문인협회 회원
부산시인협회 부회장, 금정구문인협회 부회장

사랑

덕수궁 담을 따라
은행잎 하나
만지작거리면

사랑도 훠어이 훠어이
나비처럼 난다

그해 무더웠던
여름은 구름위에
머물러 가라

가을은 전쟁의 음악이
사라진 데서
피어나고

세실극장 뜰에는
희야꽃
희야꽃 한 송이 피어있다.

김원중

1953년 서울신문 신춘문예 등단
시집 『별과 야학』 『과실 속의 아가씨』 등
경상북도문학상, 예총예술대상 등 수상
한국문인협회 고문, 한국시인협회 자문위원

울 엄니

오늘은 울 엄니 장에 가신 날
신작로 질경이 발아래 깔고
징검다리 건너서 엄니 보러 가는디
시간은 더디어 해는 중천인데
알사탕 생각에 군침만 흐르네

자치기 한바탕 늘어지게 놀고
대청 문 들어서니 엄니 목소리
사과 한쪽 물고서 미소 짓는 누님
얼른 방문 열고 엄니 얼굴 쳐다보니
기다린 미소가 입으로 다가와
사과 가득 채워서 얼른 먹어라

그 기분 지금도 생생하건만
엄니는 어디메 안 계시는가
내 나이 육순에 한으로 맺혀
이제사 메아리친 울 엄니 목소리
엄니 엄니 울 엄니 어디 있당가

김유명

2001년 『한맥문학』 등단
한맥문학 부회장
한국문인협회 회원

애인

마른 나뭇가지를 흔들어
꽃눈을 피워내는
간지러운 바람이었네

굳은 몸을 흔들어 깨워
연초록 사랑의 움을 밀어내는
젖은 바람이었네

소리 없이 스며들어
내 마음까지 칭칭 동여맨
질긴 밧줄이었네

김윤호

1991년 『현대문학』 등단
시집 『화산』 『어머니』 등
대통령 표창, 통일부장관 표창, 한국문인협회 이사장상 등 수상
서울신문 명예논설위원, 조세금융신문 주필, 호남신문 논설위원
계간 『백두산문학』 발행인

그대는 말하고 나는

열렬한 미움에 얼어붙어
자못 진지해진 창을 민다
미련한 작은 살점이
창문틀에 붙어 펄럭인다

언제부터였을까
그대는 말하고
나는 아프다

뉴스에 붙은 멜라민 신장은 굳어가고
자잘한 질병이 스피커를 통해 쏟아진다
허물의 옷을 주워 다리부터 새긴다
비루한 몸과 금방 밀착되는
연한 각질 같은 기억들

소리 나지 않는 가슴에
차분차분, 멈춘 시간이 씹힌다
굳은살에는 사랑이 빗금치고
못내 축축해진 바닥에 서서
차가운 그대와 마주한다
매서운 생각이 손을 잡는다

기억이 밀린다
나는 말하고
그대는 재가 된다

그 자리에 그대로 서 있을지 모를
누에 같은 그대와 마주한다
파란 꽃이 그대의 눈가에 앉는다

소리가 멎는다
소리가 멎는다

김은

2006년 『월간문학』 등단
한국문인협회 사화집 『한국시인 출세작』
명작선 『한국을 빛낸 문인』
제27회 근로자문화예술제 대상, 제2회 청년토지문학상 대상 수상

영원한 사랑

철썩 철썩
차르르 차르르

모래밭 기어오른 바다 녀석
냅다 꽂았다 빠지면서 연신
게거품 뿜어대는구나

덩실 덩실 파도타고
자지러지는 신음 소리

아무런 말도 생각도 하지 마라
그냥 이대로 안고 놓지 않으리

철썩 철썩
차르르 차르르

구멍 난 밤하늘 별들 훔쳐보네

김은수

2003년 『시사문단』 등단
시집 『모래꽃의 꿈』 『하늘연못』 『염화미소』
한국문인협회, 경북문인협회, 대구문인협회, 달성문인협회 회원
의성문인협회 부회장

어머니의 세월

어머니의 여든여덟 해의 세월은
자식을 바라보신 세월

평생을 사랑의 화신처럼
고단함도 이기시고 베풂과 헌신의 삶

척박한 땅에서
누에치고 삼베길쌈
무명길쌈으로 우릴 키우셨네

누런 광목 강물에 풀어
끝없이 치대고
풀밭에 널어 말리시며
언제나 얼굴 함박꽃이 피어나네

눈 비비고
손끝에 골무 끼면 밤도 낮같이
오뉴월 보릿고개 허리띠 졸라매고
시장기 숨긴 헛기침 소리

머얼건 죽 한 대접 마시고 보리타작할
때면
가슴 가득 불은 젖이 속곳을 적신다네

디딜방아 찧은 현미로 밥 짓고
물레방아 돌려 빻은 밀가루로 국수 만
들고
연자방아 돌린 보리쌀로 쑤어주신
갱시기 한 대접이 사뭇 그리워지네

호미질 밭일에 흙이 탄 손톱
오랜 세월풍상에 부르튼 손등
지문 닳아 없어진 손길
내 손이 약손이다 아랫배 쓸어주면
사르르 사르르 초저녁잠 밀려오고
따사한 그 손길
뼈마디에 새겨지네.

세월 담긴 나이테도 주름살로 고을 지어
설한풍 인동초(忍冬草)도 오는 세월 못
막고
가는 세월 못 잡는구나.

청석 김의식

2007년 『문예사조』 등단
시집 『민들레 뿌리되어』 『꿈꾸는 푸른돌』
한국문인협회, 한국기독교문인협회 회원
세계시문학회, 한국장로문인회 회원

구절초 필 때

리트머스 종이 같은 당신 살결을
눈치 채지 못하게 사랑했어요

그대 꽃피는 시절에
얼굴 가득히 어리는 눈물

가을 산기슭에 구절초 피면
가슴에 그리움이 같이 피는데

남몰래 들어와
자리 잡고 피는 꽃

구절초 필 때 들리는 목소리
눈물인가
아픔인가

맑고 그리운 소프라노
나의 트로트

김이대

2009년 『자유문예』 등단
시집 『구절초 필 때』
한국문인협회 회원
동해남부시 동인

비에 젖은 새가 되어

당신은
내가 부르기도 전에
대답하는 님이십니다.

당신은
내 가슴에 박혀
뜨겁게 타오르는 불화살.
이 몸을 태워버리는 불 떨기입니다.

당신은
장마철에 쏟아지는 장대비
나는
억수로 쏟아지는 당신
사랑의 비에 흥건히 젖어서
날아갈 수 없는 한 마리 새입니다.

김인기

1973년 『풀과 별』 초회 추천
1999년 『한글문학』 시 추천 완료
시집 『부끄러워도, 그렇게』
NATIONAL LIBRARY OF POETRY CONTEST 입상
워싱턴문학 신인상, 제2회 재외동포문학상 수상

낙엽

가녀린 몸으로
몸부림치며 초라하게
우수수 떨어져 누워있네

속살 드러내고 황홀했던 때도
싱그러운 몸매 사랑 받던 때도
세월 앞에 고개 숙이고

알알이 쌓인 추억들
말갛게 씻어버리고

스산한 바람에 휘날리며
불사르고 사라지려 하네

한생의 마지막이
만물의 거름이 되어
그 희생 빛나거라!

김일우

2012년 『한국문인』 등단
저서 『오월의 산책』
소월문학회 낭송회 및 백일장 수상
중구문예문학상 우수상
한국시 낭송치유협회 이사, 김소월문학회 이사

사랑을 위하여

떨어지는
꽃잎처럼

한 잎 두 잎
떨어질 때

아프다
울지 마라

사랑을
위하여

떨어트릴
네 눈물에

어미처럼
앓고

아비같이
지켜보는

이 가슴이
메어진다

2012년 『대한문학세계』 등단
한국문인협회 회원

그리워서 흘러가는 길

접경마을 매화는 꽃망울 틔우는데
강 따라 싸락눈 발길 붙잡고
등짐을 베개 삼아 하늘 보면
나물 캐는 아낙의 등 너머
먼 산 첩첩이 깊다

얼음물에 씻은 냉이 뿌리처럼
이 산 저 산 모질게 넘어온 발길
손 시린 집집마다 연기 피어오르고
문 닫힌 삼거리 마천 장터
정류장엔 기다리는 사람 없네

잃은 것 찾아 산마을 가는 걸음
자꾸 눈을 털어도 잊히지 않는다
강물에 쓸려간 휘파람을 위해
내일은 어느 산 갈까

끌며 당기며 따르는 강물처럼
흘러서 함께 가는 사람들
전라와 경상지방 인심이 겹치는 접경
바람은 눈을 몰고 오는데
포장마차 난로 곁엔 코끝이 맵다

아무리 걷는 것이 나그네 일이라 해도
이런 날 어찌 한 잔 기울이지 않으리

오늘 서로에게 마주한 그대가 되기까지
얼마나 많은 강 건너 왔던가
흘러도 떠난 것 없고 머물러도 쉼 없는
사랑이여
다시는 울지 말자

굽이굽이 길 따라
사람 사는 맛 얼마 만에 느껴보는가
낯선 곳 장작불 따뜻한데
땀에 젖은 옷인들 어떠랴
네게 스며드는 저녁이어서 좋다

김재준(재민)

1997년 『문예사조』 등단
시집 『이발소 근처의 풍경』 『수레자국』 13집 발간
한국농촌문학상 대상
한국문인협회 회원, 경북문인협회 회원

봄빛

스스럼없는 그대 피부에
사뭇 눈부셔 눈 멀을지 몰라
그대 심장과 가슴속에
내 운명을 맡길 수 있을까

아직
이름 부를 수 없는 자태 속에
운명의 선을 그어서 나는
그대와 어디까지 갈 수 있을까

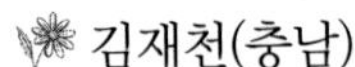

김재천(충남)

2012년 『문학예술』 등단
시집 『그리고 남아있는 것은』
충남시인협회 이사
서안시문학회, 홍주문학회 회원

보슬비 내리는 밤에

가로등 사이로 보슬비 내리더이다
외로운 불빛 등에 업고 소리 없이

조용히 찬바람에 옷깃 여미며
보슬비 맞으며 마냥 걷고 싶습니다

슬픈 사랑의 주인공이 되어
적막에 흐르는 선율 따라
끝없이 떠나고 싶습니다

보슬비 내리는 저 어두운 창가에
참으로 좋은 사람과 마주 앉아
아름다운 인생 이야길 풀어내어
한밤을 지새우고 싶습니다

김정미

2008년 『한맥문학』 등단
전북도민일보 대상
내장문학 동인
청와대 5기 심사위원, 정읍신문 칼럼위원

철새는 날아가고

그해 여름새는 날아갔다
젖은 날개를 파닥이며 멀어지더니
영영 돌아오지 않는 너는 환영처럼 날아간 새

모래시계처럼 모든 게 흘러내리던 계절이었다
아무런 변명 없이 하늘은 비었고 연일 구름과 비가 쏟아지던 동성로
좁은 골목길 그 찻집에서 듣던 엘 콘도르 파사, 우울한 밤의 눈동자

철새는 날아가고
여름비가 끄는 노래는 녹색 그림자를 출렁이다 황급히 사라졌다
멀어지면서 흩어진 그 여름의 끝

안데스의 콘도르는 유목민의 믿음으로
커다란 날개를 펼치며 다시 돌아온다는데
여전히 난해한 계절

이곳을 떠나 저곳으로 날아오르며
수없는 계곡을 건너 어디까지 가야 하는지 너는 묻지만
꽃처럼 피어나는 의심, 슬픔을 먼저 알리는 모래시계

철새는 날아가고
계절 사이 모든 것이 멀리 흘러갈수록
그 찻집 그 창가의 밤은 그대로 있는데
가만가만 꿈속을 내려오는 두려운 밤은 다시 오는데

김정임

2002년 『미네르바』 등단
시집 『붉은사슴동굴』 외 2권

바람의 눈

시베리아 하얀 달빛 쏟아지는 자작나무 숲
은빛 나뭇결을 닮은 바람의 빛깔
바람은 바람을 낳아 은밀히 몸집을 키우고 있네요

밤마다 달빛을 품어 비밀을 만드는지
회오리의 눈도 보았습니다
자신의 모태가 자작나무 숲이라는 것
그들도 무수히 퍼지는 씨앗과 같은 존재라는 것
혹독한 바람 따라 달리는 벌판의 늑대
달빛을 향해 짖어대는 늑대의 삶도 바람 같은 것
짐승도 인간처럼 늘 슬픈 공복이 기다리고 있듯이

바람을 만나러 왔으나 바람에 날리는 내 영혼
내 몸도 가볍게 떠다니는 듯합니다
바람의 눈은 하얀 민들레를
햇살 부서지는 대로 몰고 갑니다

김정조

『경기문학』, 『문학나무』 신인상
시집 『따스한 혹한』
한국문인협회, 한국시인협회 회원
문학나무작가회, 미소문학작가회 부회장

어머니

꽃다운 나이가 있었습니까
스물한 살
세상 물정도
익히지 못하는 시기에
당신은
어머니가 되고

지고의 정성으로
섬김을 약속했던
지아비는
이국의 병사가 되어
스물세 살
천추의 한을 유산으로 남긴 채
그렇게 떠나셨습니다

그것은
당신에게
지울 수 없는 고통이었고
통곡으로
평생의 가슴앓이가 되어
기침으로 남았습니다

나는
어머니의 그 허기진 기침으로 자라면서
기침의 의미도 모른 채
거칠고 주름진
어머니의 한생을 닦달만 하였습니다

이제
어머니의 노안이 아들을 분별키 어려
운 시점에서 가까스로
어머니를
알게 됨을 그나마
행운으로
어머니를 부릅니다
어머니!

김정호

1996년 『문예사조』 등단
시집 『일기예보』 『잃어버린 나의 강』 등
한국문인협회 회원
문예사조문인협회, 한국신문문인회 회원

바람꽃

바람꽃 수놓인
그 여자의
치맛자락에서
봄바람
불어 나온 걸 보니

아, 지금쯤
낮달이 바람결에
바람꽃 한 떨기
소백산
어느 기슭에다
피워내고 있겠다.

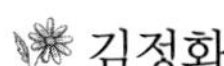김정화

2009년 『만다라문학』 등단
시집 『눈 오는 날엔 눈물이 난다』 『꽃잎 도장』
한국문학신문 기자
향토사랑방 『안동』 편집위원, 안동강남신문 편집위원장

네가 한 송이 꽃일 때도 나에게는 왜 네 눈물만 보이는지

한 송이 꽃으로 웃는 너
내 가슴에 들어와
애잔한 나의 인연이 되고
그 인연들 흘러나와
두 어깨 들썩이는 눈물이 되는지

물길 거슬러
뒤웅박에 바람 잡는 세월일지라도
눈길 보낸 자리마다 꽃들은 피어
모천을 오르는 연어가 되고
벌새 그 자그마한 날갯짓 뒤에
뜨거운 내 영혼 흔들었나니

어느 늦가을 서리 녘에
방울방울 눈물이 모여
빈 가지 가지마다 서리꽃을 피워내던
너의 기나긴 외로움, 안아볼 수 있을까

네가 한 송이 꽃일 때도
나에게는 왜 네 눈물만 보이는지
너의 눈물을 언제 다 말릴 수 있는지
사위어가는 너의 눈물
불 켤 수 있는지

별빛들의 독야청청이
홀로 세상의 흑암을 건널 때
몇 백 광년 눈물의 고독이
별들의 높이에 방패연을 날리는지
서로를 녹이고 뭉치고 흘러가서
비로소 꽃 피어나 별이 되는 것인지.

김종

1976년 중앙일보 신춘문예 당선
시집 『장미원』 『밑불』 『더 먼 곳의 그리움』 등 11권
저서 『전환기의 한국현대문학사』 『한밤의 소년』(역서) 등 9권
대한민국 동양서예대전 초대 작가
추사 김정희 선생 추모 전국휘호대회 심사위원 역임

천년 사랑의 뿌리

천년 세월 뿌리 깊은
느티나무 푸른 숨소리

고려정신을 심은 뿌리가 오늘날까지
칼바람을 견디며 고목 진 천지지기(天地之氣)

잃어버린 땅 빼앗긴 하늘 우러러
맑은 숨결 뿜어 기도하는 나무

바람이 맘얼 깨치는
내소사 바람방울쇠

영산 물줄기 흐르는 맑은 정화수
천년을 길어 올리는 사랑의 뿌리여.

* 바람방울쇠: 풍경

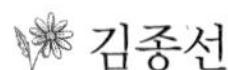

김종선

1994년 『문예사조』 등단
한국문인협회, 한국소설가협회, 전북시인협회 회원
전북문인협회 이사

사랑아 너는

사랑아 너는
눈 먼 장님이다
아편 같은 중독이거나
벙어리 같은 비밀이다
너는 듣지 못하는 귀머거리
보지 못하는 장님이다

너는 삼복염천
황톳길 위의 갈증이다
사랑아 너는
끝내는 무지개나 안개
또는 저녁놀 같은
허무의 빛 그늘이다

그러나 오늘 하루
너는 내게
찬란한 별이거나
황홀히 타오르는 불꽃이다

그리하여 마침내
아련히 녹아드는
장밋빛 수액 한 잔

김종섭

1983년『월간문학』등단
시집『환상조』등 11권
윤동주문학상, 조연현문학상 등 수상
한국문인협회 부이사장 역임

한 천 년쯤

삼복에 산에서 내려온 저 순한 바람 같은

별빛 총총 박힌 채 살강살강 수련잎에 듣는 새벽이슬 같은

강낭콩 꽃잎에 앉아 밤을 지새운
팔랑나비 젖은 이마 어루만지는 돋을볕 같은

소나기 지나간 뒤
파르르 물낯을 가르며 날아오르는 물잠자리 날개 같은

옥양목에 수를 놓고 있는 아내의 등 뒤에서
나는 지금 기타를 치며 노래 부른다, 사랑이여
곰삭은 동치미 무청처럼 사근사근
한 천 년쯤
그렇게
남아있어라

김종호

1982년 강원일보 신춘문예로 등단
시집 및 저서 『둥근 섬』 『적빈의 방학』 『한 뼘쯤 덮고 있었다』 『물 · 바람 · 빛의 시학』 외 다수
원주문인협회 고문

그 길

홍매화 노란 향기
아득한 고향을 그리고

노송가지 이는 바람
연초록 시(詩)를 쓴다

뻐꾸기 진달래 연정
카랑카랑 낭송(朗誦)을 하고

딱따구리 목어(木魚) 소리
꽃나비 너울춤 추는데

참 나를 찾아 오늘도
고행 아닌 그 길을 간다

김좌영

문파문인협회 신인상 시 부문 등단
시집『그땐 몰랐네』
한국문인협회, 한국문인협회 용인지부 회원
문파문인협회 회원

능소화 핀 골목에서

우주 안 저 별들을 가루로 만들어서
지상의 꽃가루와 골고루 섞고 섞어
너에게 가락지 하나
빚어 주고 싶어라

이런 허황된 소망 하나 가슴에 품고
그대 집 앞을 서성입니다
능소화 담 넘어 마중 나온 막다른 골목에서
금환식하다 쓰러진 나를
능소화 만나러 온 나비들이
어느 별나라로 떠메고 갑니다

김창완

1973년 서울신문 신춘문예 당선
시집 『인동일기』 외 다수
오늘의시인상, 윤동주문학상, 계간문예문학상 수상
반시동인으로 활동
『소설문학』 편집장, 조선일보사 출판부장 등 역임

우리 임은

사례산 바위 옆에
진달래 피면
우리임이 오시겠다고
언약하고 떠나가신
봄은 왔지만
한 번 가신 우리임 아니 오시네

사례산 옹달샘에
얼음 녹으면
우리 임이 오시겠다고
기약하며 떠나가신
봄은 왔지만
보고 싶은 우리 임 아니 오시네

사례산 정자 밑에
둘이 앉아서
달을 보다 사랑에 취해
내 모든 것 가져가며
행복하자고
다짐하던 우리 임 소식도 없네

사례산 바위 옆에
진달래 지고
철쭉꽃이 곱게 피어도
오지 않는 우리 임
너무 그리워
가슴속은 미움으로 가득 쌓이네

青坡 김태경

2011년 『한울문학』 등단
한국문인협회 회원
계간문예작가회 중앙위원
시마을문학회 이사
내 가슴이 너를 부를 때 동인 회원

강변에 서서

사연이야 깊으면 깊을수록
떠나간 이의 그리움은 더욱 깊고
선아의 얼굴에
잔잔히 번지는 해맑은 미소
애모의 정은 더욱 깊은데
노을빛 하늘
방금 동면을 끝낸
늙은 장수풍뎅이 한 마리
비상을 꿈꾼다
엄청난 모순 허허로운 세월이다

악역을 맡은 긴 그림자 위에
빨갛게 달아오른 눈시울
헉, 헉 붉은 울음 토해낸다
아쉬웠던 지난 기억일랑 떨쳐버리고
간절한 기다림이
묵상의 밤을
수없이 반추하고 있었다

결별의 순간
엄청난 무게의 변혁
불확실한 시대의 징표로 남아
단 두 줄의 이야기만을 엮어
강물에 띄워 보내고
회한은 크지만

참한 모습 추스르며
미라의 전신으로 일어서
배냇병신의 자유. 자유.
그 웅장한 합주곡을 연주하리라

김태룡

1974년『시문학』등단
문예(부원)문학상, 단국문학상, 한국농민문학대상 수상
국제펜한국본부 이사
경기펜 부회장 역임
한국현대시인협회 지도위원, 한국농민문학회 심의위원장

넝쿨장미

기어오르는 것이 꿈이다
조용한 담벼락에 기대어
높은 하늘을 향해 팔 벌리면
네 목은 점점 늘어나
꼭대기에 다다랐다

누군가를 향한 그리움만큼이나
자라난 너의 키에
울타리 밖에서 너를 본다

붉은 얼굴
다소곳한 듯 함박 피어난 얼굴
매콤한 너의 향기에 취해
난 그만 사랑에 빠져버린다

쉽게 지지는 마라
흥분처럼 피어나는 너의 가슴을 들여다볼 때마다
나도 그곳에 묻히고 싶어져

넝쿨의 그늘 아래서
네게서 날아온 연서를 읽는다
곳곳에 적힌
'사랑해'
라는 말들의 잔치
뭉텅뭉텅 쏟아지는 재채기

김한선

1991년 서울찬가 문학작품 공모 등단
시집『잊는다는 것은』 외 2권
비시동인지『너의 집 앞에 빨간 우체동』 외 9권
한국문인협회 회원, 비시 동인

가을비

가을비는 마음을 흔들며 내린다
지나간 골목을 적시고
내 젊은 날을 휘돌아
나지막이 흐느끼며 내린다

나 그대를 사랑했던가
뼈 속까지 아픔은 파고드는데
이제는 너무 오랜 세월 때문에
흐릿하게 떠오르는 그대 모습

여태 기다렸는가
저 언덕 너머에서 아직도 기다리고 있는가

가을비 때문에
목이 메인다.

김행숙

1995년 『시문학』 등단
시선집 『우리들의 봄날』 외 5권의 시집
영역시집 『As a lamp is lit』
한국기독교문학상, 이화문학상, 아름다운문학상

한국문인협회 건립위원
한국현대시인협회, 한국여성문인회 이사

사랑

오오래 너를 본 적이 없다
한적한 골목
산수유 노란 가지 끝에
한 점 햇살로 너는 문득 매달리고

눈을 감으면
내 뒤안길에서
고요히 굽이치는 푸른 강물
한 점 파도로 너는 문득 튀어 오르는

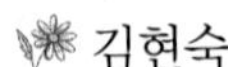

김현숙

1982년 『월간문학』 등단
시집 『쓸쓸한 날의 일』 『소리 날아오르다』 외 다수
윤동주문학상, 후백문학상, 한국문학예술상 등 수상
문예대학 강사, 한국시인협회 상임위원, 미래시 동인 회장

겨울, 고백하다

겨울이 봄에게
사랑 고백 하나 봐요

하늘이 하얗게 질려
하얀 웃음 뿜어낸, 오늘
사계(四季)를 보았어요
봄비
여름 햇살
갈바람
겨울 눈꽃
지상 최고의 이벤트를 하며
내 마음 받아달라고

봄이 따습게 안아주면
그 빛 가득 품은 겨울
영롱한 꿈 터트릴 테니까요

김현숙(안호)

2012년 『문학세계』 등단
공저 『수요일엔 파란 장미를』 『한국시인대표작 1』 외 다수
중랑청소년 및 구민백일장 심사위원 역임
소정문학회 사무국장
한국문인협회, 한국현대시인협회 회원

가을 편지

가을엔
너를 사랑하리라
떨어지는, 오늘도
한 잎이다

날개는 없었지 카타르시스의 나뭇잎, 칸나 없는 찻잔에서 떨고 있는 나뭇잎, 한쪽으로 부서질까 두고 간 책갈피, 넌, 치마폭에 쌓이는 입술인 양, 감염되는 밤들이 아름다워요 언젠가, 손을 잡은 손들이 입을 여는 입들이 달려와 길을 덮었지 연두를 신은 발목 마주보던 침대는 깊어갈까 너의 밤들이 반짝였으면 좋겠어, 향을 피우는 가벼움으로 펄럭이는

흰 목덜미인 양, 부서지는 발톱인 양,

'붉다' 가을은

잎이 진 뒤 아무 소리도, 내지 않았다 그리고 '자화상'에 대해 말하지 않았다

김현신

2005년 『시현실』 등단
시집 『나비의 심장은 붉다』 『전송』 등

다리미질하다가

다리미질하다가
구겨진 마음을 다리다가
와이셔츠 다섯 개
단춧구멍
다 채우고픈
모난 사랑까지
꾹 눌러
다렸네

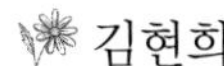 김현희

2009년 『서정문학』 등단
저서 『달팽이 예찬』
한국문인협회 회원
시와수상문학 운영위원장, 한국문인협회 신안지부 편집위원장
네이버 문학밴드 다솔문학 회장

첫사랑

밤새
소낙비 퍼붓더니

앞 냇물이 불고
속없이
나도 따라 불어
붕 떠가는 거

곧
큰 바다를
이루게 되는 일

온몸 허우적이며
멀미를 보채다

김형오

2003년 『시문학』 등단
시집 『하늘에 섬이 떠서』 『풀씨를 심는다는 것』
한국문인협회, 미주문인협회 회원

커서를 지울 수 있다면

자판을 두드리는 손가락이
자꾸 허방을 짚습니다.
차오르는 눈물이
가슴을 깎아댑니다.

잊은 줄 알았는데
기껏 잊은 척만 해온 모양입니다
모질게도 노력했는데
그는 여전히 내 안에
남아있었던 모양입니다.

자판을 두드리는 손가락이
어느 새 쓰던 시를 삼키고
그의 이름을 새겨 놓았습니다
이름 끝 자에 서있는 커서는
그의 미소를 닮았습니다.

김혜련

2000년 「문학21」 등단
2007년 「시사문단」 신인상 당선
시집 「피멍 같은 그리움」 「가장 화려한 날」, 공저 「평행선(2001)」 외 21권
제2회 북한강문학상 수상(2010)
빈여백 동인, 순천팔마문학회, 한국시사문단작가협회, 한국문인협회 회원

내 아내

여보라고 부르는 게 무에 그리 어려워
여보라고 부르라면 얼굴부터 붉힌다

처녀 적 각시 적엔 눈으로만 부르다가
첫아이 낳고부턴 입에 붙은 희정 아빠

휴지 한 장 쪼개 쓰고 구멍 난 속옷 못 버리고
늘어난 살림만 한 가계부들 대견타

여보라고 부르는 게 무에 그리 어려워
흰머리 나부껴도 새댁 같은 내 아내

갯돌 김홍훈

2000년 시집 『그때로부터』 출간.
2010년 『무시울로 가려네』 (시와 자작 사진 묶음)
한국문인협회 회원

내가 너를 사랑하는 이유

1
여름 대나무 숲에서는
태양 때문에 흘린 땀을 식히느라
잎의 빛에 집중했었다
나무길 속으로 들어갔을 때
지금까지 그 존재를 몰랐던 바람이
앞다투어 나의 발걸음을 이끌었지
그것이 처음부터 있었는지
내가 지나감으로 생성되었는지
내가 바람인지
나의 바람인지
온통 하늘로부터 나뭇잎으로 부서져 내리는 햇살 아래서
나의 바람을 바람에 실어본다
너의 그림자 사이로 발을 내딛었다

2
내가 너를 사랑하는 이유는
노래하는 가슴을 감싸고 있는
열정의 팔 때문일까
가느다란 손가락 사이로 하늘 보여주는
수많은 용기 때문일까
계절의 햇살마다
사상을 다르게 피워 올려대는
창의적 눈동자 때문일까

3
오후 세 시
너의 긴 그림자가
나의 그림자를 향하니
모네의 그림이 되었다가
새벽녘 새초롬한 별이 되었다가
내 앞을 스쳐 지나가는 시간의 전령이 되었다가

4
너는 여전히
무엇보다 앞서 내 사랑을 고백받은 자이리니
네 뿌리에 머리카락을 눕혀보네
내 감각을 흡수한 너는 곧 내가 되고
너의 그림자까지도 사랑하는 나는
영원히 네가 되고.

書彬 김화수

문학평론가 『에세이포레』 등단
시집 『나와 악수하기』 『언어로 집짓기』
역서 『의사소통장애: 전생애적 조망』 『언어발달』 외 다수
올해의 이화인상, 국제문화예술상 수상
한국문인협회 및 국제펜한국본부 회원
『푸른문학』 편집국장, 국제Zonta 회원

벌어진 사이

마음 사이에 금 하나 그어놓고
저절로 무너질 때를 기다린다.
한 마리 뱀과 같이
저 혼자 자라는 샛길같이
구불구불 지나갈 때를 기다린다.

무릎까지만 담그려 했는데
허우적대는 그림자는 이미,
어깨 위까지 물에 젖고 말았다.

사는 게 그랬다
우물을 파지 않고 물을 찾아서 다녔고
물이 있으면 숭늉을 찾았다.
샛길을 마음대로 구부렸으며
구불대는 뱀을
똬리 속에 가두려 했다.
어둠이 뛰고 있는 것이
별인 줄도 모르고
빛이 있어 그림자가 있는지도 모르고
마음에도 없는 말을 했다.

이제 헤어져

원한도 없는 사이인데
채를 휘둘러 멀리 보내려 하는 작은 공

그 공이 깨지고
벌어진 사이에 그림자 하나 남아있다.

김화연

2015년 『시현실』
단국대시낭송과 시창작 외래교수
한국문인협회 회원

가시연꽃

꽃 한 송이 때문에
온몸에, 수천 개의 바늘을 꽂고 살았다
지나친 사랑은 집착일 뿐인데
애증의 무게 중심이
이미 한쪽으로 옮겨 앉은 것이다
첫눈에 사유의 중심을 잃어버린 까닭에
세상을 온전하게 바라볼 수 없었다
버려야 할 앙금들도 모두
사유의 뒤주 속에 가둬두고 살았다
진화를 거부하며 살아온 나는
우포늪에 터를 잡은 가시연꽃 같은 사람이다
오늘도 그의 곁을 서먹하게 지나갔다
사유의 늪에 어린 그림자가 완고할 뿐이다
서녘 하늘에 화염이 번졌다
첫사랑도 그렇게 불탔을 것이다
가시연꽃도 제 삶이 답답할 때면
일 년에 한 번씩은 뜨거운 모닥불을 가슴에 피웠다
아무 말도 하지 않았다
가시연꽃 같은 사람을 사랑한 것이다

김환식

2005년 『시와반시』 등단
시집 『낙인』 『참, 고약한 버릇』 『버팀목』 등 7권
금탑산업훈장 수훈
한국문인협회, 한국시인협회, 대구문인협회 회원

子宮

하고 싶다
느끼고 싶다
點
線
畵
이어지는 지평선
하얀 白紙 위로
點을 잉태하여
일곱 색 선율
무지개 저 끝
우물 있어
소원 빌고 머리 감으면
뮤즈가
꿈을 이루게 해준다는
전설의
墨畵를 낳고 싶다.

월천 김후남

2006년 『포스트모던 문화예술』 등단
한국문인협회 회원
한국예술문화원 이사
아카데미 시 지도교수

사랑

집을 짓기로 하면
너와 나
둘이 살
작은 집 한 채 짓기로 하면

별의 나라 바라볼
창
꽃나무 심어 가꿀
뜰

있으면 좋고
없어도 좋고

네 눈 속에 빛나는
사랑만 있다면
둘이 손잡고 들어앉을
가슴만 있다면

김후란

1960년 『현대문학』 등단
시집 『고요함의 그늘에서』 외 13권
월탄문학상, 한국시협상 등 수상
문학의 집 서울 이사장

당신과 내가

당신과 내가 풀어놓은
사랑의 언어들
보석보다 더 값집니다.

당신과 내가 쏟아놓은
서약의 낱말들
반석보다 더 강합니다.

당신과 내가 뱉어놓은
언약의 말씀들
영원보다 더 질깁니다.

당신과 내가 깔아놓은
진실의 얼굴들
일출보다 더 밝습니다.

당신과 내가 이어놓은
사랑의 교각들
철강보다 더 굳셉니다.

당신과 내가 뿌려놓은
가족의 화음들
악공보다 더 맑습니다.

김훈동

1965년 『시문학』 등단 후
2015년 『계간문예』로 재등단
시집 『雨心』 『억새꽃』 외 다수
한국농민문학상, 수원문학, 한국예총예술문화 대상 등 수상
수원문인협회 회장 역임

강나루 허공을

만나고 헤어짐이 술렁대는 둘레길
새색시 초승달 함초롬히
삼악산은 강바닥에 거꾸로 서서
숨 막힌 채 물방울 뿜고
나루터 사공은 보이지 않는다.

달 밝은 밤 강물에
홀로 노 저어가다 두런두런
끝내 물결이 쪽배 나루터에 댄다

바람은 내 마음 실어다 달빛에 싣고
그 결에 잠겨 외마디 외칠 때
시어 한 줄 메아리쳐오다.

소리는 강바닥 지느러미에 닿아
부서진 이끼를 흔들어대고
한낮의 빛과 그림자 수면의 물새 떼 날리곤
하얀 안개마저 꽃 피워 올린다

강나루 허공을 떠도는 것은 결이 숨 쉬다.

남상진

2010년 『문학저널』 등단
시집 『카푸치노』
소설집 『글길을 따라간다』(공저)
한국문인협회, 새한국문인회 회원
청송시인회 회원

가을 너만 가렴

묶어 두고 싶은
시간

곁에 두고 싶은
사람

깨지 않는 술이 좋다.
가지 않는 밤이 좋다.

가을
너만 가렴.

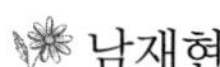 남재현

2008년 『한맥문학』 등단
시집 『계절의 소리』 『약국가는 길』 『가을 너만 가렴』 등
죽순문학, 이상화기념사업회 이사
한국문인협회, 국제펜한국본부 회원

연정

오늘 먼 길 떠난 나의 님
나는 책 읽고 시 한 줄 써봅니다
오늘따라 글 읽히지 않고
임의 얼굴이 떠올립니다
신혼도 아니어서
애틋할 그 무슨 이유도 없건만
왜 이리 살가운 정에 눈물이 나는지요
보이지 않으면 애틋한 마음
만나면 연정 표하렵니다
과연 그리 될지 아직 몰라도
그냥 생각만 간절할 뿐이지요
아
나는 정녕 베풀 줄 몰랐어요
한평생 님의 사랑 받기만 했으니
이제야 잘못 뉘우칩니다

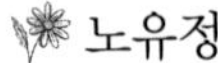 노유정

2010년 「문예운동」 등단
저서 「바람이어라」 「아무리 잊으려 해도」 외
국보문학 최우수상 수상
국제펜한국본부, 한국문인협회 회원
부산시인협회, 국제펜부산지회 이사

사랑

흔들리는
거울 앞에서
날 세운 작두에 춤추는
박수무당 바라보며
남몰래
흘리는 눈물

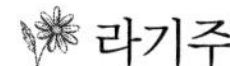 라기주

1994년 『조선문학』 등단
시집 『누수된 슬픔』
한국문인협회, 한국현대시인협회 회원

당신이기에

창가로 흐르는 촉촉한 햇살같이
살며시 손잡아 주는 모습이
새벽녘 구름 사이에 뜬 별 같은 당신

추운 날 아침 차 한 잔 마주하며
부드러운 미소로 하루를 풍요롭게
시작하게 하는 당신

우리끼리 대화할 수 있는 공간이 되고
당신의 사랑과 배려를 느낄 수 있게
가족끼리 외식도 즐길 줄 아는 그런 당신

어느 한 계절
화사하게 피었다 시드는 사랑보다
저무는 들녘에 순수하고 자연스런
들꽃 같은 당신.

해련 류금선

2006년 『문학21』 등단
시집 『목련꽃 사연』 『풀잎에 스미는 초록 빗방울』
노원문인협회 시분과 회장, 부회장 역임
한국문인협회, 노원문인협회, 서정문학 회원

이 가을에

당신,
이 해거름에
붉은 서녘바람 몰고 온다 해도
도리 없이 사분사분 맘을 열겠습니다

절여진 이유를 감내하기 어려워도
굳이 개의치 않겠습니다

상큼한 바람 스칠 때마다
파르르 경련 이는 소리가
되레 살갑습니다

덕분에,
인천대교 저 너머 까치놀이
진저리 치도록 아름답다는 것도
새삼 알았습니다

당신 만나고 돌아선 발자국엔
황금빛 내음이 가득했습니다

류병구

2016년 『월간문학』 등단
시집 『달빛 한 줌』 『쇠꽃이 필 때』

보고 싶소

그대의 미소가 보고 싶소
웃음 가득 머금고 있는
그 미소 그 눈짓
생각만으로
나를 잊게 하오

생기를 나눠주며
갈증을 해소하듯
그대의 미소에는
따스함이 머물고
느낌만으로
나를 잊게 하오

그대의 언어가 듣고 싶소
낭랑한 소리
귓속에 들려오고
그대의 미소에 취한 난
머릿속 꿈길에서 그댈
되뇌고 있소

눈 감으면 떠오르는 얼굴
웃으면 웃는 미소가
꽃이 되는 그대
함께 하고 싶은
아름다운 꽃이여

보고 싶소

류봉희

2012년 『한국미소문학』 등단
시집 『생각의 차이』
한국문인협회 회원
한국문인협회 천안지부 회원
한국미소문학 회원 및 충청지회장

아내

당신은 가을에 핀 코스모스
오색 옷 갈아입고
화사한 미소로
찾아든
사랑의 여인

매년 가을이 오면
수줍어 말 못 하고
바람 타고 날아드는
낙엽처럼
내 품에 안기는
국화꽃 향기의 여인

류선모

2010년 『문학과의식』 등단
저서 『한국계 미국작가론』 『미국소수민족작가론』 외 다수
청계문학상, 전국우수도서상 등 수상
송파시문학동인회 회장, 재외동포재단 자문위원,
한국문인협회, 국제펜한국본부 회원

오는 봄에게

이제 비로소 날개 펴고
천개의 말이 가위바위보 했지
이제 더 애타지 말자
우린 기다렸어
날마다 젖어가는 창에
축등을 밝히면 함께 있을까
지난겨울 오랫동안
생각의 종이 되어 고운 꿈속에 있었지
누가 뭐래도 오늘 다 드러낸 매운 기억을 안고
소리 없는 발자국 찍었지
겹겹이 쌓인 미움의 흔적들 씻어질까
조금씩 길을 내는 슬픔은 욕심이지
거대한 숲으로 가는 그 새벽 길
이렇게 가고 또 가며
몰려온 어둠을 쫓기 위해
닭 몇 마리 키울까
또아리 튼 어둠이 풀어지고
쓰다만 시 구절이 가로 놓인
책상에 다시 앉았다
오히려 쓸쓸한 미소가 모여들고
미움을 낳아도 위대한 힘이여
날마다 살아나는 몸
그리움의 신열인가
시간 여행이지

류순자(청주)

1995년 『문예한국』 등단
저서 『산을 보다가 길을 잃었다』 『봄이 오는 길』
한글문학상 대상 세종문학상 대상
한국문인협회 문인탄생백주년기념위원회
문학신문문인회 부회장, 세계환경문학협회 상임고문

그리운 소리

솔솔 흐르는 바람 속에는
말의 씨알이 줄지어 흩날린다.
꼬리에 꼬리 물고 저희들끼리 날아다니지만
때로는 세파에 부딪혀
앞 꼬리 놓치고 땅 위를 뒹군다.
때론 재수 없어
강아지 배설물에 젖어 허우적거리다가
양지 바른 돌계단으로 기어올라
몸을 말리고 원기를 회복하기도 한다.

하지만 아무리 귀 기울여도
그녀가 날려버린
'보고 싶다'는 고백의 라일락 향기는
스스로 비상하는 능력을 잃었는가?
내 귀는 말매미 소리만
완전 자동 조합 중이다.

류시경

2011년 『대구문학』 등단
미래작가회, 대구문인협회, 한국문인협회 회원
대구생활문인협회 이사
『시인시대』 편집위원

그리움

이제는 잔잔한 물결
폭풍우보다 더 큰 힘으로 밀려오는
이 한없이 잔잔한 물결은
도대체 무엇인가요

가다 가다가 수평선에나 걸릴지
한없이 뻗치다가 푸르름으로 되어버릴지
넘겨야 할 고비도 없이 가득가득 밀려오는
이 기류는
도대체 무엇인가요

극히 유연하고 미약하나
시간도 제끼고 공간도 초월해
알 수 없는 심연으로
도달할 수 없는 높음으로
한없이 높아지고 깊어지는
이 정체는
도대체 무엇인가요

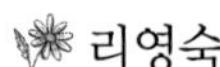

리영숙

1996년 「문예사조」 등단
시집 「안개 소리」 「슬픔은 진실을 만나게 한다」 「그곳에 간다」
한국문인협회, 국제펜한국본부 회원

줄 서기

경기장에서는
의자들이 기울어진 피라밋처럼 줄을 선다.
낮은 의자는 나란히 앞줄에
그 뒤의 높은 의자는 차례로 다닥다닥 촘촘히 붙어서

꽃밭이나 야산에서
진달래 개나리 목련 산수유 라일락 장미 칸나
싹트기 전부터
줄서서 제 철의 차례를 기다린다.

버스 정류장이나
민원 창구
사람들이 모여들고 흩어지는
출입구 앞의 줄서기
그 방황을 본다.

강변의 돌밭
산의 나무들에게는
크고 작음 높고 낮음 멀고 가까움
빛깔 향기 모양 성질
그런 구별이 줄을 선다.

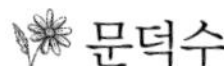

문덕수

1956년 『현대문학』 시, 추천 완료로 등단
시집 『선 · 공간』 『새벽바다』 『문덕수 시전집』 등
논저 『문학일반의 이해』 『한국모더니즘시연구』 『시론』 등 다수

그리움

갈밭
갈밭에는

종일토록
바람이 앉아
울더니

비가 내리더라.

비가
내리더라.

내내.

문상원

2013년 『한맥문학』 등단
한국문인협회 회원

아버지의 사랑세포

겨울 아침이었네
곱슬머리 딸은
아버지가 군불로 덥힌
묵직한 사랑물로
머릴 감고 학교엘 가네
어설픈 딸내미 머리 감기에
입술로 문 담뱃불 비벼 끄곤
큰 손으로 서너 번
찰랑찰랑 헹궈주셨네
손끝으로 몰린 사랑세포
뇌혈관을 점령,
– 열다섯 살에도 아버지가 머릴 감겨주셨다
두고두고 자랑하네

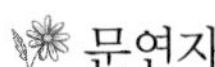 문연자

2012년 『문학세계』 등단
공저 『수요일엔 파란장미를』 동인지 『나비』 외 다수
세계문학상 본상 수상
중랑청소년 및 구민백일장 심사위원
소정문학회 홍보국장, 한국문인협회 회원
한국현대시인협회, 중랑작가협회, 문학세계문인회 회원

청동거울

다뉴세문경 일만 삼천 동심원 아래 아득히
전생으로 비치는 사랑

일만 삼천 겁劫 우주를 돌고 돌아 나오면
우리 다시 만날 수 있을까

섭씨 40도의 열병이 회오리치던 여름
발은 둥둥 떠 가고

마주 보는 눈빛 속에 비늘 푸른 물고기 헤엄치고 있었네
그 눈 잉걸불 일어 중천으로 튀어 오르고 싶었던

물의 성벽 콰르르 무너지고 청동거울 깊은 속
푸른 녹으로 서있는

문영하

2015년 『월간문학』 등단
한국문인협회 회원

궁남지 연꽃에게

부여로 가는
나는
한 줄기 바람

서동왕자 찾아가는
선화공주와도 같이
궁남지로 달려가는
한 줄기 햇살

연꽃아
네 무엇이 내 마음 끌어
이리도 발걸음 급하게 하는가

밤새워 달려온 나는
귀먹은 바람
눈먼 햇살

연꽃아
어느새 너에게 갇혀
전설 같은 사랑을 꿈꾸는 나
내 영혼의 순결한 날개 위에
너를 앉히고 싶다

고결한 너 분다리
궁남지 연꽃아

문인선

1997년 「시대문학(현 문학시대)」 등단
시집 「천리향」 외 2권
한국농촌문학상, 실상문학작가상, 백호낭송대상 외 다수
한국문인협회 중앙위원, 연제문인협회 명예회장, 전 평화방송 목요시 담당

짝사랑 · 2

가녀린 몸매
비너스 같은 모습

사모(思慕)의 정은
언제나
가슴을 떨리게 했다.

이룰 수 없는 사랑이어도
그 집 앞을 지나면

행여 고운 모습 보일까
낭랑한 음성 들릴까
설레임은 고동(鼓動)이었다.

임이 지나간 길
소중한 흔적들 아련하여라

지금은
그 모습 흐려져 가도
보석 같은 추억의 향기는
살아 숨 쉰다.

홀로 누리는
달콤한 추억으로

소산 문재학

2009년 『한맥문학』 등단
시집 『삶의 풍경』 『빛의 그림자』 『마음의 창을 열면』
전자시집 『사랑의 등불』 『즐거운 기다림』 외 다수
한국문인협회 회원

사랑의 확인

그날
그 이후로
마음 빗장 걸고
외로운 길 멀리도 걸었네요

멍에 너무 무거워
숨찬 입 벌리고 바라본 것
바로 제 옆에 계신
당신의 넓은 어깨였지요

그러나 다가가지 못함은
행여 날 외면하지 않을까
의심하던 저에게
매일 매일 찾아 오셔서
손 내밀어 주셨지요

꿀 송이 같은 음성으로
위로하시고 다독여 주시니
유영하던 내 영혼 당신께 빠져들어
이제는 새 힘으로
새 노래를 부르고 있습니다.

문정

(본명 문군자)
2007년 『문학예술』 등단
시집 『허수아비의 미소』, 공저 『글빛동인』 10집 외 다수
허난설헌문학상, 좋은문학문학상
한국문인협회, 문학예술가협회 회원

눈은 다정과 함께 오는가

병원 들어설 때는
눈 내릴 기미
알아차리지 못했는데

한참 후 병원에서 나오니
눈이 내리네
함박눈이 펑펑 내리네

기왕 두 내외 나온 김에
점심이나 들기로 하고
옛날 자장면 집을 찾아가네

나야 모자를 써서 괜찮지만
아내는 목도리 풀어 머리 감싸고
눈 맞으며 눈 속을 걸어가네

혹시나 미끄러질까
아내는 나의 팔을 꽉 잡고
나도 오랜만에 아내의 팔을 잡아주네

눈은 다정과 함께 오는가
아주 먼 지난날 눈 속을 함께 거닐던
연인 시절 아내가 내 곁에 있네

문종환

2006년 『한맥문학』 등단
한국문인협회, 국제펜한국본부 회원
한맥문학작가협회 이사, 노원문인협회 고문

그대 부르며

바람 불고 비 오는 강변에서
나는 그대 이름을 부릅니다

갈대숲 사이로 보이는 파란 강물이
그대 덩그렇게 떠올리면
나는 더 큰 소리로 그대를 부를 겁니다

빗줄기 억수로 쏟아지면
목이 터지도록 외치다가
나도 강물 따라 똬리 되어 흐를 겁니다

바람 불고 비오는 강변에서
새들도 강물을 거슬러
어디론가 날아갑니다

구름도 강물 속으로
노을도 강물 속으로
나와 함께 자맥질합니다.

문철상

2011년 『계간문예』 등단
한국문인협회 회원

사랑이 읽히다

초록과 연초록 사이로
힐끗 계절이 스쳐 지나갈 때

저 푸르름으로 반짝이는
눈부신 누군가를 만나고 싶다

몇 그램의 바람과
몇 그램의 햇살과
그리고 몇 그램의 순정으로

빛나는 꽃의 순간을 숨 가쁘게 꿈꾸며
아름다운 기억의 성을 쌓고 싶다

너와 나의 안쪽이 바람의 속도로 만나서
찔레 향기 머무는 눈빛의 사랑을 노래하고 싶다

살아있음이 아무 죄가 되지 않는 이런 날에는
맹목의 황홀한 죄 하나 짓고 싶다

문현미

1998년 「시와시학」 등단
시집 「그날이 멀지 않다」 「깊고 푸른 섬」 외 다수
역서 안톤 슈낙의 「우리를 행복하게 하는 것들」 「릴케문학선집」 등
박인환문학상, 시와시학작품상, 한국크리스천문학상
한국기독시문학상, 종려나무문학상 등 수상

사랑이여 어디든 가서

사랑이여
어디든 가서 닿기만 해라.

허공에 태어나
수많은 촉수를 뻗어 휘젓는
사랑이여

어디든 가서 닿기만 해라
가서 불이 될
온몸을 태워서
찬란한 한 점의 섬광이 될
어디든 가서 닿기만 해라.

빛깔이 없어 보이지 않고
모형이 없어 만져지지 않아
서럽게 떠도는 사랑이여,

무엇으로든 태어나기 위하여
선명한 모형을 빚어
다시 태어나기 위하여,

사랑이여
어디든 가서 닿기만 해라.
가서 불이 되어라.

문효치

1966년 서울신문, 한국일보 신춘문예 당선
시집『칠지도』등 다수
국제펜한국본부 이사장 역임
현재 한국문인협회 이사장

첫사랑

위문편지 답장으로 받은 군사우편이 빌미가 되어
쿵쿵대는 가슴 달래며 주고받던 펜팔
반세기가 넘는 세월에도 사라지지 않고
가슴 밑바닥에 아련히 남아있네

엷은 분홍빛으로 물든 참 아름답던 내 마음
빨간 정열의 빛으로 타오를까 제어하며
5년 연상을 애써 아저씨라고 연막을 치면서
마음에도 없이 이 친구 저 친구에게 소개했네

왜 그 청춘 시절에 더 용감하지 못했던가
지금이라면 그 열아홉 순정
곱디고운 루비 빛으로 성큼 다가설 수 있었을 텐데
아, 나는 바보 바보!

아직도 토끼띠 그 이름 잊히지 않아
인터넷을 살펴보아도 묘연키만 하네
너무나 멋져 보이던 모습
아직도 그 멋 간직하고 있을까?

민문자

2004년 『서울문학』 등단
부부시집 『반려자』 『꽃바람』
칼럼집 전자책 『인생에 리허설은 없다』 『아름다운 서정가곡 태극기』
한국문인협회 낭송진흥위원, 한국현대시협회 홍보위원
우리시 이사, 시사랑노래사랑 부회장

너만이 내가 사랑하는 사람

하늘에 별들은 너보다 많아
땅에 꽃들은 너보다 많아
물에 물고기는 너보다 많아
하지만 너만이 내가 사랑하는 사람

네 눈에 그 많은 별들 때문만은 아냐
네 입술의 장미 꽃이파리 때문만은 아냐.
네 허리의 그 많은 물고기 때문만은 아냐.
하지만 너만이 내가 사랑하는 사람

하늘을 보았지
땅을 보았어.
바다를 가보았지.
그러나 너를 알고부터 난 온 우주가
소라의 작은 가슴속에 있는 것을 발견했어

이제 아름다움이 뭐냐고 물으면
난 네 이야기밖에 할 얘기가 없어.
사랑이 뭐냐고 물으면
난 네 이야기밖에 할 얘기가 없어
내가 누구냐고 물으면
난 네 이야기밖에 할 얘기가 없어.

민용태

1968년 『창작과비평』 등단
시집 『시잔의 손』 외 10여 권
스페인어 시 「우화(Fabula)」로 스페인에서 마차도문학상 수상
스페인어 시집 『맨몸으로』를 비롯 시집 10여 권
한국시문학상, Mihai Eminescu 세계시인상

벚꽃 길 꽃노을

신랑 신부
꽃 너울에 휘감겨
파도치는 웃음 물결에
마음을 주고받는 길

축복의 꽃송이
여기저기
꽃방울 터트리며
맞이하는 길

기쁨과 즐거움에
물오른 꽃향기
입에 가득 물고
반겨주는 길

화사한 봄날
꽃들의 잔치
마음의 나래 펴
부푼 가슴
보금자리 찾아가는 길

박기임

2005년 『창조문학』 등단
창조문학 대상 수상
국제펜한국본부 회원
한국문인협회 상벌제도 위원, 한국현대시인협회 권익위원
한민족 평화통일문인협회 이사

그 바라기는

그는 겹겹이 엉켜 석고상이 되어가고 있었다
오랜 세월 돌아 가까스로 만난 그녀

시간이 비켜 간 평온한 모습
늘 푸름 그려왔던 사내
목련화 그득했다

한 카페 창가에 마주한 그녀는 바랜 흑백필름을 풀어내기 시작했다 반백이 되도록 단 하루도 그 그림자 지울 수 없었다고 원망의 갈피도 없이 가늘게 떨리는 소리에 부려진 영상, 버겁게 오르던 삶의 비탈 어디쯤 외론 뒤태가 어른거렸다 왜 헤어져야만 했는지 가슴 깊이 박힌 물음표 여직 그대로란다 그 바라기는, 눈빛 서늘한 이슬, 순간 화석이 된 사내는 울부짖었다 그땐 왜 그 속을 읽을 수 없었던가. 숨죽인 가로등 가뭇한 한때를 더듬으며 떨고 있었다

캠퍼스 한 켠 바람 센 언덕배기 곧게 뻗은 두 그루 포플러는 오 년이 넘도록 밝은 햇살을 주고받으며 푸름을 키워갔다 보랏빛 바람 소리도 함께 들었다 한생을 기댈 연리지로 믿었던 꼿꼿한 두 그루는 하늘만 향하고, 서로 기댈 줄도 잎새를 포갤 줄도 몰랐다

놀빛마저 엷어져 가는 저물녘
다가가지도
멀어지지도 못하는
온몸이 시린 사내

박명규

2013년 『문파문학』 등단
한국문인협회 회원
시계문학회장 역임, 문파문학 운영이사

못다 한 말

살구꽃 피어서
봄눈 녹아서

곤줄박이 울어서
당신 그리워서

머뭇머뭇 빈 뜰에
꽃잎 지네

분분분
못다 한 말
꽃비 날리네

박미림(朴美林)

2003년 『문예사조』 등단
2016 조선일보 신춘문예 동시 당선
시집 『벚꽃의 혀』 등 다수
마로니에 전국 여성백일장 동화 우수, 박인환, 박목월백일장 장원 등.
한국문인협회, 국제펜한국본부 회원

버스를 타고

꿈자리도 분별없고
밤새 사막을 헤매이고
넘어지고를 몇 번
해오름도 잊은 지 오래다
흙길을 걸어보고 싶어
시골 버스에 몸을 실었다
덜컹이기는커녕
스르르 달려가는
버스 길이 그냥 심심해져서
낯선 길에 몸을 내렸다
시선이 멈춘 곳
이빨 빠진 노부부 콩 타작을 하다
잠시 쉬고 있어 뻔뻔하게
엉덩이를 디밀고
폴더 허리 접듯
깍듯이 인사를 건넨다
찰랑거리는 소주잔
입술과 부대끼며
허허로이 웃으시는
그들이 차암 행복하게 보인다
타닥타닥 불거져 나오는 콩알들
숨바꼭질 하듯 터져 나오는데
순간, 시골 버스 33번이 온다.

박병래

2003년 『문예사조』 등단
문예사조 이달의 시인 선정
경상북도 여성문학상 수상
한국문인협회, 경상북도여성문학회 경북문협 회원
한국문인협회 안동시지부 부지부장

걱정 말아요

밖에 비바람이 심하게 부네요
천둥도 치고 번개도 치네요
그러나 걱정 말아요
내가 당신의 우산이 되어 줄게요

밖에 날씨가 너무 너무 덥네요
매미도 울고 뻐꾹새도 우네요
그러나 걱정 말아요
내가 당신의 그늘이 되어 줄게요

밖에 스산한 어둠이 왔네요
햇님도 자고 달님도 자고 있네요
그러나 걱정 말아요
내가 당신의 호롱불이 되어 줄게요

밖에 날씨가 살을 에이듯 춥네요
함박눈도 내리고 찬바람도 부네요
그러나 걱정 말아요
내가 당신의 화롯불이 되어 줄게요

박봉은

2010년 『문학공간』 등단
시집 『당신만 행복하다면』 『아시나요』 『당신에게 하나』 등 다수 (6집)
서울시 구로구청장 표창장 수상
한국문인협회 회원

더할 수 없는 사랑

때로는 그것은
저 안개 속에 나타났다 자취를 감추고
뒤따라가는 내 발길에
꽃잎으로 눕는다
그것이 얼마나 아름다운 것이며
가눌 수 없을 만치 큰 기쁨이라는 것
이제 내가 분명히 안개 속에 있기 때문에
그것이 무인지 생각하지 않아도 된다
내 안에 숨 쉬고 있거나
다시 저녁 안개 속에 나타났다
사정없이 사라진다
그것은 만질 수도 없는 것
보이지도 않는 것
그러면서 그것에 기대고 싶은 것
그렇다 하더라도 아이처럼
가슴을 졸이지 않아도 된다
안개가 걷히고 쓸쓸함만 남아도
언젠가 다시
아침 안개로 가득 채워질 것이기에
나는 결코 말하지 않으리
비밀스런 약속을
고통스런 환희의 기억을

박상렬

1991년 『문예사조』 등단
한국문인협회 회원

목어

답답다 가슴을 칠 때면, 눈 부릅뜬 물고기 철렁 내려앉는다

사랑을 약속한 이후 나는 등에 나무가 돋은 행복한 물고기가 되었다 하지만 헤엄치기 너무 불편했으니 물결이 높으면 고통스럽기 그지없었다 나는 사랑을 모르던 지난날의 죄를 참회하며 황홀한 아픔을 소원했다 목수의 아들은 내 등의 나무를 뽑아다 다듬어 사람들로 하여금 틈날 때마다 두드리게 했다 나는 오늘도 내장 다 비우고 경개 사이를 유유히 헤엄치며 입 크게 벌리고 웃는다 내 웃음을 울음으로 듣는 이들은 귀가 젖어 하늘 말씀을 듣는다.

박상옥

1999년 『오늘의문학』 등단
시집 『얼음불꽃』
단평산문집 『시(詩), 읽어주는 여자』
한국시인협회, 충주문인협회, 문향회 회원
충주문인협회 회장

사랑의 빛

멀리 해운대에 가있는 아내에게서
전화가 걸려 왔습니다
마악 아침 해가 떠오르는 바다 물결이
너무나 아름답다고 하였습니다
함께 오지 못한 것이 아쉽다며
다음에는 당신을 모시고 오겠다고도
했습니다
아름다운 풍경 앞에서
나를 생각하는 아내의 모습이
눈부신 아침 햇살로 떠오르고 있었습니다
내가 보고 있는 바다는
아침 해보다 더 크고
화안하게 피어오르는
순박한 아내의 얼굴이었습니다
사랑의 빛이었습니다

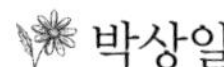
박상일

1965년 서울신문 신춘문예 당선
시집 『그림자 잠을 깨고』 『기다림』 등 11권, 시선집 『구더기의 꿈』
대전문학상, 대전광역시문화상, 한성기문학상 수상
한국예총대전광역시연합회 부회장, 감사
한국문인협회 대전광역시지회 부지회장 역임

겨울 연가

가슴 출렁이는 꽃빛으로
통절한 아픔을 참고
속울음 태우던
불꽃 사랑

물안개 피어오르는
정갈한 새벽
신의 자비에 이끌려 언덕에 올라
따스한
가슴 가슴으로
꽃웃음 날리던 사랑의 울림

슬픔도 찬란한
존재의 아름다움
거친 물살을
거슬러
노를 저어야 한다,
눈부신 꽃무등을 향하여

박석현

2007년 시집 『별바위』로 작품 활동 시작
시집 『낯선 길 위에서』 외 2권
『계간문예』 신인상, 계간문예작가회 중앙위원
한국현대시인협회 회원

꿈길에서

나는 보았네
나는 보았네
안개꽃 활짝 핀 그 길에서
그리운 임의 얼굴 나는 보았네

건네고 싶었네
건네고 싶었네
두근두근 뛰는 심장 억누른 채
선뜻 말 한마디 건넬 수 없었네

스치고 가네
스치고 가네
꽃향기 흐르는 그 길에서
임 모습 아련히 스치고 지나가네

나는 보았네
건네고 싶었네
스쳐 지나가는 인연인 줄 알면서
꿈길 옷소매 부여잡고 싶었는데
덧문 사이 밝아오는 얄미운 햇살.

문담 박선종

2014년 『한울문학』 등단
시집 『아침손님』
한국문인협회 회원
한울문학언론인문인협회 회원
국가상훈인물대전 등재

찔레꽃

버드나무 초록이파리
반짝이는 신작로 길 따라
倉浦내 맑은 물 바다로 가는
모두가 하나 되는 자연의 속성을 본다

어머니 마음을 따라가는 낯선 길
솔밭 너머 멀리
간밤에 낮은 목소리로 졸라 이르시던
그리움 하나
찔레 같은 서정이 기다리고 있었다

청죽에 들어 사는 울타리 고운
들바람에 흔들리지 않는 순수를
오월의 마파람이 내면의 여드름을 달고 들 때
섬돌 내려서는 이미지에 한 우주가 끌리던 것은

귀밑머리 아름다운
조선의 뜰 안에 조요(照耀)히 피어있는 모란 꽃송이……

– 청산에 찔레꽃 오를 때면
초록 잎 풍요롭던 그 꽃송이
굴곡과 평탄이 아물리는 여정 위에 따순 햇살로 피는
정오 같은 하루가 있어 늘 감사한 마음으로 시를 쓴다

명재 박성기

2011년 『아시아 서석문학』 등단
시집 『자작나무를 심어놓고』 『나붕이는 경전으로 난다』
광주시문학상 수상
광주시인협회 부회장
전남시인협회, 한국문인협회 회원
한국풍류문학연구소 풍류문학회 회장

사랑
– 군조 44

어둠을 깨치는
한 줄기 빛살
생명의 소명(召命)을 아는가

이른 봄 맨살로 얼음 뚫는
새싹의 의지(意志)를 아는가

불거진 나무 등걸
깡마른 가지에 돋는 어린 잎
그 초록빛 희망을 아는가

이끼 낀 돌맹이
닫혀진 절망을 깨고
따스한 빛살로 일어서는 생명력을 아는가

갈대의 한숨 같은
빈 듯 가득 차있는
큰 바다의 움직임 같은
저 하늘의 푸른 숨결이
너와 나의 생명력임을 그대 아는가
그 생명력이 사랑임을 그대 아는가

너와 나의 사랑이
창조와 역사의 주인임을
우주의 영원한 주인임을 아는가

박성철

1977년 『현대시학』 등단
시집 『향연』 『군조』 『억새풀.산조』 외 다수
평론집 『로버트 프로스트 사랑의 신념』 등 다수
경희문학상, 행촌문화상, 매월당문학상 등 수상
한국문인협회 영주지부 회장, 경북지회 부회장 역임
한국시인협회 회원

블라인드 사이드*

아와지시마의 외딴 길에서
내려버린 그대와의 세월
햇빛 쏟아지는 초봄의
환영 속으로 사라져 버렸네
그 후로부터 나는
그대에게는 상관없는 기다림이었지
빛나는 햇살의 그대를
멀리서 눈부시게 쳐다보아도
나는 늘 한갓 그늘에 불과하였네

한동안은
그대 눈에 보이지 않는
공간의 사각(死角)에 있더라도
시간만은 같은 세상에
함께 있다고 생각하였네
어이없게도 그것조차 착각이었으니
내가 살아온 그늘은
시간의 진화가 느려
낡은 기차의 기적 소리 이후
다시는 조우할 수 없는
그대 시간의 사각(四角) 시점에 갇혀 왔다네

*블라인드사이드: 미식축구에서 쿼터백이 감지하지 못하는 사각지대

박수중

2010년 『미네르바』 등단
시집 『꿈을 자르다』 『볼레로』 『크레바스』
서울대 낙산문학회 회장

햇볕 아까운 날

겨울 햇볕 내려온
담벼락 밑
너와 함께 앉아
이야기꽃을 피우고 싶다

아까운 햇볕 한 아름 안고
빈손, 빈 마음에
따스한 내 사랑도
건네주고 싶다

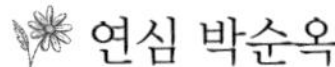

연심 박순옥

2015년 『서정문학』 등단
시집 『커피 내리는 아침』
동인지 『초록물결』 2집
한국문인협회 회원, 시와수상문학 작가회 회원, 네이버 문학밴드 다솔문학 회원

사랑초

흔들면 꺾어질 것 같은
가냘픈 몸매의
연분홍 사랑초는
아침햇살 맞이하려고

베란다 창틀 사이로 살며시
해맑은 얼굴을 내미는데
마주친 너의 모습이
너무나 아름다워

이른 아침부터 내리는
봄비를 맞으며
아련하게 떠오른 마음의 고향으로
내 발길을 옮기는데

소리 없이 내리는
봄비는
한 벌뿐인
내 마음을 적시고 있네.

박영길

2011년 『신문예』 등단
한국저작권위원회 위원 역임
한국문인협회 회원
국제펜한국본부 회원

사랑 서설

사랑은 가슴에 담아
온몸으로 피워내는 꽃.
전설의 별을 안고
눈물로 씻어내는 고통
한 겹 한 겹 내 욕망을 걷어
그대 허물을 덮어주고
밤새 이슬의 노래로
상처를 보듬어주는 일이다

인연의 굴레에서
바위가 되고 이끼가 되고
서로의 심장에
등불 하나씩 밝혀주는 것
무거운 짐을
함께 나누어 갖고
한 올 한 올 오색실로
꽃을 피워나가는 일이다

혜원 박영배

2006년 「한류문예」 등단
작품집 「옷을 갈아입으며」 외 3권
사천시문협 회장 역임
박재삼 문학선양회 회장 역임
계간 「시와사람」 운영위원

그렇다

내가 울어 너의 입가에
함박꽃이 필 수 있다면
나는 천 번이라도 울 수 있으련만

네가 울어 내 가슴 미어진다면
너는 그 울음조차 뚝 그치고 말까

그렇다 마음으로 주고받는
말없는 말이란 것이 다 그런 것이다

내가 노래를 부르면
너는 노을처럼 고운 얼굴로
슬며시 내 손 잡으며 타박타박
박자를 맞추고 있겠지

박영수

2002년 『문학저널』 등단
시집 『21세기 장식론』 『바람의 향기』 『연꽃보고 온 날』 등 10권
문학저널문학상, 이육사문학상, 라이너마리아릴케문학상 등 수상
국제펜한국본부 회원, 한국문인협회 문학사 편찬위원

봄밤, 고독, 씨앗

애써 깊이 묻어버리려 해도
시름뿐인 고질병 때문에
외롭기만 한 봄밤
풀벌레의 애잔한 밀애
그리움 찾아가는 외곬 숨소리
미처 길 떠나지 못한 가랑잎의 넋두리
애태우는 보챔에
애틋한 날개 푸득거려보는 고독

넝쿨과 덩굴의 얽힘
헛꿈만 꾸어보는 씨앗
의혹만 더 깊어지는 짝사랑
파고들고 싶어 뒤척이는 잠덧
갉아먹고 싶어 입고파지는 촉각

겉과 속 뒤집어 보려는 미련
혼자만 덧칠하는 상상화
여백에 써내려가는 만리장성
새록새록 돋아나는 그리움
으스름달빛 베고 누운 숨소리
밤새 갉아먹히는 하얀 이파리
차라리 고독도 이파리였으면 싶으이

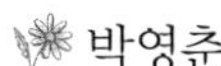
박영춘

2000년 『창조문학』 등단
시집 『들소의 노래』 『패랭이꽃』 『아스팔트위에 핀 꽃』 등
창조문학대상, 한국공무원문학협회 옥로문학상 외 다수 수상
한국문인협회, 한국창조문학가협회, 계간문예작가회 외
서해안신문 논설위원

당신 있음에

현관문 초인종 누르면
바쁜 듯 달려와
문 여는 당신
나 행복합니다.

만약
정말 만약에
아무도 없는
빈집
열쇠구멍 맞추느라
돋보기 꺼내는
그런 꿈 무서워
울고 말거야.

헛기침
무뚝뚝한 표정
속마음 감추며 기다려준
그런 당신 있음에
나 행복합니다

南溪 박영희

2009년 『한맥문학』 등단
한국문인협회, 양평문인협회 회원
현대시서화연구회 회원

피리

따스한 체온 떨리는 목소리
온몸을 불사름으로 영원히 사라지는
참 안타까운 사랑

헤어지는 인륜을 예견하고
일상의 슬픔으로 노래한다
바람 센 소나무밭의 속삭임을
가슴 조이던 달빛의 그림자를
나는 미세한 가락으로 넘어간다

내 입술에 침을 적시는
아 말할 수 없는
첫사랑의 숨결

박이도

1962년 한국일보 신춘문예 등단
시집 『회상의 숲』 『바람의 손끝이 되어』 『안개주의보』 등 다수
대한민국문학상, 편운문학상 등 다수 수상
한국기독교문인협회 회장
창조문예주간

봄이 오는 흔적

겨울 창밖으로
미루나무 가지가 저리 흔들리는데
어찌 바람이 지나가지 않았겠습니까

잠 못 이루는 이 밤
내 심장이 이리 요동하는데
당신이 내 속에 머무르지 않았겠습니까

보이지 않은 바람이
가지를 흔들어 봄을 재촉하듯
따뜻한 그대의 눈빛 같은
사랑이 내 심장에 머물렀습니다.

가지를 만지시는 봄바람이여
따뜻한 감촉에 새움이 간지럼 탑니다.
아 다행입니다
잠든 사랑 깨워주신 내 안의 당신

麗尾 박인태

2007년 『한비문학』 등단
시집 『당신이라는 나』 『징하게 좋은 사랑』
한국문인협회, 팔도문학회 회원

수줍은 밤
– 내상

그 여자는
붉은 땀이 흐르면 죽는다고 소리친다
몸이 뜨거워서 흘린 땀이 아니다
색과 색이 부딪쳐서 흘린 붉은 꽃물이다
상처 하나 남기지 않는 부딪침
상처는 속으로만 익어간다
상처의 색깔은 진홍이다
진홍의 끝은 죽음이고
죽음은 땀으로 부딪친다.

박정이

2009년 경남일보 신춘문예로 등단
시집 『여왕의 거울』 외 다수
시 전문잡지 『포에트리』 발행인 겸 편집주간
『포에트리』 인터넷신문 발행인, 편집인

당신

달을 보며 출근하는 넥타이가 되어
책상 위 볼펜 한 자루 되어
조간신문이 되어
포장마차 파란 소주병 되어
말 못 하는 가슴속과 구경 가고 싶어
달이 살그머니 창문을 엿보고 있어
불빛 넥타이가 장롱 속에서 스르르 풀려 내릴 때
나는 그대 뒷모습을 바라보며
자는 척 눈을 뜨지 않는다

박정희(해남)

1998년 『자유문학』 등단
시집 『그리운, 소낙비』
제10회 자유문학상 수상
한국문인협회 제도개선 위원, 국제펜한국본부 이사
시향 동인

애정이 해일에 멸(滅)하며

징검다리 새벽
해일에 싹둑 잘린
질려버린 사랑을 본다.

물밑에 잠겨 아스라이
잊었나요.

피어오른 물안개
도토리 구를 한 뼘 땅 없어
낙엽에 눠 버리네.

어둠보다 짙은 새벽
시나브로 한 빛이
촘촘 밝힌다.

어둑새벽 갈라
붉음으로 익어가는 지구촌
연인들 애정이 해일에 멸(滅)하며.

雪初 박종길

2003년 『순수문학』 등단
한국문예대상 수상
서울시청 홍보대사
문예창작 지도사

석화(石花)

그녀와 나는
건너지 못하는 강을 사이에 두고
서로 애타게 바라만 보았네.
그러다가 그녀는 하늘의 달이 되고
나는 땅 위에서
한 개의 바위가 되었네

오랜 세월
바위의 온몸에 덕지덕지 상처가 생겨도
밤이면
달이 내려와
그 상처를 쓰다듬어주었네

상처 난 온몸이
달의 손에 포근하게 포근하게
감싸여서
바위 위에 꽃이 피어나네
발그스름한 꽃이 물결지며 피어나네

* 석화: 밀양 영남루 뜰에 석화가 있음. 영남루 앞에는 밀양강이 흐른다.

박종해

1980년 『세계의문학』 등단
시집 『이 강산 녹음방초』 외 10권
시와 산문선집 1권
대구시협상, 성균문학상, 이상화시인상 등 수상
한국문인협회 울산지부장

사랑이란

물이
같은 방향
같은 속도로 같이
흘러가는 것

어쩌다
인연이 되어 그런 사랑을 하면
천생연분이라고 한다

어느 날
물이 소용돌이치다 서로 헤어지면
그런 걸 우린
이별이라고 슬퍼한다

그러지 말자

우리는 만난다 드디어
죽음이란 바다에서
참으로 영원히 그리고 함께
떠다닐 것을.

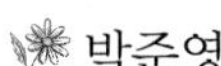 박준영

1998년 「한글문학」 김규동 시인 추천 등단
시집 「도장포엔 사랑이 보인다」 「중얼중얼, 간다」 등 5편
동인지 「초록물결」 2집
한국문인협회, 시인협회, 국제펜한국본부 회원

너를 보내고

방향을 알 수 없어
휘청 거리는 사이
시간은 많이도 흘러갔어

꽉 찬 느낌이었던
우리가 흔들린 건
누구의 잘못도 아니야

세월의 무게가
버거웠을 뿐

마음의 줄다리기를 하는 동안
너무나 멀리 와버린 우리

가슴 밑바닥에서
그리움이 몹시 허덕이고 있었어

박혜선

2010년 『대한문학』 등단
시집 『이별 그 뒤에』 등
한국문인협회 회원
글빛 동인

찻잔

가득 차서 아무 말 할 수 없습니다
목까지 찰랑찰랑한
그리움

이름 한 번 부르면
동심원의 물결 흘러넘칠까
숨도 쉴 수 없습니다

오직 바람 속으로 증발하는
뜨거운 체온
내 안의 비워짐을 기다릴 뿐

박후자

1996년 『문예한국』 등단
시집 『그림자를 세워 집을 짓는다』 외 3권
한국문인협회, 한국시인협회 회원
이대동창문인회, 백합문인회, 청시동인, 금천문인협회 회원

팽나무 아래 낙동강

잔잔한 은빛 물비늘
바람에 일렁인다
굽이굽이 흐르는
그늘진 강

수없는 산고와 진통
붉은 피의 고통
몸뚱이 뼈 마디마디마다
흉측한 혹 덕지덕지 붙어
죄 많은 삶
병원도 포기한 지 오래

벼락 맞은 흉상 같은 나무
요동치는 강물 내려 보며
뛰어내리고 싶은 심정
한 많은 눈물 이 강에 흘린다

幹谷 박희익

1964년 『문학춘추』 등단
시집 『지팡이』 외 11권
아시아서석문학상 대상 외 다수 수상
한국문인협회, 국제펜한국본부 회원
한국문인협회 모국어가꾸기위원회 위원

죽은 시를 위하여

세상이 어둡고 거칠어지기 시작한 때로부터
별빛 명멸하는 하늘이 불을 밝혔으나
하늘빛은 온통 어둡고 암흑의 천지이다
풀숲의 벌레도 울다 지쳐버린
어둠이 달려간 숲속엔 기척이 없고
숲은 애써 여름날의 추억 속으로 빠지고
슬픈 사랑은 어둠 속으로 불씨 하나 켜들었으나
거칠고 무모한 세상에 더 이상 시는 존재하지 않았다
분노한 시는 죽고 슬픔에 가려진 숲의 어둠 속에서
눈물 없는 들꽃의 일렁임이 공허하다

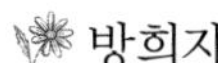

방희자

1995년 『문예춘추』 등단
언론사프롤로그/코리아헤드라인디렉트
국제평화저널리스트상, 국제브랜드저널리스트상 수상
취재보도인터뷰여론조사/국제상수상케어
국제저널리스트위원회 여성위원장
US 뉴저지 시티앤방송/뉴스캐스터 활동 중

아내 · 1

김해평야 제도 땅에
시집온 가난한 산골 처녀
새벽이슬 벗 삼아 김매던 나날
땡볕이 새벽별 거둬 가고
끼니 때 되어 집으로 온 아내

병약한 지아비 평상에 등 대고
실눈 떠서 바라보면
순박한 얼굴에
피식 웃던 정 하나 품고
듬성듬성 겁 없이 살아온 세월

할 일 많은 촌부의 아내
평생 땅만 들여다보고
눈 한 번 시원스레 돌릴 길 없었지
오늘따라 울고 웃던 삶의 편린
찡하니 가슴속에 박힌다

배갑철

2005년 「문예시대」 등단
시집 「파종」 「들(野)」 「열매」
제1회 낙동강문학상, 새시대문학작가상 본상
강서문인협회, 부산문인협회, 한국문인협회 회원

향초

얼마 만에 마주 앉는 자리입니까!

짙은 사무침이
이내 눈물이 되어 떨어지는 촛농은
그동안 당신을 기다렸던
나의 그리움이요

겁 없이 위로만 올라가는 불빛은
지금도 당신을 향한
나의 열정이요

은은하게 퍼져 나가는 향기는
영원히 당신을 기억할
나의 사랑이며

문틈으로 들어오는 바람에도
꿋꿋이 지키고 있는 그 향초는
내 마음의 전부입니다……

배윤희

2006년 『한울문학』 등단
한내문학문학상 본상 수상
한국민족문학상 최우수상 수상
한국문인협회 서정문학연구위원회 위원

사랑

쌓은 그리움이
가뭄에 바닥이 드러났다.

달은
누구를 만나러 밤을 걸어가고 있을까.
강은
누구를 만나러 천 리 길을 시작하는 것일까.

나도 길을 떠나고 싶다.
고이 접어둔 사연 몇 장 들고.

백국호

1996년 『문학춘추』 등단
시집 『바람이 나무를 흔든다』 외 5권
1996 서울신문 호국문예공모전 가작 입상
제61회 현충일 추모헌시에 '무궁화' 선정
장성문학상, 구상솟대문학 대상 수상 외 다수 수상
전남시인협회, 문학춘추작가회 부회장, 은목문학회장

젖은 눈동자

가슴속에 스며든 아픔이 있어
지나간 사연일랑 입을 다물자

너와 그리고 나 사이에
잃어버린 긴 세월이 있지 않느냐

보고픈 마음으로 하늘을 보고
그리운 가슴으로 바다를 노래했지

젖은 너의 눈동자 잊을 수 없어
내 마음 깊은 곳에 숨어있구나

그토록 사랑을 하였으면서
그것이 사랑임을 몰랐으니까

말없이 흘러간 세월 속에서
샘물처럼 사랑이 고여있잖니

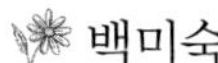 백미숙

2005년 『한국문인』 등단
시집 『나비의 그림자』 『리모델링하고 싶은 여자』 외, 공저 『한국대표명시선집』 『문파대표명시선집』 등
창시문학상, 새한국문학상, 황진이문학상본상 등 다수 수상
한국문인협회 동인지연구위원
문파문학 명예회장, 국제펜한국본부 회원

가슴에 피는 꽃

눈 덮인 숲속에
바람꽃을
본 적 있나요

바람 부는 숲길에
새소리
본 적 있나요

바람에 흔들리고
눈비에 젖어도

뜨거운 눈빛으로
피어오른 꽃봉오리,

가슴에 피는
사랑 꽃,
본 적 있나요

백운순

2000년 『한국시』 등단
노산문학상, 김기림문학상
전주문인협회 회원
전주대 평생교육원 창작 전담교수

별을 헤어보자

별을 세어보자
내 속에 미지의 별이
몇 개나 남아있는지

별을 헤어보렴
네 속에 알 수 없는 별이
얼마나 더 생겼는지

하루에도 수만 번
자갈마당*에 피는 백화의 밀어로
이 밤이 아니면 볼 수 없을
심연 저편 은하에 너와 나의 눈을 두자

나란히 어긋 팔로 목을 누여
서로의 눈에 피는 하늘 성화에 취하며
앞서거니 뒤서거니 적막 중에 음을 틔우자

청명한 하늘
구름 한 점 없으나

우리
눈을 감고
오랫동안 그리하자

* 자갈마당: 부산 영도 태종대 앞 해변

정재 변도우

2011년 『문예시대』 등단
한국문인협회 회원
부산 가람문학, 부산크리스천문인협회 회원
국제기드온협회, 국제오엠선교회 회원

홀로 선 무명의 돌비

햇빛도 가려진 그늘 밑
무엇을 생각하며 누구를 기다리는지
홀로 선 돌비여

즐거움 괴로움 다 벗어버린
지난 세월 가슴에 안고
그리움에 눈물짓느냐

너는 사계절 그 자리 홀로 서서
고독으로 지친 세월 보내면서도
외로운 모습 내색 없이
당당히 오늘도 그곳에 서있구나

여름 오면 땀방울 이마에 흘려
얼룩무늬 곳곳에 금버섯 자국
푸른 이끼 긴 천년 세월 보낸 흔적
다독이다 가슴에 묻은 정 다 버리고

영원히 돌아올 수 없는
먼 여행길에 만난 사람들
웃으며 나눈 정도 다 벗어버렸는데

무엇이 남아 다람쥐 보금자리
산새들의 놀이마당에 홀로 서서
우듬지에 이는 바람 벗이 되어

남은 이야기 더 나누려는지
아직도 떠나지 못하는 그대
무명의 돌비여

변보연

2008년 『한국시』 등단
시집 『선장대는 고향을 굽어보고 있다』 등 3권
아시아서석문학작품상 수상
한국문인협회, 한국시인협회 회원
광주문인협회, 광주시인협회 회원

풀잎의 잠

밤마다 풀잎을 흔들어
풀잎의 잠을 깨우는 것은 바람이지만
풀잎을 흔들어 다시 잠을 깨우는 것은
그래, 때로는 달빛이거나
달빛 속으로 혼자 나는
새의 몸짓일 수도 있다.
밤마다 풀잎을 흔들어
풀잎을 흔들어 다시 잠을 깨우는 것은
그래, 때로는 당신 가슴에
묻어둔 사랑이거나
그 사랑 때문에 내가 흘리는
눈물일 수도 있다.

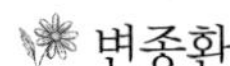

변종환

1969년 『문학시대』로 작품 활동 시작
시집 『수평선 너머』 『풀잎의 잠』 등 5권
한국문인협회, 국제펜한국본부 이사
부산광역시문인협회 회장
부산시인협회 회장 역임

샘머리사랑

푸른 하늘 뭉게구름은
감로수에 사랑이 일고
세월을 율동하는
노란 햇살 초록 향기는
감미로운 발라드구나.

정 많은
오효오효의
샘머리사랑은
친친애인으로
쌍무지개 뜨는구나.

가슴마다
퐁퐁퐁 샘솟는
효사랑은
마르지 않는
인류의 샘물이구나.

빈봉완

2013년 「국보문학」 등단
시집 「영원한 향기」 외 다수
한국문인협회 회원

걸인

나는 걸인입니다.
그러나 원래부터 걸인은 아니었습니다.

그대를 알고부터 영롱하던 내 눈빛은 맥이 풀리고
온갖 보화로 가득 차 있던 내 가슴은
손 털고 일어서는 투전판의 노름꾼인 양
한순간에 텅 비었습니다.

그날부터 나는 걸인이 되었습니다.
오만과 자존의 대명사였던 내가
이제는, 그대에게 측은하게 보일 궁리만 하여
동전 한 닢 같은 그러나 천금보다 귀한
그대의 마음 부스러기라도 주워 담으려는
걸인이 되었습니다.

다른 걸인은
따뜻하고 번화한 거리에 서있지만
나는 춥고 그늘진 곳만 골라
추수가 끝난 빈 들녘에 허수아비처럼
텅 빈 거리에 서있습니다.

그것은 내가 바보라서가 아니라
그대의 시선을 끌기에 더 좋은 까닭입니다.

그대의 미풍 같은 한마디가
내게는 태풍이 됩니다.

서부련

2003년 『참여문학』 등단
한국문인협회 회원
21C 한국시인회 이사

천 년 미소

오늘 당신과 손잡고 걸어가는 길섶에서
천 년을 지고지순한 사랑으로 견디며
천 번을 피고 진 야생화가 별처럼 웃으며
사랑의 이야기를 가득 담은 꽃비를 날리네

천 년의 미소로 천 년을 사랑할 수 있다면
천 년간 당신 앞에서 웃음을 멈추지 않으리
백 년의 미소로 백 년을 사랑할 수 있다면
기꺼이 죽는 날까지 웃음을 거두지 않으리

내 웃음이 박제되어 당신의 가슴 안에
꺼지지 않는 사랑으로 남을 수 있다면
어떤 고통이 다가와도 당신 옆에서
춤추고 미소 지으며 걸어가리, 죽어서까지

오늘 길섶에 핀 야생화는 천 년을 밝히며
천 년을 사랑한 미소 짓네, 아침 햇살의 이슬처럼

鹿井 서영석

2011년 『문학광장』 등단
시집 『당신에게 부치는 편지』 『시간의 향기』 등
경기도문협공로상, 이해조문학상, 나루문예상 등 수상
포천문인협회, 한국스토리문인협회, 문학광장
시와창작, 포엠스퀘어 동인

아카시아 꽃

연둣빛 그리움이 피던 날
그대는 향기와 빛깔로 저려왔다

외로움에 익숙한 오후의 반나절
바람에 실려 아슴아슴 가슴에 파고들다
하얗게 떨리는 살결같이
심한 실어증에서 회복하는 환자처럼
백악기, 화석에서 잠자던 티라노사우
루스가
아린 기억을 헤집고 나온다

수줍음의 속병 때문에
오래전에 양 가슴 속에 숨겨둔 자음
과 모음이
뜬눈으로 밤을 건너온 시름도 잊고
비명으로 속을 긁는다

부끄럽게 찔러대는 그리움의 가시 앞에
그만 들켜버린 연민
기다림은 바람에 머릿결같이 날리고
향기 한 줌, 보듬고 홀로 앉아서
다시 몸살을 앓고 있다

무시로 들키고 마는 서툰 내 욕망
그대 몸속의 향기를 다시 채취한다.
잊었던 첫 사랑이 홀연히 돌아온 듯
그렇게 풋풋한 영혼 곁으로 와서
서로의 상처를 토닥여주는 허문 벽

수채화 빛 풀린 봄볕 앞에서
그대와 나는 지금, 다시 사랑을 견인
중이다

서원생

2006년 「문예사조」 등단
시집 「아름다운 길손」 「영혼에 녹아든 촛농」 「존재의 파수꾼」 등
충성대 문학상, 인터넷 문학상, 대전문인협회 올해의 작가상 수상
국제펜한국본부, 한국문인협회, 대전문인협회 회원

파도가 들려준 귀엣말

숨 막히도록 짓누르던
일상의 늪에서 탈출하다
남해의 작은 섬에
잠시 내 작은 인생선의
닻을 내리고
하늘 이 끝에서 하늘 저 끝까지
쉼 없이 밀려왔다 밀려가는
파도 소리 듣다가
문득 뒤돌아본다. 아스라이 지나온 항로
산산이 부서졌다가 자맥질하며 다시 일어나던

삶은 정령 파도 같은 것
수유도 한자리 머무를 수 없어
모든 것은 떠도는 것을
섬에 와서 보니 섬도 섬으로 아니 뵈고
뭍 또한 섬에 다름 아닌 것
내 지금껏 보고 들은 것 모두
착시 현상이요 착각일레라.

세상 어디에도 흔들리지 않는 것 없음에
세상 무엇이나 흔들리지 않는 것도 없네
강물도 흘러가고
바다도 흘러가고
바람도 구름도
사랑도 꿈도 흐르고 흘러감이여

나 얼마나 여기 더 머무를 수 있을까
이 작은 섬에서

야자수 그늘 시원하고
파초의 옷소매 요염하게 유혹하는데
내 작은 배 닻줄 언제까지
고정되어 있을까
바람은
파도는
어느만큼 자애로울까

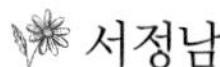
서정남

1989년 『한국시』 등단
한국문인협회 저작권옹호위원 역임, 정책개발위원
한국현대시인협회 지도위원, 국제펜한국본부 이사(기획위원)
서초문인협회 제2대 회장 역임
제32차 세계시인대회 계관시인(타이완 타이난)

그렇게 기울어졌다

나무에 나무가 기울고
가지에서 가지가 흘러나오고
그 사이로 낮달이 엎질러진다

수많은 것들이 하나에게 기울어졌다

저만치 나를 지나 길이 비뚜름히 눕는다

숲에서 걸어 나온 햇살이 그 길을 끌고 가고
그 위로 당신이 혼자 기울어가고 있다

시집의 첫 장 같은 하늘이 열린다

기운다는 것은
낮아지거나 비뚤어지는 것이 아니다

당신이 내 안에 숨어있는 동안
난 아주 높고 반듯한 길을 걸어가고 있었다

서주영

2009년 『미네르바』 등단
한국문인협회 회원

사랑 나그네

너도 나그네
나도 나그네
세상에서 만난
사랑 하나로 손잡은
사랑 나그네
거친 들 건너
다다른 눈앞에
망망한 바다 펼쳐있어도
둘이 아니면 갈 수 없는
길 거기 있어
모래바람 견디며
손잡고 가는 산과 들
벼랑이 끊기어도
둘이 아니면 갈 수 없는
길 아득히 놓여
따뜻한 마음 의지해
가다가 어느새 눈물 비쳐도
둘이 아니면 갈 수 없는
너와 나의 길
만들어 가야 하네
세상 하나로 손잡은
사랑 나그네
너도 나그네
나도 나그네

석정희

1999년 Skokie Creative Writer Association 영시로 등단 , 2004년 『창조문학』 등단
시집 『문 앞에서』 『나 그리고 너』 『The River』 영시집 외 다수 출간
대한민국문학대상 수상, 세계시인대회 고려문학 본상 외
한국문인협회, 국제펜한국본부 회원
재미시인협회 부회장 및 편집국장과 미주문인협회 편집국장 역임

사랑의 원조

생명들이 펼치는 본능의 사랑
가르침이 없이도 피고 지고
사랑하고 열매 맺음은
조물주가 섭리하신 최고의 가치.
그중에 제일은 무등타기 사랑.

생명을 창조하는 무등타기 사랑.
생사화복의 조물주가 내리신 은총
종족보존을 위한 본능의 사랑
신묘막측(神妙幕側)한 진선미 사랑.

무등타기로 육체의 유희를 즐기고
무등타기로 영혼의 희열을 누리니
한 몸의 배필로 영육이 하나 되고
두 사람이 벌거벗었어도
부끄러움 없는 행복의 극치로다.

이리도 신묘막측한 사랑 있어
한 몸 되는 희열로 절규하는 사랑
아담과 이브의 배필이 펼치는
에로스의 원단에 아가페로 수놓은
무등타기 사랑 감미로워라,
오! 행복의 극치에서 절규하는
사랑의 원조 무등타기 사랑이여!

석송 석희구

2011년 『크리스찬문학』 등단
한국문인협회 회원
활천문학회 임원
국민일보 신춘문예 예심위원

임아 내 임아

도타운 한지 위의 먹물이듯이
전전반측(輾轉反側) 수잠을 파고들어
임의 미소에 혼란 일으켜
여러 날 건밤 새며 괴로움만 늘어나

임아, 내 임아
목이 메는 부르짖음
그곳에 닿기나 할지

세월이 약이라 했는데
아직은 그게 아니기에
스름스름 안겨드는 네 모습

여전히
그날의 임이라
수잠에 전전긍긍
나도 몰래 너를 부른다

안개 낀 강변에 서서
젊음을 허리에 친친 묶고
내일이 없기라도 한 듯이
서로에게 잔뜩 취했잖아

그리움이 날로 도지어
이제는 더 견딜 수 없어
머릿속 모조리 비워내고
하늘바라기로 지낸다

연득없는* 몽유병 환자처럼 말이다.

* 연득없는: 미리 생각하지 않고 갑자기 어떤 행동을 하는.

성동제

「문학예술」 등단
시집 「마중물 붓는 마음」 「들꽃은 바람 먹고 핀다」
경희문화상 예술 부문, 한국문학비평가협회 작가상 수상
「문학예술」 서울 · 경기작가회 부회장
한국문인협회 회원

한 잎

얼갈이 배추 다듬고
흐르는 물에 씻어서
천일염 소금 골고루
솔솔솔 뿌려 절였다
가끔씩 노란 속잎새
딸아이 입에 먹였던
그때가 잠시 스쳤다
하루쯤 익혀 냉장고
저장해 놓고 엄마표
사랑을 햇살 들여내
꺼내어 쏘옥 주련다

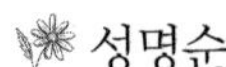

성명순

시집 『시간여행』 『나무의 소리』
황금찬문학상, 제9회 한국눈총문학상 최우수상, 수원예술인상 수상
한국문인협회, 국제펜한국본부 회원
경기문학포럼 회장

그리움

그녀는
인생(人生)에 긴 시간 담은
여린 여인

품위 있어
고운 모습
늙어가는 그녀

참~ 보고 싶은 그녀
그리움이
그녀 마음에 안기어
몸부림친다

세월(歲月)은
그녀 두고
나만 떠나라 하면
집착(執着)으로 남으려 한다

멀어져 간 늦가을 풍경이
아른거린다
슬프다!

떠나는 그녀
떠나는 만큼이나
기억은 희미해지고

그리움으로 핀
열정(熱情)은 더욱 타오른다.

성성모

2002년 『공무원문학』 등단
한국공무원문인협회 사무국장, 편집위원
한국문인협회, 구로문인협회, 글의세계 이사
월간 『The People』 편집위원

할미꽃

경계는 언제나
저 먼 해안
푸른 중절모를 쓰고
무덤가에 꽃 잔디를 깐다.

본시 있지 않은
처녀성을 생각하며
고개 숙인 상념
이별이 익숙한
너는
염치를 아는 민초
의지할 어깨 하나
빌리지 못하고
몸으로 꽃을 피운다.

아
얼마나 더 많은 사랑이
너를 울리고 나서야
사랑 앞에
고개 숙이지 않을까
길들여지지 않은 영혼
허접한 밑둥까지
다 보여주고서야
할미꽃 서서 웃는다.

赤霞 성태봉

2011년 『국제문예』 등단
시집 『바람의 언덕』
한국문인협회 회원

보름달

안 보이던 달이
초겨울이 지나 보인다.
속마음에 간직한 달이
나뭇가지에 걸려있다
환하게 발산하는 모습으로
머리에 별 장식 꽂고
산머리에 얹혀 홍시 감처럼 보고 있다.
잡힐 듯하여 안고 싶지만
멀리 바람에 밀려 비켜 가는지
그리움에 젖어
저 달은 무슨 생각을 할까
누구의 것이 될까
지금은 임자가 있는지
욕심은 내 것으로 만들고 싶지만
나뭇가지에 걸려
찬 서리 맞으며 점점 자라
보름달이 되어
자신의 길로 가고 있지 않던가.

소상호

2007년 「문예춘추」 등단
시집 「초록빛바람꽃」 외 5권
한국문인협회, 세계 문학협회 회원
국제펜한국본부 회원
은평지부 부회장

연산홍 연가

그제 호젓한 산길에서
그대가 자꾸 따라왔습니다
오늘 내 뜨락에서
그대를 다시 만납니다
해맑은 웃음
투명한 살빛
나에게 가득 안겨옵니다
이 봄에도
그대는 내 가슴 한복판에
피어나는 사랑입니다
고향 언덕에서
그대를 만난 날부터
늘 마주 보는 얼굴
끝없는 그리움 속에 사는
그대는 나의 노래입니다

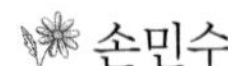 손민수

2003년 『신문예』 등단
시집 『아버지의 기도』 『어머니의 땅』 『삶의 그림자』
한국문학예술대상, 청계문학상 등 다수
한국문인협회, 국제펜한국본부 회원
송파시동인 회장 역임

백목련

봉긋한 하얀 얼굴
꽃보다 사람이 예쁜
순박한 너
장미꽃보다 더 곱다
여전히
지금도 반한 그 꽃

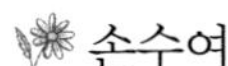 손수여

「한국시학」 등단
시집 「마음이 머무는 숲 그 향기」 외 3권
학술서 「국어어휘론 연구방법」 등 7종 외 논문 다수
「한국예인문학」 편집인
대구펜 수석부회장

상사화

붉음을 풀어 물의 길을 내는 바다보다 무한한 깊이의 하늘로 그 꽃술 띄우지 않으면 결코, 내 안에도 들일 수 없는 장엄한 목숨. 오직 분별없는 중심만을 허락한 시선으로 사는 일, 서글픈 시간의 뼈대 끝에서 곧추세운 대궁이다.
어둠이 휘어져 돌아들 때까지 바다의 수레를 밀고 가는 파도의 절정, 세상의 중심을 세상의 밖으로 흩뿌리는 자학을 다독이며 그를, 나를 사랑코자 찾아 든 무심의 순간들이 만개하여 괄호 안에서 상사화 피다.
황혼, 등 굽은 허리 눕히는 소리에 고단한 졸음을 몰아오는 슬픔마저 해맑아 바람 곁에 자리 내어 앉힌 투명한 매미의 속날개로 탄주하는 신성한 사랑의 음표는 오선지에 그려놓고 매양 숨죽인 가슴소리로만 꽃멀미다.
혈관을 따라 촘촘하게 버무린 바람의 문신, 얼굴에 불길로 각인되어 안식의 시간을 거슬러 오를 때면 그를, 나를 사랑하고자 바람이 멎어도 오래도록 젖어있는 것들의 모든 슬픔을 길어 올리는 마음이 황혼에 물들 때 기어이
상
사
화
붉은 울음으로 순정한 물의 길을 낸다.

손은교

2001년 『해동문학』 등단
시집 『5時의 노래』 등
올해의작가상, 백호문학상 대상 수상
한국문인협회 회원, 부산시인협회 부회장
국보문학 문예진흥연구소 소장, 한국불교문인협회 이사

물가로 나온 백로의 마음

녹음이 출렁이는 한낮에
호숫가를 슬슬 거닐다가
한쪽 다리 물속에 푹 담그고
저만의 가진 꿈을 더듬어
시나브로 한입씩 건져 올리네

날개 끝에 기어이 꿈을 매달고
파아란 하늘 지나서
돌다리 건넌 자리 한가로이 앉아
몸 풀고 있네

이토록 가뿐한 네 어깨
간절히 기대일 수 있는
하룻길 충족해
호수 밑에 가라앉아 일그러진
야릇한 구름 한 조각 덜렁 한 팔로 펴 올리네

윤계 손현수

한국문인협회 회원
종로문인협회 이사
문학신문 문효치 시 연수반 운영위원
시향서울낭송회 자문위원

옹이

그저 이유 없는 끌림이었어
만나면 헤어지기 싫고
헤어지면 보고 싶었지
연정은 소리 없이 다가오고

얼크러진 실타래에 매몰되어
허우적대던 나에게
무엇 때문이냐고 채근하지도 않았다

은발이 찾아올 무렵
초대면 수인사를 나누어야 하는, 어색한
자리에서 만난 그녀는
담담한 얼굴로 만남이 불편하진 않느냐고 물었다

되돌아보면, 그것은
삶을 이어온 아픈 옹이었다
치유되지 않던 아픔의 연유는
그녀를 만나고야 깨달았다

후생이 있다면
그녀가 사는 넓은 정원에
한 그루 홍매실나무이고 싶다

송귀준

2011년 『한국문학세상』 등단
제22회 설중매문학 신인상
산청문인협회 회장 역임

우리 어머니 · 11

이른 새벽 도시락 싸 드시고 집 나선 부모님
깊은 산 헤집어 캔 산나물
허리 휘청하게 포대 가득 채워 매고
저녁 어둠 밤에야 돌아오셨다

탐스런 고사리, 취와 분댓잎, 도라지 더덕
그밖에 이름조차 모르는 많은 산나물들
마당 가운데 가득 쌓아놓았다

하늘도 우리 집 시샘하는가
달과 별 고운 빛살 마당에 쏟아 부어
대낮 같아
온종일 내 곁 떠나지 않고 집 지키던 누렁이
이제야 제 세상 만난 듯 꼬리 저으며 뛰놀고
초저녁부터 엄마 일손 도우러 오신 이웃 아줌마들,
간드러진 웃음꽃으로 분위기 한결 부드러워지고
어머님 벌써 피로 가신 듯 표정 밝으시다

한참 동안의 시간 흐르자
달아 달아 밝은 달아
이태백이 놀던 달아……
아줌마들 흥겨운 노래 마당 가득 차 흐르고
손뼉과 응덩이 춤 아울러
서서히 이 마을 고요 깨우고 있었다.

줄곧 이 밤 즐거우신 어머님!
이윽고 부엌 들어 모싯잎 밀개떡과 모주잔 챙기시고
아버지도 한결 가벼운 마음
앞마당에 새 돗자리 펴신다.

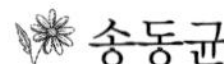

송동균

『현대문학』 시 추천 완료(서정주 추천)
시집 15권, 산문집 및 송동균 시 전집
한국문학상, 현대시인상 등 다수 수상
미당 시맥운영위원
한국문인협회, 국제펜한국본부 자문위원

사랑하면 그래요

물안개 속삭이는 아침
맛있게 체에 담겨있는
사랑하는 임,
다 마셔버리니
눈물이 난다

진한 여운 가슴에 배어
심장이 빨갛게 달아오르도록
한곳에 정지해있는 눈길

뜨거움 서서히 식어갈 무렵
붉은 노을에 담아
그리움 달랜다

사랑이 남긴 자국,
암울한 현실에도
사라질 듯 사라지지 않는 별처럼
영원히 그 자리에서
빛난다

안홍 송명섭

2012년 『문학세계』 등단
공저 『수요일엔 파란 장미를』
한국시인 대표작 외 다수
한국문인협회, 문학세계문인회 회원

무릎

사랑하는 사람의 무릎을
베고 누워
사랑하는 사람의 얼굴을
본 적이 있나요

선명히 내려오는
햇살 같은 눈빛이
너무나 눈이 부셔
살며시 눈 감으면

그 빛의 따스함이
그 사람 손끝으로
타고 내려와
머리카락 사이로 퍼져 나가는

가장 따뜻한 햇살의 손길을

사랑하는 사람의
무릎에 베고 누워
느껴본 적이 있나요.

송상섭

2006년 『시사문단』 등단
저서 『먼 훗날 문득 오늘이 생각나』
한국문인협회, 계간문예, 백두산문인회 회원
(주)뉴스인서울 대표이사 발행인

내 사랑은

내 사랑은 내 곁에 없다
내 안에 있다

너무 깊어서 보이지 않는
너무 멀어서 찾을 수 없는

내 사랑은
너무 소중해서
내 안에 숨어 산다

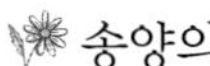

송양의

1981년 『꿈과 음악과 사랑』 시집 발간으로 창작 활동 시작
시집 『사랑 그 후』 등 16편
동포문학상 등 수상

내 안의 꽃

휘리릭~ 휘리릭~~~
늦은 밤 전화기가 나를 부른다
깁던 바지를 접고 소리에 귀를 연다

"안 주무시네요.
기침 다 나았는지 궁금해서 전화했어요?"

믿음직한 손녀 속삭임이 들려온다
계곡에 맑은 물소리 같은
푸른 바람 속에서
가슴 열어 보이는 납매꽃이듯
향긋한 꽃 내음이 몰려온다

어둔 하늘 환한 웃음이 별로 뜬다
빈 시간에 가득해져 오는 사랑
손녀와 하나가 되는 밤이다

송연우

1994년 『한맥문학』 등단
저서 『비단향나무와 새와 시』 『여뀌의 나들이』 『맨발의 춤사위』 등
한국문인협회 회원, 동운문학회원

초승달

옷깃을 스치고 지나간 그대처럼
머나먼 하늘에서 미소 짓는 초승달.

호수에 배를 띄워도 거기 있고
바닷물이 아른거려도 거기에 있네.

옷깃을 스치고 지나간 그대처럼
즈믄밤 즈믄날 미소 짓는 초승달.

송하선

1971년 「현대문학」 등단
저서 「미당평전」 「한국명시해설」 등
백자예술상 등 수상

사랑

눈빛의 씨줄과
몸짓의 날줄 되어
무언의 전율로
사랑의 속삭임

깊고 깊은 강바닥
빛난 한 쌍의 조약돌
그 어떤 우주도 몰라
오로지 아련한 비단조개

불구덩 낭떠러지라
할지라도 두려울까
모닥불 활활 타오르니
천상에 행복 따로 있으랴

송희(우화)

2011년 『새한국문학』 등단
시집 『다시 그 자리에』 『나는 지금 여기에』
연암문학상, 한국문학상 수상
국제펜한국본부, 한국문인협회 회원

가을날 새벽길에

가을날 새벽길에
병아리색 모과열매 두 개 주머니에 넣으며
눈 들어 무지갯빛 물든 언덕을
내 영혼의 상처이듯 바라본다
만나고 싶은 좋은 사람이 있어
이 가을 기쁨으로 가득 차지만
마지막 하고 싶은 말
오랜 기억으로 전해 들으니
생각하게 해서 미안하다

가을날 새벽길에
내 추억의 향기 두어 잔 함께 마셔본다
풀벌레 소리가 요란히 기다렸다는 듯이
울리는 맛이구나
아직 만나지 않은
좋은 사람
오는 가을을 가득하게 하는 기쁨이라고
바람결의 자유처럼
산 깊은 외로움처럼

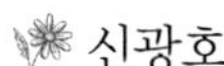

신광호

1960년 『시조문학』 입상
1978년 『현대시학』 추천완료 등단
시집 『고지와 새』 『새가 내게 와서』 『티파니 하늘색』 외 다수
경희문학상, 자유신인상, 산문학상 등 수상
한국문인협회 자문위원, 국제펜한국본부 회원

사랑의 힘

청명한 가을 하늘 그대와 함께
아름다운 강천산을 오른다

따가운 햇살에선 느껴지지 않아요
깊은 바위틈에서도 빛은 아름다운 것

다리 하나 절룩일 때 지팡이 되고
진흙 수렁 속에도 디딤돌 되지요

내 삶에 힘이 되는 깊은 사랑을
이제는 나누고 싶어요

반딧불로도 빛나고 싶어요
먼 훗날도 디딤돌 되고 싶어요

신사봉

2006년 경기문학작품 공모전 장원
제4회 고양시 전국 60세 이상 문학작품 공모전 장려상
한국문인협회 회원

제비꽃

꽃이 아니었다면
존재마저 확인할 수 없었다
날렵한 꽃잎만으로도
제비이므로
날 수 없어도 제비다

꼿꼿한 꽃대 하나로
하늘에
봄여름의 획을 긋고
퇴색되는 봄을 흔들림 하나로 붙잡고
작지만, 수수함이
지구 중심에 가늘고 길게 뿌리내렸다

엷은 바람에 날개 한 번 펴
여름 경계에 들어서면
보랏빛 봄은 하얀 쌀알로 익어
강남*의 물결 위에 반짝인다

* 강남: 중국 양자강 남부 지방으로 제비의 월동 지역으로 알려져 있음

죽당 신세균

2014년 「문학사랑」 등단
한국문인협회 회원
충북영동문인협회 부회장

사막을 건너오는 시간

스스로 빛이 되어야 빠져나갈 수 있는 통로
당신 혼자 캄캄한 사막을 헤맬 때
누구도 손 내밀 수 없었어

당신은 매일 장미꽃다발을 들고 왔지

모래바람인지 눈보라인지 가늠할 여유도 없을 때
나에게 내밀던 붉은 장미를 받으며
늑골 아래로 쏟아지던 함박눈

불안하게 흔들리는 눈망울
장미를 움켜쥐고 당신을 끌어안았지

장미 가시에 깊숙이 찔린 약지에서 방울방울 떨어지는
핏방울, 동공을 가득 채운 슬픔을 읽는 시간
등 뒤론 거센 눈보라가 지나가고 있었어

어디서 끝날지 모르는 사막
그리고 날마다 늘어나는 꽃다발은
내게로 와서 자꾸 시들어가고

당신이 맨발로 사막을 건너오는 시간
초인종이 울리면 가슴으로 걷잡을 수 없이 피어나던
장미, 장미, 핏빛 장미

신수옥

2014년 『문학나무』 등단
『젊은 시 12인선』에 선정
한국문인협회 회원

수채화 같은 한 사람

당신은 누구십니까
가끔, 이파리 무성한 나무로 서서
석산에 돌처럼 바라보다
연기처럼 사라지는 당신은 누구십니까

돌연, 안개로 피어나 시야를 흐리게 하는
당신은 누구십니까

은하수를 만드는가 하면 조각달도 띄웁니다.
구름을 풀어놓는가 하면 비도 내리게 합니다.
가끔은 부드러운 풀잎 위에 이슬방울처럼 아슬하기도 하는
당신은 누구십니까

이글거리는 광선이 다하는 시간
석양이란 이름으로 바다 저 끝에
붉게 피어나는 수채화 속 놀 같은
당신은 누구십니까

어제도 오늘도 이파리 무성한 나무로 서서
석산에 돌처럼 바라보다
연기처럼 사라지는 당신은
당신은, 누구십니까

신승희

2009년 『한국문인』 등단
시집 『어머니의 강』
위대한 한국인 대상, 올해의 신춘작가상
경남진해문인협회 부회장
한국문인협회 시낭송진흥위원

사랑을 기다리며

뜨거운 심장에서 용솟음치며
당신이 남기고간 숨소리는
내 온몸을 흔들어대며 전율을 뿜어내
두 손을 타고
내 마음에도 찾아왔습니다.

붉게 피었던 청춘은 온통 하얗게
형상도 없는 마음으로 변해도
억지로 끌어다
두 손으로 빚어
그리움의 숲속처럼 형체를 만들어 갑니다.

설산을 향해 그 이름 목청 놓아 불러보아도
수많은 시간 지나 다가온 건
그리움뿐인데
태양빛에 비친 아주 작은 반짝임들이
놀란 가슴에 박혀 뽑혀지지 않습니다.

설산 메아리가 닿는 곳이 어디인지 몰라도
작은 꿈 포개어 얹고 한없이
기다리고 있노라면
분간할 수 없는 어둠을 빚어 만든 그리움과
영혼의 몸짓은 한 줄기 빛을 타고 내게 오겠지요.

신영운

2008년 『자유문예』 등단
한국문인협회, 한국전쟁문학협회 회원
3사문학회, 시세계 회원

들꽃

아슬한 벼랑 위
청초한 들꽃 한 송이

가녀린 허리
수많은 폭풍에도 살아남은
나 이제
찬 서리 강풍에
인내를 배워

그 벼랑 위 들꽃
내 가슴에
피워내고 싶다

신영희

1999년 『한국시사』 등단
한국문인협회 문인옹호위원
경북문인협회 회원
한국문인협회 안동지부장 역임

편한 그대

그대를 보면 마음이 편합니다
얼굴만 보아도 편하며
그대는 삶 전부입니다
멀리 있어도 그립고 생각만으로
마음이 풍요롭습니다

만나서 정을 나누면 헤어지기 싫으며
항상 함께하고 싶습니다
혼자보다 그대와 마주 앉아서
대화를 나누면 다 가진 거 같습니다

부담 없이 손잡고
함께 걷고 싶습니다
그래서 만나면 언제나 편하며
그대는 순수하고 차분하고 온순한

이조의 여인입니다
나의 소중한 꿈은 그대와 영원히
함께 하는 겁니다
그대는 나의 전부이며
희망입니다.

신윤호

2005년 「문예사조」 등단
시집 「사랑 뒤에 오는 사랑」 「하늘꽃 구름 위에 누워」
한국글사랑문학, 한국문화예술문학 대상
한국문인협회 회원, 정보화위원

새천년해안도로를 따라

처얼석 철석 바위를 때리면
치솟는 하-얀 물보라 촛대바위
그 절경 홀로 보는 사무친 그리움
밀려오는 파도야 네가 알겠느냐

아득-한 저 수평선
뭉실뭉실 피어오르는
뭉게구름 위일까 파-란 하늘일까
어디메서 지켜보실까 그 님이
눈감지 못하고 떠난 하늘이여

하늘 바다 에메랄드 물빛
정라항에서 동명항 솔비치까지
새천년해안도로 달리는 사념
동해안의 비경 가슴에 담으며
시름일랑 털어내자 어차피 홀로인 것을

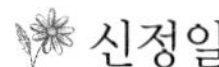

신정일

2012년 『한국문인』 등단
시집 『꽃빛 햇살』 『아버지의 묵언』
『한국시인 출세작』, 『한국시인 대표작』 작품 수록
한국문인협회, 청계문학회 회원

고향 산천 별바위

일월광 쏟아지는 별바위
함께 놀아주던 정든 산
사시사철 시절시절마다
아름답게 펼쳐지는 산하

상시 가슴 크게 벌리며
꼭 껴안아주던 별바위
바람결에 슬피 울던 으악새와
풀벌레 소리도 변함없는지

봄여름가을 꽃향기 풀냄새
오감적 자연 맛을 자아내며
오색 빛 하늘가에 곁들이며
뜨겁게 감싸며 안아주던
따뜻한 사랑의 품 별바위산

월야의 하얀 가파른 산길에서는
홀로 길을 잃고 울던 어미 소
그 어미 소를 찾느라
온 산야를 뒤지며
찾아다녔던 잊지 못할 사연
모두 다 추억 서린 고향 산천 별바위여라

경산 신종현

『한울문학』 등단
전자책 『엄마 없는 하늘 아래』 『달덩이 같은 어머니 얼굴』
서정문학대상 수상
한국문인협회 회원

종착역엔 사랑이 살고 있다

삼백오십 여 임종을 지킨 호스피스
하얀 시트마다 애벌레의 꿈을 심는다
간 쓸개 모두 떼어준 유충들
꼭 꼭 숨겨둔 사랑 ∞ 속에 담아
흰배추나방 되어 훨훨 나는 꿈을 꾼다

연인들 하나둘 떠나가고
어둠은 발자욱 지우며 외로움 쓸어내지만
전나무 가지 끝에 매달려
바람의 심장 속을 맴돌던 밀어 한마디
끝내 떠나지 못하고
저무는 플랫폼 벤치에 내려앉아 사랑을 쓴다

저만치서 멀뚱한 시그널
기차 떠난다고 파란불 다시 켜면
애벌레의 꿈도 깨어나 훨훨 날아오를 테지
종착역엔 사랑이 살고 있다

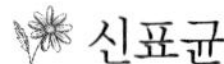

신표균

「심상」 등단
시집 「어레미로 본 세상」 「가장 긴 말」 「참꽃」 등
고대문우상 수상 외
논문「김명인 시의 길 이미지 연구」외

대구문인협회 부회장, 한국문인협회 달성지부 회장 역임
한국문인협회 대외협력위원, 도동시비동산운영회 부회장

내가 사랑하는 사람은

내가 사랑하는 사람은
바다를 사랑하고
늘 태양을 가슴에 품고 살지요

하루 종일 햇살을 가슴에서 품어내며
너그러움이 입가의 주름살로 새겨져 있는
넉넉한 양복을 좋아하는 사람

삶의 아픔을 함께 하려고
언제나 한 손을 내줄 여유를
가슴 한 켠에 품고 사는 사람

든든한 골격만큼 안일과 타성을 내몰고
아주 거뜬히 내몰고 돌아앉았는데
어깨엔 감상과 감정의 늪을 올리고 앉아있는데

나의 따뜻함과 사랑에서 도망치려는
날마다 달리기 연습을 하는 그런 사람
아무리 달려도 운동장 안인 것을

흠뻑 풍긴 땀내가 자유라고 생각하는 그런 사람
하루를 빈틈없이 살고도 모자라
침대에 눕지 못하는 아쉬움을 안고 살아가는 그런 사람

때론 내가 착각을 만들기도 하고
때론 내가 설움을 만들기도 하고
때론 운동장을 그리기도 하고
수없이 많은 인연으로 그물을 짜서
언제나 한 번쯤은 가슴속에 품고 싶은 그런 사람

내가 사랑하는 사람은
바다를 사랑하고
늘 태양을 가슴에 품고 살지요.

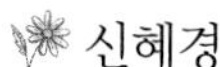

신혜경

2008년 『현대시문학』 등단
시집 『들고 있던 항아리』 『태양의 변주곡』 『서랍 속의 작은 나』 등
제 10회 임화문학상 수상

바다

그대 잔잔한 미소에
내 마음 일렁입니다

그대 환한 모습에
내 마음 출렁입니다

그대 작은 몸짓에
내 마음 파도칩니다

잔잔한 마음에
일렁이는 그대

출렁이는 마음에
밀려드는 행복

사랑의 파도에 휩쓸린
내 마음 바다입니다.

심억수

2001년 『문예한국』 등단
시집 『물 한 잔의 아침』 외
청주문학상, 충북우수예술인상, 충북문화예술발전유공자상 등
청주문인협회, 중부문학, 충북시사랑회장 역임, 충북시인협회장
한국문인협회 대외협력위원, 『문학저널』 자문위원

울 엄니

밤 새워 만든 꼬마 연이
산 넘어 세상 꿈을 싣고
넓은 산과 들에 걸려있네

빙글빙글 날아올라
흰 구름 쳐다보다가
어구구 떨어져 빙그르 채이네

그날,
먼 동네에서
천렵 온 꼬마들은
논배미 얼음 위에 파란 하늘 싣고
자치기 뺑이놀이 빙글거리네

구름에 해 가려
썰매는 갈라진 물 둠벙에 빠지고
얼어버린 양말일랑 매운 모닥불에
군고구마와 뒤범벅이며
호호 깔깔거리네

이십 리 읍내 길 오일장에
방 한 칸 잠든 내 머리를 가로질러
길 떠나신 울 엄니
눈깔사탕, 뻥튀기, 검은 고무신 사오
시겠네

이제나 저어기
엄니 하얀 망동 저고리 보일라
남색 치마 너울대며 재 넘으실 때
아이들 재잘거림이
저기다, 달음질 되었네

이젠,
흩어진 어린 날은
빛바래 수채화로 남고
날마다 꿈속에서
꾸부러진 울 엄니 허연 베적삼이
장바구니 봇짐에 나풀거리네

하얀 달님, 누런 별님이 수놓아
검지 못해 하얀 밤에는
아이처럼 보채며
딱 한 번이라도 사무치는 울 엄니
시퍼런 꿈속에서 보고 싶네

청곡 심은석

2009년 『문예마을』 등단
2012년 『현대시학』 재등단
공무원문예대전 수상 등
백수문학, 해외문화회원

그 사막에 가고 싶다

하늘이 온통 별 밭인 밤엔
그 사막에 가고 싶다
어느 작은 오아시스 마을 앞이나 뒤 어디쯤
늙은 올리브나무 밑둥치에 웅크리고 앉아서
홀로 별을 세고 있을
눈빛 몹시 외로운 낙타 하나 만나고 싶다

하도 많은 별똥별을 주워 먹어서
그의 커다란 혹은 빛나고 무거우리라
그가 건넌 사막의 숫자만큼이나
그의 발등은 때때로 시리고 고단하리라

밤이 내리면
사막여우들의 쓸쓸한 울음소리
쟁쟁쟁 청남색 하늘가에 얼어붙고
고독한 스코피오의 슬픈 독침도
손수건 접듯 고이 접혀 제 살 속에 들려니 –
그리하여 사막의 밤 정적은 클라이맥스에 이르려니 –

별빛 하얗게 여물수록
외로움 더욱 깊숙이 심장을 파고드는 곳

그 사막에 가고 싶다, 가서
지상의 시계란 시계는 모두 정지시켜 놓고
사람의 욕망도 꿈도 모두 열중쉬어 시켜 놓고
발등 시린 낙타 옆에 나란히 앉아
나도 그만 한 마리 낙타가 되고 싶다.

안봉자

2004년 『순수문학』 등단
W.P.R.S.S.(World Poetry Reading Series Society) 정회원 등재(2004).
저서 영한시집, 시 앤솔로지 등 다수
세계시 대사상, W.P.R.S.S. 평생공로상, 해외한국문학상 등 다수 수상
벤쿠버 한인 일간, 주간신문 문학칼럼니스트

인연

짧은 만남으로 내 곁에 머물렀기에
얼마나 소중한 사람인지 몰랐습니다
이 작은 세상 어디서든
다시 만날 인연인 줄 알았어요
하루, 이틀, 시간이 흐르고
언제부턴가

당신이 생각나면
눈물이 차올랐습니다
오랜 시간이 흘러
우리는 다시 만났지만
인사도 나누지 못하였어요
상심한 내 가슴은 빗장을 열고
당신을 멀리멀리 날려 보냈지요
사막 같은 세상 힘들어
그리움도 잊고 살다가
우연히 뒤를 돌아보았을 때
바로 등 뒤에서
보일 듯 말 듯한 미소로
사랑의 인사를 건네는 당신

우리가 같은 하늘 아래
공존하고 있음을 깨닫자
행복의 빛깔이
내 삶을 물들입니다
좋은 사람
당신이 또다시
나를 울게 합니다

안선희

2004년 『문학21』 등단
시집 『둥지에 머무는 햇살』 『사랑에 기대다』
한국문학예술인, 전국우리말글짓기대회 금상
한국문인협회 회원, 대한문인협회 정회원

아침 사랑

무지근히 백색 수궁(水宮) 속으로 밀어내는

황금색 바나나를 확인하는 것만큼 시원한 아침은 더 없다

안용석

1984년 『카톨릭문예』 등단
시집 『서랍속의 방』 『강가에 앉아』 외 다수
국제펜한국본부, 한국현대시인협회, 한국가톨릭문인회 회원
한국문인협회 상벌제도 위원
『사상과 문학』 자문위원

손수건

이제부터 나를 손수건으로 불러다오

너가 입버릇으로 자랑하는
어여쁜 얼굴보담도
살가운 말씨보담도
신들린 글발보담도

몇 곱절이나 더 빛나는 에덴을 적시는
그 이브의 눈물,

무슨 까닭 있어 희미한 여창의 불빛
을 타고 수줍은 산골 물소리로 속절
없이 강을 가는가

황홀한 눈물이 뭐길래
이리도 문둥이 가슴을 문질러
나는 어느새 손수건으로 위치한다
가만 가만히 어둠의 길 찾아
그녀의 말없는 울음에 다가서다
어찌하면 좋을려나 아아,
마음속 견고한 동정을 잃어버렸다

세상일 모르는 노르웨이 빙하수 푸르
른 물길 같은 여린 봄날의 눈물 송이
송이에 젖어 내 남루한 길은 생기를
입고 긴긴 겨울잠 새벽을 털며 용트
림한다

눈물을 재우는 소방수!
어느 때고 달려가는
나를 이제부터 손수건으로 불러다오

안재찬

1999년 「시인정신」 등단
시집 「광야의 굶주린 사자처럼」 「침묵의 칼날」 외 3권
한국기독시문학 · 한국현대시협 작품상, 자유문학상 수상
한국문인협회 편집위원, 현대시인협회 지도위원
한국NGO신문 신춘문예 운영위원장,
현대문학신문 지도위원, 시담 주간

어머니

어린 시절
어리광도 투정도
어머니는 따스한 가슴으로 안아주시고.

몸이 아파도
마음이 아파도
어머니는 아픔을 대신해주시고.

속이 상해도
기분이 좋아도
어머니는 함께 상하고 기뻐하시고.

땀을 흘려도
눈물을 흐려도
어머니는 남모르게 땀과 눈물을 흘리
시고.

늦은 밤 귀가길
사리문 밖에서
어머니는 비바람 찬 이슬 맞으며 기다
리시고.

이 세상 살다 보면
지나친 욕심부릴 때
어머니는 만족함을 일깨워주시고.

어머니의 끝없는 사랑을
어렴풋이 느끼려 할 때
어머니는 바람 타고 구름 타고
저세상으로 가버리셨네.

안종관

2013년 『화백문학』 등단
시집 『봄, 여름, 가을 그리고 겨울』 『시간을 줍는 그림자』 『징검다리』
화백문학, 가온문학, 애월문학, 한국문인협회 회원

꽃과 벌

그가 내 가슴을 조였다
그의 뜨거운 입김이 느껴졌다
이럴 때 어떻게 하는 건지
소설에서는
여자 주인공이 눈을 감았었다

눈을 감았다 그의 턱수염으로 내 뺨을 쓸어내렸다
난생 처음 느껴보는 그의 입술
얼마나 뜨겁고 강렬한지
온몸이 모조리 그의 입 속으로
빨려 들어가는 느낌이었다
이게 사랑일까?
그래 그는
내게 사랑한다고 눈짓을 한다

나는 이보다 더 큰 사랑을
더 고귀한
사랑을 찾아 헤매지 않을 거다

안한규

1999년 『문예한국』 등단
한국문인협회 회원

여유

이렇게 바삐
돌아갈 길이었네
삼백예순날 너를
끼어 안고도 텅 빈 가슴이었다

길모퉁이마다
뭉텅 빠지는
말목을 움켜잡고
뒷걸음치던
많은 날들이었다

서쪽 새가 울지 않아도
국화꽃 여전히 피고
매미 울 때마다 잎샌
몸을 떨었다

어쩔 수 없이 널
떨구어 내는 날은
말간 하늘이었지

창가에 뽀얀 입김을
불어넣으면 파랗게
불거지던 아픔이었다

하얗게 내리는 눈발 속에
너를 뿌리며 너를 그리며
너에게로 가는
아쉬움의 문
조용히 닫는 중이네

안후영

『한맥문학』 등단
시집 『바람에 흔들릴 때』 공저 『옥천의 마을시』
충북문학상, 옥천군민대상, 동아시아 작가협회작가상 등 수상
한국문인협회, 한맥문학가협회 회원
옥천문인협회장 역임

풍경 소리

봄 햇살이 돌아앉은
처마 끝자락 풍경 소리가
바람에 안겨
얼굴을 묻고 있다
녹슬지 않는 그리움의 무게를
수만 근 달고 있다가
바람이 흔들릴 때마다
분수처럼 하얗게
떨어지는 울음소리
그 누구에게도
펼쳐 보일 수 없는 가슴앓이를
저 풍경소리가 내 대신
종일 울어주고 있다

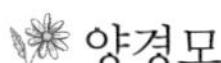 양경모

2013년 『문학시대』 등단
시집 『열꽃의 홀씨가 되어』
『문학시대』 연재중
한국문인협회, 관동문학 회원

늙은 사랑 · 15
– 막차로 떠났느니

그때에도 하루에
두어 번밖에 오지 않던 시골 기차역.

막차로 그대 보내고 나는
붉은 노을이 검은 먹물이 될 때까지
그냥 그렇게 서있었네.

유리창 너머로 손을 들고서도
끝내 흔들지도 못하고 점점 작아지던,
그대 눈가의 슬픈 노을 색을
아직도 나는 잊지 못하네.

결코 녹슬 수 없는 레일 위로는
그러고도 수많은 열차들이 오고 갔고
또 세월도 하염없이 가고 왔지만

이제는 늙어 기차도 서지 않는
이 황량한 간이역(簡易驛).

그래도 나는 가끔
노을이 미치도록 그리운 날은
역두(驛頭)에 나와 지팡이를 짚고
막차로 돌아올 너를
기다려 보네.

"사랑은 결코 이별일 수 없다"고
혼자 속으로 흐느끼면서

양명학

2004년 『문학예술』 등단
시집 『나 쪽으로 열린 창문』 『겨울 소리개』 외
울산광역시문화상, 울산문학상
울산문협 원로회원

사랑

새벽마다 성경 끼고
예배당 찾아
남들 알아듣지 못하는 말로
부르짖을지라도
사랑 없으면
깨어진 소리로
뭇 사람들 귀 괴롭히는
꽹과리가 되고.
온갖 신통력으로
태산을 하루아침에 옮기고
그 자리에 고속도로를 낼지라도
사랑 없으면
바람에 휘날리는 티끌만도 못하고.
가진 전 재산
아니 눈과 귀
그리고 신장과 심장
모두 필요한 사람들에게
거저 줄지라도
사랑 없으면
천국으로 가는 길
전혀 열려질 수 없나니.
그런데
사랑은 사람들에게서 난 것이라
여기는 이들
너무 많은데
그게 아니라
사랑은
주님께서 우리에게 주신 것이라

양왕용

1966년 김춘수 시인 3회 추천 『시문학』 등단
시집 『백두산에서 해운대 바라본다』 외 7권
논저 『한국 현대시와 디아스포라』 외 7권
시문학상 본상, 한국장로문학상 외 다수 수상
한국크리스천문인협회 회장 역임
한국문인협회 부이사장

연모(戀慕)

아니 늦은 봄날
나비 한 마리 꽃대궁에 앉아있습니다

그 나비 입에 꽃잎 하나 물려있고요
그 꽃잎에 이슬 하나 얹혀있고요
그 이슬 속에 하늘 하나 담겨있고요
그 하늘가에 거미줄 하나 쳐져있고요
그 거미줄에 추억 하나 걸려있는데요

그 추억 끝내 못 털고
나비 한 마리 꽃잎에 그리움 새기고 있습니다
그 이름 내내 못 지워
나비 한 마리 꽃잎 물고 팔랑팔랑 날아갑니다
이 아니 늦은 봄날에

양창식

2009년 『정신과표현』 등단
시집 『제주도는 바람이 간이다』
한국문인협회 회원

손잡이

아이들 새처럼 다 날아가고
두 내외 살림살이 소꿉장난 같다

밥그릇 국그릇 커피잔을 닦을 때
유독 눈에 들어오는
아내 시집올 때 따라온 커피잔

뜨거운 잔을 들 수 있는 손잡이
손잡이 같은 아내

내가 커피잔을 닦아도
손자 세수시키듯 다시 닦아 놓는다

내가 뜨거운 일 당해 우왕좌왕할 때
내 손을 잡아주는 아내

마지막 커피잔을 놓을 때가
아내의 손을 놓을 때

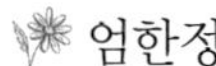

엄한정

1963년 『현대문학』 등단
시집 『면산담화』 『낮은자리』 『풍경을 흔드는 바람』 등
한국현대시인상, 미당문학상, 성균문학상 등
한국문인협회 감사 역임
한국현대시인협회 부회장, 미당시맥회 회장, 한국농민문학회 회장

두견 차(杜鵑 茶)

봄이면 온 산야(山野) 진달래꽃 향연
참꽃이라고도 하고,
꽃 필 무렵 소쩍새 운다 하여
두견화(杜鵑花)라 하던가.

봄 동산 올라, 준비된 찻잔에,
반쯤 핀 진달래 한 송이 꺾어 담고,
뜨거운 물 부으면,

발그레한 꽃잎 물을 반나
꽃 춤추는 황홀한, 그 모습,
정서(情緖) 담긴 꽃차 한 잔이 주는 짧은 행복.

꽃을 따 꿀에 재웠다가,
온수(溫水)에 타 마시면, 이 또한 진미(眞味) 아니던가.
진달래 화채(花菜)는 왕가(王家)의 특미(特味)였었지.

녹차(綠茶) 우려 찻잔 담고,
진달래 한 송이 띄우는, 풍류(風流)
맛보지 않은 이 그 맛 알고나 있을지.

두견 차 한 잔이면, 감기나 심한 기침쯤은. 뚝!
식중독(食中毒) 해독(解毒)에도……
두견이 우는 사연(事緣) 스며있어서인가?

여학구

2009년 『한맥문학』 등단
저서 『꽃으로 피워낸 삶』 외 다수
한맥문학동인회, 한맥문학가협회 회원
계간문예작가회, 나라사랑한국문인협회 이사

사랑

오랜 친구처럼
시간과 함께 길을 나섭니다
손도 잡고
간간히 노래도 불러가며
나란히 걷습니다

사랑이
삶에 손도 달고 눈도 달아줍니다

그대랑 손잡고
그대랑 눈 맞추는 것
사랑입니다

방패처럼 앞세워보고
짐꾼처럼 부려도 보던
구멍 천지인 몸에서 꽃이 핍니다

깊은 굴속 같은
구멍에서 피는 이 꽃, 참 예쁩니다
오래된 사랑이,
그대가 참 곱습니다

염향화

2000년 『문예운동』 등단
시집 『여자의 몸이 밝아진다』 『그대를 열다』 『꽃과 사랑과 슬픔의 변주』 『특별한 소유』 등 공저 다수
한국문인협회 정책개발위원
국제펜한국본부 회원

부부 사랑

천생연분 60년 세월이
스쳐 지나도록 살아온
부부지간 동고동락으로
두텁고 알뜰한 남녀 사랑이었건만
아마도 이제는 흐지부지되어 버리려는지

사랑하는 것 같기도 하고
미워하는 것 같기도 한 남녀 사이
더러는 추억 속을 더듬더듬해보며
고독한 서글픔으로 간혹 몸부림도 치는데

마지못해 어쩔 수 없이
그저 사랑하는 척 하면서
보내는 어설픈 노년 세월인지라
마음속 깊이에 아쉬움인들 어찌 없을까만

어느덧 볼품없는 고목에
오나가나 덤으로 사는 등신이라
태산같이 믿는 부부 호흡 같이하노니
설마한들 부부사랑에 변심이야 있으랴
앞으론 만사에 감사하고 건강만 껴안아야지

院谷 오남식

2007년 『한맥문학』 등단
시집 『팽이야 별에서 놀자』 『웃으며 가고파』 『남의 속도 모르고』
한맥문학상, 서울시우문학상, 서포(김만중)문학상 등 다수 수상
서울시우문인회 명예회장
한국문인협회 회원

아름다운 울타리

모든 생명체는 물질적 보호막이 있고
사람은 정신적 보호막이 더 필요하며
사랑은 투명한 보호막을 만들어 준다

내가 나를 사랑하면 내가 나를 보호하고
친구의 사랑을 받으면 친구의 보호를 받고
이웃의 사랑을 받으면 이웃의 보호를 받으며
공동체의 사랑을 받으면 공동체의 보호를 받는다

방한복이 추위를 막아주듯
보호막은 세상풍파를 막아준다
사랑은 사랑은 서로의 방한복을 만들고
사랑을 하면 할수록 울타리는 아름답게 빛난다

오병욱

2005년 『문예사조』 등단
한국문인협회 회원
한국시인연대 회원

오월, 그대 이름을 부른다

오월이다
그 곱고 감파란 이름을 부른다

저 가늘고 좁디좁은 침엽수에 꽂힌 별이여
가늠힘이여
허공을 향기롭게 하는 솔바람이여

한 잎의 풀보다
한 줄기 샘물보다 그늘이 깊은 우리

안개비 젖은 숲은 더욱 감파르족족히 낮아진다
나의 사랑, 오월이다

그대의 말은 꽃을 피게 하는 자미성(紫微星)
그대의 혼은 순결한 영감이 솟는 정천(頂川)

오월의 숲 그늘 아래
그대 향기로운 이름을 부르며 뇌이며 걷는다

설령 우리가 저 보드라운 흙으로 돌아가더라도

다시 오월이면
푸르른 웃음은 성깃한 그늘을 더욱 밝히리라
그 숲의 산꾀꼬리 맑은 노래를 함께 들으리라

오월이다
내 사랑, 그 곱고 감파란 이름을 부른다

오소후

2001년 무등일보 신춘문예 당선
한국문인협회 회원

혀에 꽂힌 사부곡

눈 내리는 밤, 불콰한 월병을 들고 젖은 꿈을 밟고 오시던 당신
명동 여기쯤 그 사무실에 사무친 바다가 밀려와 하늘의 저녁 별들을 삼켰는지
바람의 입 안이 깔깔하다

청파언덕에서 데모대를 빠져나와 명동사무실에 들릴 때면
당신은 아무리 바빠도 일품향으로 나를 데려갔지
고량주 한 잔 할 줄 알아야 名詩를 쓴다며 당신의 못다 한 꿈을 안주로 얹어주셨지
탕수육, 라조기, 유산슬은 내 혀에 꽂아둔 당신의 꿈길이었지
어쩌면 당신이 영 잃어버릴지도 모를 길목에 나를 표지석으로 세워놓고 언젠가는 그 길을 가리라 다짐하듯이

한동안 외국에서 돌아오시면 내 손잡고 영화관에 가곤 했지
벤허와 십계의 울림은 나도 모르게 신을 향하게 했지
당신 서재의 국가론을 읽으며 수녀 아니면 시인이 되고 싶었지
둘째 딸이 작가되길 간절히 바라던 당신
끝내 시인의 모자 쓴 걸 못 보고 가셨지

먼 나라서 지켜보실 아버지께 고량주 한 잔 올려야지
모래알갱이가 씹히는 날이 많아진 저물녘 으스름
별로 뜬 아버지께 여덟 번째 시의 꽃다발을 바친다

오현정(吳賢庭)

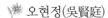

1978년, 1989년 『현대문학』 2회 추천 완료로 등단
시집 『몽상가의 턱』 『광교산 소나무』 『고구려 남자』 『봄온다』 등
국제펜문학상, 월간문학동리상, 들소리문학대상 등 다수 수상
한국문인협회, 국제펜한국본부, 여성문학인회 이사
한국시인협회 상임위원

추암리에 비가 내린다

바다가 우수에 젖어있다
저기 파도 부딪치는 촛대바위의
안개 속 비 내리는 풍경이
바닷가 저문 기억을 추억처럼 적신다
목쉰 울음 토해내던 갈매기 한 마리
뒤척이는 파도의 입자들을 쪼아대다
쓸쓸한 바람결에 온몸 내맡긴다
언제였던가
구릿빛 열정으로 들끓던 여름이
어느 날 비가 되어
커피 잔 속 싸늘히 식어갈 때
우리는 말없이
백사장에 찍힌 발자국 지우고 있었지
뜨겁게 타오르던 인연의 끝은
소리 없는 빗물이 되어
바다 속 깊은 곳으로 흐르고 있었지
지금 그날같이
추암리 바닷가에 비가 내린다
끝없이 비가 내린다
아, 기약 없이 손을 흔든 그날이
어느새 저만치 가고 있다

우덕호

2008년 『문학미디어』 등단
기독신춘문예 당선
공저 『한국시인 대표작』 외 다수
실로암문학상 대상, 청하문학상 국회의장상
한국문인협회 회원

강나루

열여섯 살 처녀
여울물 건널 때

살짝 걷어 올린
속치마 밑

희디흰 정강이

건듯 불고 간
바람이 되어
갈증으로 남는다

노을 너머 스러지는
그리움마냥.

우성영

2006년 『문학공간』 등단
시집 『지평선에 머무는 마음』 『여백 지우기』 『인연 익히기』 외 다수
경기도 문학상 본상, 홍조근정훈장 등
한국공간시인협회장, 한국시인연대 회장, 한국문화예술연대 원장 역임
경기 헤럴드 신문 논설위원

영원한 내 사랑

어느 봄날 나는
그대의 이름을 눈 위에 썼다네
하지만
햇살에 모두 녹아버렸다네

당신의 명성
아름다움
빛나는 이름
하늘에 새기었는데
햇실에 모두 녹아버렸나네

영원한 내 사랑
영원한 그대
그대는 나의 영원한 생명이라네
별들이 아무리 흘러도
결코 지울 수 없다네
또다시 햇살이 흐를지라도.

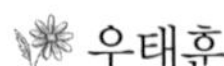 우태훈

2007년 『좋은문학』 등단
저서 『당신도 행복했으면 좋겠습니다』 외 3권
시와수상문학 대상, 고려문학상 대상, 매월당문학상 대상
한국문인협회 회원

나의 피앙세

백옥구름 목련화
장천을 날고파
오작교에 매달았던 밧줄
돌풍 앞에 힘없이 끊겼나니

꺾어진 날갯죽지
이룰 수 없는 재출발 비상(飛翔)의 꿈
천명(天命)이 무정코 야속터라

달콤새큼 유혹의 덫
골백번 파고들어 맘속을 흔들었지만
고쳐 매달 수 없는 밧줄이기에
외줄 타기 곡예사로 맴돌던 허공

흘러간 세월 따라 스치는 잔상
그리움은 가슴마다 고동치는데
꿈속에 그리던 나의 피앙세는.
어디에 있을까?

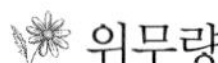 위무량

2003년 『한국문인』 등단
저서 『석춘여정』 『내 마음 나도 몰라라』 『늘 푸른세상』 등 다수
광주시문학상, 하이네탄신212주년기념문학대상 등 수상

차 한 잔의 그리움

차 한 잔의 입김에 끼인
세월을 불러보면서
우리들의 놀이를 맞이하고 싶다

창유리에 묻어나는 그리움은
찻잔에 젖어 얼리고
시간의 내란을 맞은 나는
저녁노을을 불러놓고 있다

언제나 타오르는 사랑 앞에서
내 의식은 더듬거리고
끝내 문틈으로 스며드는 바람처럼
나의 그리움은 흐느끼고 있다

물이 흘러서 어디론가 가고 있듯이
지나간 날을 그렇게 부르지만
자취만 남아 무성하듯이
나는 그토록 간곡함 들고
차 한 잔의 입김에 올려놓고 있다

유나영

2012년 『한국시』, 『현대문학사조』 등으로 시와 시조 등단
시집 『핑크빛 하늘처럼』 외 다수
한국문인협회 회원, 익산문인협회 회원

손잡고 걸으니

나는 걸음이 빠르고
아내는 느리다

50년을 함께 걸어오면서,
한결같이, 나는

5미터쯤 앞에서
혼자 허우적거리고,

아내는 뒤에서
헐떡거리며 따라온다

팔순의 마루턱을 오르면서
이제는 손잡고 가자는,

아내의 말대로 손잡고 걸으니,
따뜻함이 손안에 가득하다.

유승우

(본명 유윤식)
1966년 『현대문학』 등단
시집 『바람변주곡』 『물에는 뼈가 없습니다』 외 7권
한국문인협회, 국제펜한국본부 자문위원
한국기독교문인협회 회장, 한국현대시인협회 이사장 역임
후광문학상, 창조문예문학상 등 수상

갈대꽃

지난여름 동안
내 청춘이 마련한
한 줄기의 강물

이별의 강 언덕에는
하 그리도 흔들어 쌓는
손
그대 흰 손
갈대꽃은 피었어라.

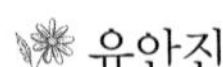

유안진

1965년 『현대문학』 등단
시집 『구름의 딸이요 바람의 연인이어라』 『다보탑을 줍다』 등 16권
장편서사시집(소설) 『바람꽃은 시들지 않는다』 등 다수
한국시협상, 정지용문학상, 목월문학상, 소월문학상특별상, 월탄문학상 외 다수 수상

그 이름 하나로……

바람결에 느껴지던
낯익은 향기
유난히 반짝이던 그 불빛
날 기다리며
그 이름 하나로
밝혀 놓으셨나요.

까치발로 걸어도
안을 수 없는 그대는
나의 붉은 심장 두드리며
무지개 숲을 돌고 있군요.

저만큼의 거리에서
분홍빛 이슬로
애타게 하시는 당신
언제쯤 만나질까요.

오늘도 지치지 않을 만큼
경계 없는 그리움만
문신처럼 새겨주시네요.

유옥경

2010년 『한울문학』 등단
시집 『그 이름 하나로』 외 다수 공저
한국 한울문인협회 작가상 수상
한국문인협회 회원, 한국문인협회 광진구지부 상임이사
광진예술문화단체총연합회 사무국장

실반지

몇 년 만에 얻어 낀 금 한 돈 실반지
인연의 고리 생일 선물
헛된 투정으로 버리려 수십 번이었네
어느 날 손 씻으려 빼어놓고 반나절을 못 찾아서
일손이 하나도 잡히지 않았네
홀로 누운 빈방을 엿보는 흰 달빛
밤은 삼경인데
이내 심사 애틋하여
가락지 낀 손가락 보듬어 잠 못 드네

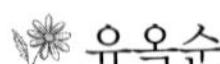

유옥순

2009년 『한울문학』 등단
시집 『고난 속에 핀 꽃은』 『꽃잎 흐르는 강』 『복사꽃 초가』
동인지 『매화는 기지개 켜고』 『춤추는 인사동』
사화집 『하늘빛 풍경』 『생의 미학과 명시 100선』 등

도깨비바늘

너의 수풀을 지날 때
풀벌레의 속삭임, 눈부신 햇살들이
비수처럼 날아와 꽂혔다
새까맣게 들붙은 바늘들
아릿한 추억의 씨앗,
일일이 떼어 냈지만
깊숙이 뿌리박힌 가시는 몰랐다
누가 나의 영토에 자리 잡았나
맺힌 멍울은 커졌다
그러나 무슨 수로 돌이키겠는가
강물처럼 흘러와 보니
생살을 비집고 싹이 튼 그것은
나의 영혼에 심어놓은 노래 한 소절
나의 주인이 된
나와 하나가 된

유재병

2009년 『순수문학』 등단
한국문인협회 회원

가을 이야기

머리에 꽃핀을 꽂은 아이가 경의선숲길공원에서 놀고 있다
작은 운동화를 신은 키 작은 아이가, 예쁜 아이가……
바람 맑은 한낮이다
여름새도 겨울새도 제자리를 찾아간다는 한로를 며칠 앞두고
까맣게 꽃씨 영근 해바라기 꽃대 아래서
당신은 백 년을 더 살자 했다
영원한 아버지 아브라함은 기원전의 도시 하란에서 175세를 살았다 한다
구약에 나오는 말씀이다
남은 백 년을 한처음도 아닌 이 유목의 땅에서
나는 무병 들어
내 안으로 들이칠 모진 풍설을 어찌 감당할지 모르겠다
한 생애가 피지도 않고 모가지를 떨군 모란꽃숭어리처럼 슬퍼
내가 짓고 내가 걸어들어 갈 수 없는 금단의 지대가 슬퍼
겹겹 모란꽃잎으로 뜯기고 흩어지며
그 말이 바닥에 떨어져 굴러가는 백 년을 지켜보느라
애가 다 마르리, 나는 애가 말라
비 오는 동쪽 파도 소리에 나를 열고 애끓는 죄만 짓다가
수수 열 번의 한로가 다 지나서야 당신 앞에 서면
그때는
모로 누운 내 몸이 먼지 한 줌으로 풀썩 주저앉을지도 모를 일
정말 그럴지도 모를 일

유현숙

2003년 『문학 · 선』 등단
시집 『서해와 동침하다』 『외치의 혀』
동인지 『오거리』 『관계에 대한 여덟 가지 오해』
한국문화예술위원회 창작기금 수혜

사랑아

1
사랑아
사랑으로 아플 때에는
몹시 보고 싶을 때에는
꽃이 피는 걸 지켜보렴
고개 숙여 바라보는
고개 들어 바라보는
꽃에게 가까이 다가가 보렴
꽃이 피는 소리
가만한 손길이 너의 이마를 짚을 때

2
사랑아
잎과 줄기 사이에
이만큼의 거리에서
아름다운 사랑을 바라보렴
꽃이 피었을 때
잎과 줄기를 기억하지 못함은
너무 가깝거나
너무 멀거나
둘 다 게으름에 지나지 않음을

3
사랑아
사랑으로 몹시 아플 때
꽃에게 가까이 다가가 보렴
꽃이 피는 걸 지켜보렴
빛나는 줄기와
초록 잎
사색의 겨울을 건너온
너의 가슴에 귀 기울여 보렴
꽃이었음을 꽃이었음을 기억하렴

유회숙

1999년 『자유문학』 등단
시집 『꽃의 지문을 쓴다』 『나비1 나비3』 외 다수
『편지로 여는 세상』 『개울가에서 쓴 편지』 참여
제4회 국문학상 지식경제부장관 표창
한국문인협회 제도개선위원, 한국현대시인협회 이사

한 송이 꽃이 되고 싶다

네가 좋아
그냥 네가 좋아
운명처럼 만나 하나 되는 날
나는 당신을 사랑한다

온 세상 기뻐하는 시간만큼
꽃은 사랑을 그리워한다
꽃과 사랑이 만나는 자리
안식을 그리워한다

사랑하는 이여
온 세상 사랑하는 시간만큼
나는 당신의 꽃자리가 되고 싶다
아침 햇살 같은 사랑과
한세상 행복을 모신
당신의 넉넉한 보금자리가 되고 싶다

사랑하는 이여
이슬처럼 맑게 당신을 사랑하고 싶다
바다만큼 깊게 당신을 사랑하고 싶다
당신의 가슴속에 피고 지는
한 송이 꽃이 되고 싶다

 윤경관

2010년 『문학과의식』 등단
한국문인협회 회원
목포문인협회 이사
신안군문화예술협회 회장

짝사랑

평생 한 여자만을 사랑했네
하고 중얼거리자
세상의 온갖 새들이 웃고 지나가더군

뜨겁게 내려 쌓이던 지난날의 햇살들
아직도 식지 않은 채 먼지로 쌓인 별빛들
내 품안에 잠시 안겼던 여인들과
마음에 잠시 나를 품었던 여인들이
교차로에서 서로 몰라보며 지나가고
오방색으로 알록달록 치장한 그림자들이
다시 연기가 되어 날아가 버린 오후

한 여자만을 사랑하고 싶었네
하고 내뱉자
이번엔 아무도 웃지 않았네

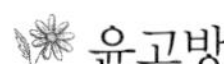

윤고방

(본명 윤창혁)
1982년 『한국문학』 등단
시집 『바람 앞에 서라』 『낙타와 모래꽃』 『쓰나미의 빛』 등
제31회 경기문학상 본상, 제1회 한국문학인상 수상
한국시인협회 회원, 한국문인협회 회원
국제펜한국본부 회원, 한국미술협회 회원
미네르바문학회 회장

바람이었다

사연 따위야 옛날이야기여서
달이 밝거나 기울었다거나
눈, 비 오거나 바람이 불어도
나와는 상관없는 일이라 여겼거늘

묻어도
묻어도 새순이 돋아나는 것은 추억
그리움이 웬 변고인가

제비꽃이 그리하고
민들레가 끈질기게 꽃을 피워대니
작심하고 길을 떠나보지만

수평선 끝에서 밀려오는 파도는
밤낮으로
내 가슴을 부수고 뒤집는 거품

갈매기만 끼룩끼룩
바람을 탄다

 윤만영

2012년 『신문예』 등단
시집 『계절의 길목』 『가을이 들길을 가네』
한국문인협회, 양평문인협회 회원

숙사랑

20대
숙이 사준
만년필

흰 백지 위
한 자 한 자 쓸 때마다
쓰리고 아리다

한 페이지 두 페이지
넘길 때마다

숙사랑
조금 조금

갉아먹는 듯하나
행복만은 가득가득
쌓여만 간다.

윤명학

2010년 『좋은문학』 등단
시집 『고향의 섬』 외 다수
공저 『무엇을 이루어 너를 다시 만나리』 외 다수
한비작가상 외 다수 수상
청송신문, 청송인터넷방송 '시' 기고 중

당신의 사랑

인연에 끌려 동터오는 호수
늙고 주름 깊어도
허물 벗어버린 해맑은 영혼

반짝거리는 생의 꽃
가장 낮은 곳에 피어도 삶의 젖무덤 사이로
쉼 없이 파도가 인다

사랑이 사랑을 찾아가듯
바람이 샐 수 없는 빈틈없는 사랑
당신 없는 지상 삶은 헛되니

하루를 온통 호수에 처박아 보이지 않아도
남과 북 가르는 나침판 따라
그대 곁으로 간다

늘어진 태양 길어진 그림자에
기지개 켤 때
지나가는 바람도 당신 사랑에 감격한다

乺內 윤순묵

2014년 『대한문학세계』 등단
동인지 『가슴에 이는 파도』 『아내의 문장성분』 외 다수
한국문인협회 회원
현이든문학회 회장
시인솔내 작명가연구원 원장

사랑

구절초도 돌아앉는
빈 들녘 허수아비로 한생을 산다 해도
그대 있음에
외롭지 않을 가슴입니다

북풍 불어도
눈보라쳐도 언제나 바라볼 수 있는
그대 있음에
오늘도 봄빛처럼 따스한 마음 안고 삽니다

내 안의 나를 잃고
어둠의 미로에서 헤매일 때
반짝이는 그대 있음에
언제나 희망으로 눈뜨는 아침

아무리 생각해도
그대와 난
백만 개의 혈관을 흐르는 피처럼
한 몸 되어 식을 수 없는
그런 골 깊은 관계인가 봅니다

윤인환

2003년 『문학사랑』 등단
시집 『길을 걸으라 길 위에 서보라』 『잠시, 때때로 나는』
한국문인협회, 국제펜한국본부 회원
화성시문인협회장 역임

정화수(井華水)

은하수 물결 속에
어머니가 떠 놓은 정화수
새벽이슬에 젖어 반짝이는 샛별

밝아오는 꼭두새벽
꽃보다 더 아름답게 피어나는 아침
이 어미의 가슴속, 그 진주 눈물을 밟고 가거라.

나의 사랑하는 아들아
너의 청춘을 기다리고 있는 저 넓은 곳으로
오직 진실만을 노래하며 세상 풍파 고난을 넘어……

멀고 먼 훗날, 너의 청춘이 시들어버린 날
그 아문 꽃자리에 오늘의 아린 아픔이
아름다운 추억으로 남을 수 있도록
인생에 최선을 다하여라.

아들아, 나의 사랑스런 아들아!
어머니의 그 간절한 소망, 정화수 한 그릇

栢垠 윤재학

2008년 『문학사계』 등단
시집 『내가 쏘아올린 화살』 『산도화 피는 마을』
한국문인협회 시분과 회원
2016년 문학세계 '한국문학을 빛낸 100인'에 선정

책을 버리며

이사를 하려고 한다
마음대로 못하는 책들
손길이 닿은 잡지나 인연의 끈이 쩜매진
시집, 수필, 평론집들이 손에 잡혀
버리는 줄에 서서 눈물을 흘린다

인정에 끌려 다시 주워 올리다
하루 종일 책을 마주하고 앉아
이야기하고 있다

매정하게 뿌리치지 못하고 가지고간들
다시 버려질지도 모르는 너희들에게
멀쩡한 정신으로 생사를 결정하는
어려운 일은 여태 없었다

오래도록 내 집에서
살길 바라지만
이별의 아픔을 남기느니
차라리 나를 버린다

윤제철

1988년 『시와시론』 등단
세계문인협회 부이사장
한국현대시인협회 이사, 서울교원문학회 자문위원
한국문인협회 남북교류위원 역임
『문학세계』, 『시세계』 편집주간 역임

사랑할 때는

사랑할 때는
불도 끄지 못했네
사랑할 때는
잠도 들지 못했네
사랑할 때는
꽃도 못 보고
사랑밖에는 아무것도
못 했네

사랑 엎시를까 봐
모로 눕지도 못했네
뒤도 돌아보지 못했네

그대만 보고 가다가
넘어진 줄도 몰랐네

윤준경

1995년 『교자문원』 3회 추천 완료
한국시인협회, 한국문인협회 회원
아태문인협회 이사

사랑의 기교

연(鳶)은 자유를 갈망한다
늘 바람 타고 떠나려 한다
연줄은 속박이다
자유롭게 날아갈까 꼭 잡는다

높이, 높이 날아올라도
영 떠나지는 말고
꽉 잡고 있더라도
더 높이 하늘로 띄워줄 때

사랑은 기쁨이 되고
사랑은 행복이 된다

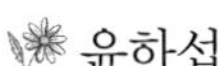

윤하섭

2010년『아시아 서석문학』등단
시집『화사피』
한국문인협회, 국제펜한국본부 회원
한국현대시인협회 회원

나는 누구인가
– 자물통 사랑

오월 어느 날 초저녁 어느 랜드에
어버이날을 맞아 일식집 저녁이나 먹자는
아이들 남매 내외와 함께한 날 손자 넷
손녀는 없으니 데려가지 못했고

65억/1 사랑의 맹세 탑을 만들어 놓고
수백 개의 열쇠가 달려있는
하트 모형의 사랑 맹세 후
기념 촬영을 하는데 키스를 해야

맹세는 어디까지나 맹세일 뿐
사랑은 어디까지나 철부지 사랑이다
이 젊음의 꽃밭에 내가 잘못 왔구나.
내 나이가 된 사람들은 어디에도 없고

이 깊어가는 밤은
젊은 친구들의 맹세뿐이고
하늘에는 달이 졸리운 듯 얽히고설킨
젊음뿐
더도 말고 덜도 말고 오늘뿐인 곳

우리 세대가 만든 아름다운 이 사회가
내 마음속에 있어야 할 뿐인 듯
망상도 없애지 않고 참됨도 없다
나는 누구인가.

* 이 지구상에 생존 인구 65억 그중에 한 쌍의 부부가 탄생하니 얼마나 대단한 배필인가 한다

윤한걸

(본명 윤창환)
1993년 『죽순문학』 등단
시집 『인생 나그네』 외 다수
공동 저서 『망천』 『한강』 『죽순』
한국을 빛낸 문인 100인에 선정(2015~16년)
한국문인협회, 대구문인협회, 한국시인연대, 국제펜한국본부 회원
죽순문학, 합천문학회, 남명학회, 홍도학회 회원

이상해요

그대의 고운 숨결이 가뭇없이 사라지고
살아있어도 살아있음을 느낄 수 없는 날들이
점으로 이어지고……

뚜렷한 건 살아있어야만 하는
한 가지 이유뿐인 시간의 벽을
가쁜 숨 몰아쉬며 맨발로 넘고 있어요.

그렇대도
그대를 향해 가는 발걸음은 늦추지 않을
욕심으로 뒤돌아보지 않고 앞을 향해 걸어가요.
그러면서 가끔은 웃어요.
그게…… 그게
이상해요.

 윤혜겸

2004년 『문학21』 등단
설화문학지, 포천문예지에 작품 수록
한국문인협회 회원

자연 사랑 농촌 사랑

새들의 울음소리 아침을 열고
두꺼비 울음소리에 비가 오네

봄의 소리, 꽁꽁 얼은 땅을 녹여
자연의 숨결 따라 냉이가 손을 내민다.

사랑에 목말라 울던 자연
사랑 심으며 논두렁 밭두렁 걸으면
흙의 소리 흙의 내음에 취하네.

벌래들 울음소리 연주에 발을 멈추면
자연의 정(情) 찾아 사랑이 스며든다.

눌제정(訥堤亭) 앉아 행복을 안고 소곤소곤
옛정 그리는 자연 사랑, 농촌 사랑

夕泉 은희태

2006년 『한울문학』 등단
시집 『늦가을 마음속 단풍 그림』 『자연의 울음소리』 등
세계명시100인선 외 공저 다수
제3회 한국농촌문학상, 제11회 서포문학상 등 다수 수상
제6대 한국문인협회 정읍지부장 역임

참새와 허수아비 사랑

출렁거리는 들녘
참새와 허수아비 슬픈 사랑 이야기
수군수군 들려온다

황금빛 물결 위
허허로운 허수아비
꽉 마른 어깨 위로 동네 놀이터인 양
제집 곡식 곳간인 양
살금살금 좌우 살피지도 않고
낱알 콕콕 쪼고 또 쫀다

쪼개지는 햇살 아래
통통하던 이삭 하나 둘 사라지고
모가지 꺾인 채 하염없이 울기만 한다

허수아비 눈썹에 방울 하나 쪼르르
누가 볼세라
남몰래 훔치지만, 다시 노래 부른다

그들 둘이서만
오래도록 알아온
가슴 저린 슬픈 사랑 이야기
가을 들녘에서

짹짹 짹짹
짹짹 짹짹

 이가원

2015년 『대한문학세계』 등단
한국문인협회, 창작문학예술인협회 회원
시가 흐르는 서울 행사국장

5295번 버스

잠들지 못하는 밤
서재에 들어가 고서에게 길을 묻는다
오랜 시간을 견뎌온 책에서는
아홉 번 구운 죽염냄새가 난다
어둠이 방 안의 색을 지우고 있다
덩그러니 앉아 어둠의 문장을 다 읽을 즈음
까치발하고 들어온 달빛에
책 속, 젖은 이름 하나가 따라왔다
긴 세월 참아내던 그 이름이
덥석 기억 속으로 데려간다
귀퉁이 닳은 책에서 빠져나온
사진 속 버스가 무릎으로 달려왔다
파도 소리를 주유하고
해안가를 달리던 5295번 버스다
저녁 해가 벌겋게 취해서야
동백마을에 내려주던 그 버스였다
살며시 버스에 올라
그에게로 가는 열쇠를 꽂았다

붉게 녹슨 자물쇠는
소금 바람에 우는 소라껍데기마냥
쓸쓸히 세월을 읽고 있다.

이가을

2001년 『문학세계』 등단
갯벌작가상 수상
한국문인협회 회원
『갯벌문학』 편집장

가슴에 담아

실바람 옷깃에 스쳐간 사랑은
가녀린 모습으로 꽃길을 간다
왠종일 맘속에 맴도는 그대를
잊으려 하니 그리움만 더하네

눈 내리면 하얀 꿈으로
비 내리면 물방울로
안개 피어날 때면
아련한 모습으로
잊으려 해도 떠나지 않네

주루룩 흐르는 내 눈물
어느새 호젓이 찾아든 숨결
슬퍼하고 있나
눈물짓고 있나
애타고 있나
애타고 있나

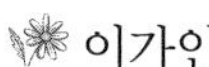 이가인

2010년『다시올문학』등단
Bona K-Classic Association 대표
대표작「그리움을 실은 파도」외 11편
L.A Cahuenga Elementary School Music Teacher
IKEN director

눈물

눈물 따라 외출 나서는 자작나무
옆구리 선연한 멍자욱 속 이름들
하얗게 하나 둘 나비 된다

생각지 않았던 뭉친 그리움 왈칵
쏟아져 오십 중반 동공이 바람에
멀미를 한다

민들레 개망초 제 세상이라고
온 동네 헤집고 다니며
내 그리움 넙죽 받아 마시고
환하게 긁힌 달 반쪽 냇물에 띄워
갈대의 가슴 더듬게 한다

삶의 일부가 돼버린 낙서
눈에 밟힌 풀섶에 휘갈겨 놓고
자고 난 해처럼 달궈진 손으로
못다 한 사랑 쓸어 담는다

이강희

2012년 시마을문학회 시 등단
시집 『방죽 붕어의 일기』
한국문인협회, 국제펜한국본부 회원
계간문예, 담쟁이문학회, 시마을 회원
현대문학신문작가회 부회장

꽃반지

시들지 않는 꽃이
있다는 걸 몰랐어요

장미는
받아본 적이 없어
잊고 살기로 했지요

무슨 바람이 불었는지
황금빛깔 꽃반지를 끼워주며
참새처럼 사랑을 쪼아대는 사람

평생 가슴으로 품어 만든
시들지 않는 꽃이라 하네요

송향 이경미

2016년 「서정문학」 등단
동인지 「초록물결」 2집
전자책 「파란풍경마을」
네이버 문학밴드 다솔문학 부회장
한국문인협회, 시와수상문학 작가회 회원

꿈꾸는 사랑

우리의 사랑이 곰삭아서
이제야 진한 맛을 우려내게 되었나요
팔팔하게 뛰던 혈기도
고무줄처럼 팽팽하게 당기던 신경 줄도
대충은 무디어지고 늘어져
눈빛 하나
몸짓 하나
자동으로 알아채는 경지에 이르렀나요
사랑이 굳이 사랑이라 부르지 않아
열정이 웬만큼 사그라진다 해도
구들장 지피는 온기로도 추위 막아내듯
우리는 그렇게 화석처럼
살아가는 법을 터득했네요
몸도 마음도 하나가 된 게 아니라
얼만큼 떨어져 바라만 봐도
가는 길 같을 것이라는 생각
살포시 들겠지요

이경아

1989년 『한국시』 등단
시집 『겨울 숲에 들다』 등 4권
한국문인협회, 국제펜한국본부 회원
전북문인협회 이사, 전북시인협회 부회장
기픈시 동인, 청사초롱 동인 나루문학 동인

끈

잔잔한 기쁨으로 다가온 "리리"
바람이 옷깃에 스미듯
추억 속으로 들어갈 때
마지막 입맞춤으로 너를 배웅한다

슬픔의 비는 혈관을 적시고
부피를 더해가는 상실감에
휘청대지만

연잎에 구르는 이슬처럼 왔다가 떠나가는
네 작은 숨결은
내 안에 남아

놓아야 할
인연의 끈을 아직도 아프게 쥐고 있다

이계설

1990년 『시와의식』 등단
저서 『가면놀이』『습기를 말리며』『가시고기』 외 다수
제12회 한국문인협회 작가상 수상
한국문인협회 이사

단풍주 한 잔

님 그린 마음
기다리다 지친 가을
달랠 길 없어

가지에 걸린 세월
가을비에 젖어 울 때
단풍주 한 잔

고독한 가슴에
한 모금 들이키면
가을이 탄다

님 그린 사랑
기다리다 지친 가을
달랠 길 없어

가지에 걸린 사랑
가을비에 젖어 울 때
단풍주 한 잔

외로운 가슴에
한 모금 들이키면
사랑도 탄다

悟仙丈 이계향

2009년 『한국스토리문학』 등단
무지개문학 대상, 한울문학 대상 수상
한국문인협회 회원

연

한 가닥 실오라기에 매달려
밀고 당기는 짜릿한 희열에 하늘을 난다
더 높이 그리고 더 멀리 날아가고 싶을 땐
있는 힘껏 줄을 잡아당기는 거야

팽팽하게 시위가 조여들수록
점점 높이 올라 기분은 최고가 되고
세상이 모두 눈 아래 내려다보이지

거침없이 종횡무진 하늘을 누비다 보면
나는 나를 잊어버리고
너는 나를 올려다보며 탄성을 지르겠지

바람이 거세게 불어오면 머리를 치켜들고
보란 듯이 두 눈을 부릅뜬 채
엄지손가락을 치켜드는 거야

꼬리를 흔들며 춤추는 것이
얼마나 황홀하고 위험한 것인 줄
까맣게 잊어버리고 눈을 감게 되지

높이 오를수록 세상은 작게 보이는 거야
날개를 펼치고 있을 땐 아무것도 보이지 않지만
그럴수록 자꾸만 아래를 내려다봐야 해

만약 연줄이 끊어진다면
그 순간 미아가 되어
어느 곳에 곤두박질치고 마는 거야

그래서 우리는 서로 줄을 놓으면 안 돼
내일 다시 하늘을 높이 날기 위해선
하나가 되어야 하지

얼레를 떠나 둘이 되면 이미 연줄은 끊어진 거야

이궁묵

『만다라문학』 등단
시집 『별이 지는 그리움』
제4회 신문예문학상 수상
충북시인협회 창립회원
한국문인협회 회원

목련꽃

목련꽃 꽃봉오리 결 고운 붓이다
그 비단 붓 들어 숨결 가다듬고
봄 하늘 화선지에 그림 그린다
계절의 기지개 끝나기 전 마음 바쁘다
올봄엔 여러 장 파지에서
한두 장쯤 가려낼 참이다

비록 허점 보일지라도 향기 소멸 전
꽃봉오리 그 순간 표구해야 할 것이다
겨우내 벼린 고뇌 아픈 붓끝 세운 지금
가지마다 한 획, 한 획, 꽃불 켜리라

혹한의 밑동 언 뿌리 지표 더듬어
수액 길어 올린 기억 되새기며
방점인들 함부로 찍을 수 없다
꽃샘바람 격려로 심호흡 가다듬고
떨림 누르며 주눅 든 마음 엮는다

묵은 꿈 펼치는 날 오금 저리게
눈길 주는 사람마다 주체 못 할 탄성으로
저절로 '화(花)아' 입 다물지 못하게
마지막 한 획까지 떨림으로 응시하며
봄 하늘 화선지에 붓끝 세운다.

이근숙

2003년 『문학산책』 등단
시집 『생각들이 정갈한 저녁』 외 저서 다수
제12회 한국불교청소년도서저작상 수상
안양문인협회, 예천문인협회, 시문회, 문후작가회 회원

농부(農夫)
– 지렁이의 노래

빛조차 들지 않는 곳에 산다고 다 숨어 사는 게 아니다 땅심 한가운데 내가 있어 꽃 피우고 열매 맺는 것을 뉘라서 알아줄까마는 세상 찌꺼기 뒤집어쓴 흙덩이 이리저리 요리조리 뒤적이고 들쑤셔 숨통을 열어준다 무거운 하늘이 땅에 내려앉아서야 비로소 세상 밖으로 걸음걸음 하였다가 땅을 숨 쉬게 할 분변토, 정화된 오물을 낳는다

무지개 걸린 날
빗방울 하늘로 되돌아가면
물기 배인 땅에 배 깔고 누워
떨어지는 햇살가루 덮어보지만
암컷도 아니고 수컷도 아니니
수컷도 아니 오고 암컷도 아니 오네

음습한 곳 찾아다닌다고 다 쓸모없는 게 아니다 큰 소리 질러댄다고 뉘라서 귀 기울여 주겠냐마는 무심히 짓밟혀 부식토에 섞여갈 수 없다 꿈틀꿈틀 갈라진 몸뚱이 굴리고 굴리다 모래알 수만큼 퍼져 가는 땅속 파수꾼

지렁이가 간다간다 땅이 숨쉰다 잉태된 생명들 기지개 켠다켠다 지렁이가 간다 기지개 켠다

이른 새벽 굽은 허리 이끌어 땅 갈러 가는 우리네 아버지 주름진 이마로 넘실대는 햇귀, 하루를 연다

이글샘(이미숙)

2002년 『문예사조』 등단
한국문인협회, 울산문인협회 회원
울산시인협회, 울산남구문학회 회원
울산시인협회 부회장

숨은 일곱 별
– 하늘에 북두칠성

없네. 없네.
아무리 둘러보아도
찾을 수 없네.
어디 갔나. 어디 갔나.

저 하늘에 살건만
나를 내려다보고 웃건만
나는 잊은 적 없건만.

없네. 없네.
여름날 멍석에
드러누워 올려다본
고향 밤하늘은
참으로 아름다웠네
그때 너를 세던 날이
어젠 듯한데.

그날 그 밤에 반짝이며
내 가슴에 안겼던 일곱 별
영원히 내 가슴에 살건만
너는 어디 갔나. 어디 갔나.
분명코 저 하늘에 살 텐데.

雪我 이기덕

2007년 『한맥문학』 등단
한국문인협회, 국제펜한국본부 회원

가을 애가

나뭇잎에
그리움 가득 풀어놓고
가을이 지나가고

낙엽처럼 떨어진
더 많은 그리움
어쩌지 못합니다

하고픈 말들 꺼내지도 못한 채
가을을 보내고 또 보내고
어언 십 년을 보내고

텅 빈 들판처럼 휑한 가슴
잎 다 내린 숲에서
눈송이로 사위어져* 아픕니다

'올 가을에는 꼭 말할 거야'
그대 인파속으로 사라져 가고

올해도 가을은
벙어리 되어 떠났습니다.

* 사위어져: 세월 속에서 기꺼이 마모하며 아름답게 사라져 가는 것.

이남숙

2005년 『문학21』 등단
시집 『세월의 그림자』 외 2편
허난설헌문학상 금상 수상 외 2회

울지 못하는 사랑새

어제의 네 미소는
아침 햇살 같았는데
오늘 나는 사랑이 스민 흙을
네 가슴 위에 뿌린다

엎어놓은 쪽박섬 같이
네 표정은 캄캄하게 묻히고

지상의 시간들이 참새처럼 내려와
너하고 부르던 해조명(海鳥鳴)만 들려주는구나

죽지가 지치도록 날고, 목이 터지도록
허기진 듯 허기진 듯 몸부림하며
부르던 해조명(海鳥鳴),

되돌아서다가
가늠할 수 없는 곳 고개 돌리니
거기 있다
포크레인 큰 삽 아래, 봉분 위에
파닥이며 파닥이며 따라오지 못하는 새
끼륵끼륵 용을 쓰며, 이제
울지도 못하는
사랑새

이만균

1958년 『현대문학』 시 박두진 선생 추천 등단
시집 『다시 지리산에서』
공저 『아름답고 활기찬 노년의 삶을 찾아서』
시흥예술인 대상 수상, 시흥예술인 특별공로패 수상
한국문인협회 자문위원

허공

허공에 네 이름을 그리며
물빛 바람에
내 마음을 띄운다

거리는
추억으로 가득하고
이제는 멀어진 날들

그러나
잊혀지지 않는 이야기가 있어
나는
오늘도 너를 만난다

거리거리
새어나오는 불빛은
설레는 너의 음성
종탑에 날리는 성긴 눈발
그날의 종소리를 듣는다

지금은 지워진
퇴계로 어느 골목 찻집 도향에서
벽난로가 있는 명동 그릴에서
오늘도 너를 만난다

그렇게
허공에 그날들을
그리며

이명희

『한맥문학』 등단
시집 『시가 열리는 거리』 『그리움 그 행복』 등 다수
국제펜문학상, 영랑문학상 수상
한국문인협회 회원, 기독교시인협회 이사

늙은 여인의 언덕

하늘이 높아서 시원하네요
저녁노을이 참 고우네요
처서를 보내 놓은 들판에 바람이 달라졌어요
상큼하게 속삭이던 당신 입김 같아요

잔디 가지런히 덮인 무덤가에
하얀 며느리밥풀 꽃 한 송이가
당신이 넘기던 하얀 쌀밥 한 숟가락 같네요
개울가 달맞이꽃은 밤을 기다리고 있는가 봐요

서러운 허기를 그리움으로 채우던
아린 가슴이 지금은 견딜 만하네요
특별한 처방이 있는 것은 아니지만
세월이 아주 많이 흘러서 약이 되고
이제는 내 나이가 이렇게 되었지요

당신이 그토록 그리워했던 나라에서는
우리 같은 슬픈 이별은 없겠지요?
다시는 이 언덕에 혼자 남아있기 싫어요

오늘은 참고 참았던 눈물이 나네요
평온한 들판에 노을이 짙어가고
당신이 기다리고 있을 평화로운
저 하늘 끝에 가 닿는 내 두 눈에서
잔잔한 눈물 같은 웃음이 빙긋이 흐르네요

이 자리에서 일어나기 싫어지네요
이제는 당신을 만나러 가야겠어요

某山 이병근

2011년 「문학저널」 등단
시집 「사랑아 별이 되어」, 동인지 「행복 꽃」 「꽃밭에서」
한국문인협회 문학저널문인회 부회장
「문화저널」 문화부 기자
고문 울산매일신문 필진

솔로몬의 연가

술람미 너울 속
얼굴이 석류 한쪽 같고
네 눈이 비둘기 같구나

산기슭에
누운 염소 같은 머리털
쌍태를 낳은 양 같구나

홍색 실 같은
입술에서
꿀방울이 떨어지고

다윗의 망대 같은 목
두 유방 백합화 가운데서
꼴 먹는 쌍태노루 새끼 같구나

나의 신부야
사랑이 어찌 그리 아름다운지
네가 내 마음을 빼앗았구나.

이병두

2010년 『아시아문예』 등단
전자시집 『에덴동산의 노래』 외 다수
한국문인협회 회원
아시아문예 원주시지부장

정겨운 모습

어느 오후 한나절
따스한 햇볕 아래 공원 벤치에 앉아 시간 가는 줄 모르고
바닷가를 바라보면서 장미꽃을 피워가는 젊은 남녀가 정겹습니다

노년의 부부가
손을 꽉 부여잡고 집 주변 오솔길을 말없이 터벅터벅 걸어가는
못다 푼 세월의 모습이 정겹습니다

오색 단풍에 물들어 산들바람 마셔가며
낙엽을 밟고 언약의 팔짱을 낀 채
세상만사 뒤로하고 산사를 향하여 가는 중년부부가 정겹습니다

아침 일찍이 등 뒤에 책가방 메고
친구들과 꿈을 안고 밝은 미소로 학교로 향하여 가는
학동들이 정겹습니다.

비 오는 날 우산을 받쳐 들고
목적지를 향하여 정답게 걸어가는
연인들의 미소가 정겹습니다

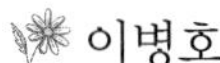

이병호

2012년 『신문예』 등단
시집 『론 사이프러스』
서울문학상 수상
지식공감문학상 수상

연필을 깎는다

필통 안엔
크고 작은 연필이
줄 맞춰 누워있다
엄격하면서도 자상하신
아버지의 모습 그대로

뭉툭한 연필들을
깔끔하게 깎는다

다시는 깎아드릴 수 없는
아버지의 흰 머리가
촉촉하게 젖어있다

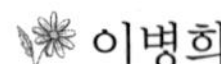

이병희

2016년 『문학애』 등단
문학애작가협회 정회원
한국문인협회 회원

우리 큰언니

풀냄새 가득 밴 젖은 아침
안개 걷으며 풀 베러 가던
예닐곱 우리 큰언니

새벽 낫질에
어둠이 잘려나가는 소리
땀에 젖은 얼굴 마주 보며
목젖이 다 보이도록 웃어대던 소리가
개울가에서 첨벙거리며
세수를 하곤 했었지

검정 고무신 찌걱거리며
언제나 맑게 웃는 아침 열어주던
예닐곱 우리 큰언니.

이부녀

2008년 『문학시대』 등단
한국문인협회, 백교문학회 회원
하서문학 부회장

밤안개

목이 잠긴
뻐꾹새
울음 빈자리
맴도는
바람
이 산 저 산 넘나들다
눈 감으며 토해내는
바람
툭툭 터져 오르는
송홧가루
빈 산 중에 퍼지는
고백

 이상규

1978년 『현대시학』 추천
시집 『대답없는 질문』 『헬리콥터와 새』 『13월의 시』 등

사막에 꽃으로 피어나리라

붉은 사막에 너의 입술도장편지를
묻어버린 사월 어느 나른한 봄날
한참을 망설였다

지난날의 아름다웠던 시간들이
뜨거운 사막 모래 속에서
녹아내린다
그날 밤 몰래 뿌린 눈물은
사막에 다시 붉은 꽃으로 피어
또다시 사랑을 불러 오리리라

흘러오고 흘러가는
돌고 도는 시간 속에
묻어버리리라, 너의 지난 과거를

이상정

1995년 『시와시인』 등단
시집 『입술도장편지』 『붉은 사막』 외 다수
경기문학상, 한국글사랑문학대상 수상
경기펜문학 감사
한국문인협회 제26대 문학생활화위원회 위원

사랑

처음 부는 바람이 아닌데
오늘따라 가슴속에 내려와 옆구리를 스치며 허전하게 하는지
눈물이 날 지경이다

오늘은 차라리 가시에 짓찔린 고통이 올지라도
빨간 장미 같은 그 입술에
으스러지듯이 키스를 하고 싶다

부풀어진 가슴에
풍선처럼 눌려 터질지라도
우유 빛보다 더 하얀 가슴을 터지도록 안아주고 싶다

오직 만나야만 살 수 있기에
수억의 경쟁을 뚫고 엄마의 깊은 곳을 열어
億死一生 했듯이 단 한 번이라도 그렇게 사랑하고 싶다

얼마나 가슴에 담고 절였으면 인생을 걸었을까?
라헬을 위한 야곱의 인생처럼
단 한 번이라도 그렇게 사랑했으면 좋겠다

바람이 또 스쳐간다
지나간 그 자리에 짙은 외로움이 빗방울 되어 떠내려가면
먼 훗날 그 사랑이 숙성되어 짝사랑이라고 말한다

아담부터 영원까지 불려지는 이것 앞에서
또 불어오는 바람 앞에서
외롭게 서있는 나무 앞에서 또 눈물이 날 지경이다

주아 이상조

1992년 미주 『광야』 등단
2008년 창조문예 신인상
한국문인협회, 한국펜한국본부 회원
활천문학회, 한국크리스찬문학회 회원

삼독(三毒)

가질 수조차 없는 허깨비다
자꾸만 끌린다
탐하는 마음 첫째 독이다

안을 수조차 없는 그림자다
자꾸만 가두고 싶다
노여운 마음 두 번째 독이다

정녕 내 안에 들여 와
옹근 하나이고 싶다
어리석은 마음 세 번째 독이다

초로에 님을 화두(話頭)로
내 서러운 영혼 앞세워
탐(貪). 진(瞋). 치(癡)를 깨리라.

이성남

1990년 『시대문학(현 문학시대)』 등단
한국문인협회저작권 옹호위원, 국제펜한국본부 회원
한국현대시인협회 이사, 농민문학 이사
시대시인 회장 역임

사랑

그대 기다리며
뜨개질하던

그댄 날 기다리며
새끼줄 꼬던

이젠 전설이
되어버린 사랑

피안의 궁전에서
연서를 쓴다

이성순

2015년 『창조문학』 등단
시집 『바람의 땅』
한국문인협회 회원
은평문인협회, 소우주시 회원

사랑꽃

예쁘다,

예쁘다고 하는 영감이
더 예쁘다

삼례시장에서 찐빵 대여섯 개
영감 가슴에 품고 오더니
사랑꽃 피어나 따땃허니 맛있다
사랑을 품에 안으면 따시지요

부뚜막 군불 지핀 아랫목처럼
할매 등짝이 꽃 피는 봄날처럼
환하게, 생의 주름꽃이 화들짝 피어난다
장작 두어 개비 짊어질
기력 없는 영감이어도
안쓰러운 아내를 위한 간헐천 같은 열정은 남아
지핀 불쏘시개가 활활 탄다

댓돌 위 고무신 두 켤레는
함박눈이 겹겹 쌓이며
서로를 녹여주는 배려의 꽃,
사랑꽃이다

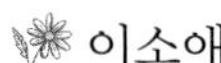 이소애

1994년 『한맥문학』 등단
시집 『침묵으로 하는 말』 『쪽빛 징검다리』 『시간에 물들다』, 수상집 『보랏빛 연가』
한국미래문화상, 허난설헌문학상, 후백황금찬시문학상 등 다수 수상
가톨릭전북운우회, 전북여류문학회 회장 역임
전주문인협회 회장

해 저무는 소양강

해지는 낮은 산자락
춘설이 녹는 소양강

뱃길 따라 굽이굽이
품팔이로 떠난 우리 낭군

이 해가 저무는데
왜 아니 오시나

지난봄에 피었넌 홍매화가
춘설에 꽃잎이 얼면 춥다고
꽃가지 눈을 닦아주시던 손길

올해도 홍매화는
춘설을 맞고
쓰라린 냉가슴앓이를

따뜻한 당신의 품이
못 견디게 그리워
해 저문 소양강.

雲巖 이수동

2012년 『서라벌문예』 등단
토지문학회 춘천지회장, 서라벌문학회 강원도지회장
한국문인협회, 한국시인협회, 문학세계, 시세계 회원
문봄문학회 특별회원

인생

아침 해 뜨면서
정수리 머물러있는 시간까지
꽤 길게 느껴졌다
빨리 커서 어른 되고 싶었는데

中天 높이 떠있는 해
아이들 키우고 알뜰살뜰 살림하느라
기울기 시작하는 줄 몰랐다

아이들 다 키워놓고 돌아보니
어느새 중천을 지나
하루를 충실히 마감하는 석양
서산마루 붉게 물들이네

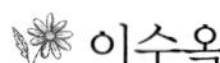 이수옥

2014년 『문학세계』 등단
시집 『은빛 억새처럼』 『바람이 되어』
U.S.A. Western작가협회 초대작가

사랑

명주실처럼
부드럽게 다가와
의심할 사이도 없이 스며들던
아카시아 꽃내음

어느덧 웃는 사이에 사라지고
때로는 눈물 속에 흐르던 쏘나타

소리 없이 다가와 친구가 되어주던
그대는 어디가고
내게 남은 아픔 그 모습이
사랑인가요

사랑은 때로는 산자에게
희망의 등불이 되어주고
마즈막을 태우는
서쪽 하늘의 어두움 속으로
사라지는 불꽃처럼

아득하게 사라지는 추억 속으로
희미하게 들려오는
그 시절의 속삭임 그래서
사랑은 아름다운가 봐요

美郎 이수정

2003년 「서울문학」 등단
도전한국인 대한민국 독도 시인 대상
한국문인협회 홍보위원, 창관거립추진위원
국제펜한국본부, 한국현대시인협회 회원

새[鳥]에 관한 에튀드

아무것도 먹지 않으려니
아무것도 얻으려 구걸하지 않어이
얻기 위해 구걸하는 자들이여
싸우는 자들이여
새[鳥]가 하늘 나는 건
나와 같이 이 세상
글값만큼만 사는 탓
자유만큼만 사는 탓
언제든 티끌세상
어느 때든 티끌세상
무엇이 두려워
검불처럼 살리
새는 그러므로 무덤조차
남기지 않어이
남기지 않어이
하늘길 새들의 무도회 바라보며
오늘 하루 또 오늘 하루
새처럼 복된 하루로라.

石蘭史 이수화

1962년 『현대문학』 등단
1971년 KBS 신춘연속극 당선작가(향후 30년 KBS 전속작가)
한국문인협회, 국제펜한국본부 부이사장 역임
한국현대시인협회 고문, 한국문학비평가협회 명예회장

월영가(月影歌)

청잣빛 하늘이 푸르고 시려
하늘과 바다가 위치를 바꾼다는
그 어디쯤
창공을 몸에 두른
당신은 달빛이 담길수록 무거워진다는 찻잔을
여전히
들고 계십니까

진정한 사랑은
종이 위에
詩로 표현될 수 없듯이
누구나 돌아보면
등이 벽인데
아무 상관없이 엮어졌다가
아무 상관없이 풀어질 인연이 아니라면

흩뿌린 눈물처럼 군데군데 고인
그리움의 긴 그림자가
정지된 시간 위에
단음의 구슬픈 바람이 되어 흐느낄 때
이제, 오시지 않으시렵니까
먼 곳에 있어도 가까이 있는 듯
항상 내 가슴에 살아있는 달빛의 모습으로

月影 이순옥

2004년 『모던포엠』 등단
제1회 매헌문학상 본상, 제12회 모던포엠 문학상 본상 수상
한국문인협회, 세계모던포엠작가회 회원
모던포엠 이사
은빛수첩문학회 회장

달밤

보름 가까워진 달에게
벅차오르는 무지개 꿈
차마 할 수 없는 말
쏘아 올려 봅니다

바람은 맨몸으로 서있는
나무들을 스치면서
머무르고 싶어진 마음
메아리 남기며 멀어집니다

나뭇가지 사이로
황금빛 줄기를 뻗은 달이
찬란한 빛가루
푸르스름한 눈밭에 뿌립니다

약속의 노래보다, 앞선
두려움의 긴 그림자
아득한 길뿐입니다

사랑하기보다
사랑하지 않는 것이 더욱
어렵다는 우리는,
깊은 겨울밤
발목을
눈 속에 묻고 서있습니다

이순자

1999년 『순천문학』 등단
백일장대회 다수 입상
순천문인협회 이사 역임
한국문인협회, 순천문인협회 회원

그리움

형체도 없이
내 곁에 머물면서

각인된 조각보다
뚜렷이 살아

잊었는가 하면
문득
가슴 더듬는

달빛마저
숨죽인 밤
이불 한 자락 나누어 덮고

겨울밤보다
긴 이야기를
풀고 있다

발자국도 없이 찾아오는
너를 안고

이시은

1996년 『한국시』 등단
시집 『바람의 노래』 등 6권
청하문학상 외 다수 수상
국제펜한국본부 기획위원
한국문인협회 남북교류위원 역임
재단법인 한국문학진흥재단 감사, 청하문학회 중앙회 부회장

연가 · 3

사랑아
자전거 바퀴 그 지름의 길이만큼
거리를 두자
너무 가까워 덜컹거리는 삶에서
부딪칠까 두렵고
너무 멀어 네 모습 놓칠까 두렵다

자전거가 놓인 풍경처럼
내 목소리 네가 듣고
네 목소리 내가 들을 수 있는
저만치의 거리
아무도 어찌할 수 없는.

 이신남

2004년 『문학세계』 등단
시집 『바다 네가 그리우면』 『가슴에 달 하나는 품고 살아야지』, 공저 『물』
2007년 연암문학상 수상
한국문인협회, 경남문인협회 회원
한국문인협회 양산지부 감사

목수의 얼굴

당신이 목수였다는 사실이 좋았어요
나도 목수가 되기로 작정하고 십자가를 만들었지요
그 십자가엔 나의 아집과 나의 사랑 그리고 나의 허풍을 자랑스레 매달아 놨지요
무단침입한 지천명 그 험한 고개를 넘고서부터
사람들에게 꼭 맞는 십자가를 짐작하는
눈이 뜨이기 시작했어요

그동안 고생 많으셨어요
십자가를 내려놓고 나의 골방에서 푹 쉬세요
꼭 필요할 땐 부를게요
내 삶을 다 맡겨놓기가 미안하고 조금은 불안해요
내가 손을 내밀었을 때
온화한 눈길만 보내주었잖아요

내가 만든 십자가에서 사람들이
피를 철철 흘려요
저 사람 저 사람
그런데 내 가족이 왜 십자가에 매달려있지요
골방에 모셔놨던 당신은 왜 달려있지요
저 저 사람들 왜 내 얼굴이죠
죄 패엔 왜 이렇게 썼나요

『당신 대신』이라니

이어산

2003년 『시사사』 등단
시사사회 회장
시를사랑하는사람들 전국모임 총괄대표

그때 그 사람

그때 만난 그 사람
잊지는 않을래요
사랑이란 그리움에

소리 없이 흐르는 눈물은
내 가슴에 한 송이 꽃으로
그대가 나를 미워해도
나는 그대를 사랑해

기나긴 세월에
정만 남겨 놓고
그 추억이 먼 훗날 행복으로

내 가슴에 한 송이 꽃은
그때 그 사람이네요

이연찬

2010년 『서울문학』 등단
한국문인협회, 한국시사랑문인협회 회원
한국시사랑문학회 고문

리스트의 사랑의 꽃

한 남자가 빨강 열애에 빠졌다
애간장이 타듯 하는 뜨거운 가슴에
사랑의 이야기가 선율을 탄다.
치솟는 연민의 정이 온몸에 몽환적(夢幻的)
분위기 속으로 미묘하게
빨려드는 데다가
서정적인 피아노 선율은 밤하늘 별들이
속삭이듯 하는 애절함이
야상곡(夜想曲)*으로 심금을 쥐어짠다.
들을수록 자주 듣고 싶이지는
리스트의 '사랑의 꽃'의 선율이 작게
크게 여리게 빨라지는 템포로 전개된다.
사랑할 땐 아낌없이 표현하라는
메시지로 재촉이나 하듯이
못다 이룬 사랑을 꼬집음이라
애련한 추억 속에 확!
가슴 트이게 하는 사랑의 꽃잎이
날개를 달고서 가슴속에서
뛰쳐나와 그대에게로
비상(飛翔)을 시작한다.

* 야상곡(夜想曲): 녹턴이라고 불리며, 밤의 심상을 담은 분위기에 영감을 받아 작곡된 피아노 소품곡.

青石 이영성

「한맥문학」 등단
시집 「산오름」 「들꽃향기」 「정월의 뻐꾹새」
한국문인협회, 한맥문학작가협회 회원

엽서
– 木我

거울 속 내 안에 당신이 있다
닮은 것 하나 없는데
거울 속 내 안으로
허락 없이 투영되어 온다

산바람에 은밀한 언어 남발하다
분재처럼 굳어진 어깨 감춘 채
아늑한 거울 속으로 겸연쩍게 굴절하니
나는 안다
내 안으로 슬그머니 잠기려는 당신은
빛바래 가는 그림엽서임을

꽃으로 황칠 당한 푸른 힘줄
방자함을 헤집고 헤집어
빛바래 창백해진 그림엽서에게
또옥, 똑
오늘은 나 먼저
안부를 물어본다

거울 속 내 안.

이영숙(영덕)

2006년 『신문예』 등단
탐미문학상 수상
2008년 『문학세계』 신인상 수상
영덕고향신문 사설, 컬럼 위원
영덕문인협회 지부장

너에게로

네 앞을 지날 땐
무심한 척 걷는다

네 곁을 지날 땐
우연인 척 스치기도 한다

내 감각은 온통
너를 향하여

네 볼이
얼마나 붉어지는지
나에게 눈길은 주는지
몰래 훔쳐본다

네가 살포시 웃어주면
세상은 온통 내 것이다

이영숙

2016년 『서정문학』 등단
동인지 『초록 물결』 2집
전자책 『파란 풍경마을』 참여
한국문인협회, 시와수상문학작가회 회원
네이버 문학밴드 다솔문학 홍보국장

너를 기다리고 싶다

덕수궁 근처에서
지금도 너를 기다리고 싶다
주머니에 손을 넣고
왔다 갔다 서성이며
저기서
머리카락을 휘날리며
나를 보러 뛰어오는
정겹고 사랑스러운
너를 기다리고 싶다
한참을 기다려도
싫지 않는 시간으로
두근대는 마음 삭이며
지금도 너를 기다리고 싶다
결코 오지 않을 시간 속에
나는 오늘도 너를 기다리는 꿈을 꾼다
깨고 나면
눈가에 이슬이 맺혀
엉엉 울고 싶도록 보고 싶은 사람
지금도 나는 너를 기다리고 싶다
하루 종일이라도
혹여 네가 온다면
찬바람을 맞더라도
어리석고 바보라 칭해도
덕수궁 근처 그곳에서
그렇게 예전처럼
좋아하는 마음으로
지금도 나는 너를
사색하며 기다리고 싶다

이영순(불광)

시집 『민들레 홀씨 되어』 『제2집 시는 인연의 놀음』 『제3집 꽃말의 바이러스』
한국문인협회, 국제펜한국본부 회원
담쟁이문학회 회장
한국현대시인협회 이사

이런 연꽃같이

이런 연꽃 같게.

새벽이면
장독대 백자 항아리 위
어머님이 떠 놓으신
자개 쟁반에 앉힌 사기대접 정화수(井華水) 속에
여름 장대비 굵은 빗방울에 연거푸 퍼지는 파문(波紋)같이

비 내리는 날
어항(魚缸) 속 물고기
물 밖으로 주둥이 내밀며 연신 삼키는
무색(無色) 무취(無臭) 무향(無香) 공기같이

신혼 때, 비 오는 날
우산 받쳐 들고 버스 정류장에
마중 나온 새댁 종아리로 튀어 오른 빗물같이

마중물 부어 뽑아 올린 펌프 물 아니고,
인기척 나기 전
이른 새벽 길어 올린 정화수(井華水) 앞에
동백기름 곱게 빗은 쪽진 머리
우리 엄마 모아 쥔 손끝에 달린 기복(祈福) 정성이

둥글게 허공에 흘러넘치고 하얗게 두 손 가득 담아낸
이런 연꽃같이

率天 이영순

2010년 『서울문학』 등단
저서 『가슴으로 쓰는 사랑의 美學』 『꽃과 詩가 있는 풍경』
한국문인협회, 한국현대시인협회 회원

그대에게로 가는
– 마지막 편지

토요일 오후 그대에게로 가는
마지막 편지를 부치러 간다.

집시의 샹송 같은 우울을 접어서
우울 속에 흐르는 눈물을 접어서
그대에게로 가는 마지막 편지를
부치러 간다

텅 빈 우체국, 우체통 속에
내 마지막 언어를 구겨 넣고
돌아서는 토요일 오후
하늘 지붕은 낮게 내려앉고
그래도 남은 말,

못다 쓴 어휘 하나씩 골라
생각 밖으로 내던지며
절망과 슬픔을 앞세우고
나는 빈집으로 돌아온다.

이영춘

1976년 『월간문학』 등단
시집 『시시포스의 돌』 『귀 하나만 열어 놓고』 『네 살던 날의 흔적』 등 다수
시선집 『들풀』 『오줌발, 별꽃무늬』 외 다수
윤동주문학상, 고산문학대상, 인산문학상, 허난설헌시문학상 외 다수 수상

다시 그대 생각

일억 오천만 년 세월의 늪을 건너
오늘 우리 애달픈 만남은
어느 날 우연히 스친 느티나무 잎새 사이
그 푸른 바람 탓인 걸
아 생각만 해도 눈물겨워라
바라볼수록 눈부신 그대
숱한 말들이 길을 잃고 내 안에 잦아들어
날마다 나를 목마르게 하는 당신
오늘 밤은 편히 잠들 수 있는 자유를 주소서
마음대로 꿈꿀 수 있는 화평까지 허락하소서

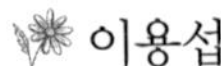

이용섭

1991년 『문학세계』 등단
시집 『남은 진실 한 조각까지』 『탑에게 길을 묻다』 등 다수
경상북도문학상 수상
의성문인협회 회원
한국문인협회경북지회 시분과 회장 역임

나의 임
– 정필순 여사를 사모함

이제와 생각하니, 당신은
하늘에서 내려오신 선녀였어요.

우아한 그 자태
청아한 그 목소리
향기로운 그 숨결

하도 내가 못나고 바보 같아서
하도 내가 가진 게 없어서
마음씨 고운 당신이
하늘에서 보고 내려오셔
사랑과 힘을 주시고는
다시 하늘로
돌아가셨어요.

삼남매를 낳아 길러주시느라
나 기죽지 않게 만들어주시느라
고생도 무척이나 하셨건만

우리는 늘 원앙이처럼
붙어 다녔지요.

"여보,
우리는 지금처럼 애인처럼
100살까지 즐겁게 살아요!"

밤마다 내 안에 안기면서
날 속여 놓으시고
하늘로 훌쩍
돌아가 버리셨어요.

아아,
나 어떡하라고……
이 맘 어찌하라고……

일찍이 당신이
하늘의 선녀이신 줄 내가 알았다면,
그동안 내 어찌 당신을
밤마다 껴안을 수 있었을까요?

나 이제 당신을
임이라 부르리다.

叡松 이용수

2004년 『전쟁문학』 등단
시집 『미궁에도 미로가 있다』 『나, 어떻게 살아갈 것인가?』 『부처님은 말씀하셨다네』
한국문학신문대상, 국보문학대상 수상
한국국보문인협회 상임고문 역임

그리움

내 가슴속에서
뛰노는
너의 그리움이
석양을 불태우며
하늘을 흔들고
먼~
먼~곳
잎새의 바스락임에서
그리움이 속삭이고
내 마음 멀리
멀~리
너를 달린다

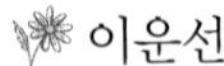 이운선

2013년 『신문예』 등단
시집 『먼 산 바라기』 『해 있어 오늘이 아름답다』 등
환경신문, 신문예문학상 등 수상
환경신문 편집위원

누군가

누군가가 있겠지요
꽃잎 피어나는 소리
꽃잎 떨어지는 소리
당신의 슬픔과 기쁨을 지켜보는
누군가가 있겠지요
황혼녘에 조각달의 선웃음은
따사로운 봄날에 개울물로 흘러가고
뻐꾹새는 당신을 생각하며 눈물을 흘
리네요

누군가가 있겠지요
어느 한세월 짧은 듯 길고 긴 생존의
파노라마
잊을려 해도 잊을 수 없는 당신이 있고
잡지 못할 마음 하나에 촛불은 불타며
내 속에 천 년의 잠을 자는 당신이
일생에 한 번 내 사람으로 살아나
아늑히 흐르는 미소로 온몸을 난자하며
철새들의 아침이 심혼으로 피어나네요

외로움 속에 살아가는 것이 어찌 인
간들뿐이며
고독하게 홀로 서있는 고목이 어찌
나그네뿐이리요
풀잎이 밟히고
민들레 꽃 홀씨가 당신을 찾아 날고
있어도
당신은 당신만이 간직한 사랑의 비밀이
하늘에 걸려있는 찾지 못할 길 하나
하늬구름 한 점 견우와 직녀가 되는
누군가가 있겠지요

민초 이유식

2007년 『신동아』 등단
시집 『멀고 먼 당신』 외 7권
칼럼집 『캐나다를 알자』 등 상재
캐나다 캘거리시 문인협회 창립 회장 역임
캐나다 한인문인협회 이사 본부 토론토
민초 이유식 해외문학상 제정운영 현재 10회째

그대가 있음에

그대가 있음에
걸음새는 뭉게구름

눈 끝에 거닐다
마음속에 노닐면
점점 영글어지겠지

살그니 주고파
살그머니 받고파
언제나 보고파

이 세상에
사랑을 막을 법
어디에도 없으리

그대가 있음에
별들도 노래하네

이점록

2005년 『공무원문학』 등단
시집 공저 『꽃잎 위를 걷는 사람들』 『햇살이 길게 누울 때』 『새벽을 향해 태양은 질뿐이다』
한국문인협회, 한국공무원문인협회

사랑꽃

뿌리칠 수 없는
꽃망울에
허울만 들뜨더니

연한 낯으로
수아하게 분 내리는
저 꽃에게로 걸어간다

몇 번의 도리질과
붉은 회초리로
바람 후려치지만

꽃향기에 기대어
푸른 응달
벼락으로 날려 보내듯

첫눈 같은 하루에
출렁이는 하늘 가슴

이정현

『계간문예』 등단
시집 『살아가는 즐거움』
한국문인협회 시분과 사무부장
국제펜한국본부 회원
계간문예작가회 이사

아름다운 탄생

파아란 치마 속 노랗게 알차 오르면
삭뚝 아픔의 눈물 뚝뚝, 비명의 소리
빨간 색동저고리로 갈아입고
새 모습으로 인사한다

뜨거운 사랑으로 씨앗을 뿌리면
땅은 갈라지고 목은 타지만
생명으로 나오려는 몸부림, 절규
눈물과 진통 속에 탄생한다

노랗게 물든 잎 벌꿀로 변하여
신맛 매운맛 입맛을 돋우고
방긋방긋 새근새근 엄마의 간 녹아내리면
마음은 하늘을 나른다

사랑도 아픔 탄생도 아픔
창조는 고통이라 했던가

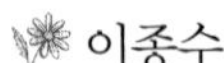

이종수

2004년 한겨례문학상 등단
시집『그대 앞에 설 때』외 6집
한국문화예술신문사 문학대상 수상
한국문인협회 회원
광진문인협회 부회장

사랑

늪처럼 빠져드는 집착은
체내의 세포 하나같이
봄비 맞은 듯 촉촉이 젖어드는 느낌이다

알코올 중독처럼 마시면 마실수록
더 심한 갈증을 겪듯
입 안에 넣으면 넣을수록 쓰린 사랑

물결에 의지해 아무도 모르게
파르르 떨며 울고 있는 외로운 낮달처럼
광란의 시간을 보내고

편안, 익숙한, 정과 같은 감정으로
변해가는 슬픈 사랑의 초상(肖像)
바다는 기억이 되어 흐르고
몸은 눈물이 되어 흘렀다

이종철

2001년 한겨레문학상 등단
시집 「푸른 동해바다 고래는 없었다」 「세월」 등
공저 「꽃무리」 「하늘 닮은 두레박」 외 다수
공간시인협회문학상 수상
한국문인협회 회원, 국제펜한국본부 회원
「선으로가는길」 발행인

동백꽃

피지 않아도
물 오른 소녀 가슴마냥
탱탱하고
능금처럼 홍안이로구나.

만지기만 해도
터질 것 같은 탱탱한 망울
겨우내 피기 힘들었는지
피보다 붉게 멍들었구나.

피면
초경의 혈흔보다 진한 것이
저도
앵두보다 더 빨개지니
어찌 낙화라 버릴 수 있겠는가

욕정을 품은 수탉 버슬처럼
겹겹이 포개져
빳빳하고 노란 씨방을 물고 있음은
여인들에 음밀한 속살처럼
신비롭다.

아름다워라
자궁의 열기보다 뜨거운
선혈이 솟구치는 정열

피나 지나
아름다운 꽃이구나.

이종철(전남)

2009년『문예시대』등단
한국문인협회, 국제펜한국본부 회원
부산시인협회 회원

파도가 올 때는 이유가 있어요
– 사랑이 떠난 자리

갯벌 위를 기어오르는 저 끓는 가슴은 누가 보낸 전령이나요?
용광로에 불을 지펴 하얀 몸부림을 실어 보내는 그대는 누구인가요?
펄펄 끓고 있는 하얀 한숨들이 가슴에 박혔다 사라지곤 해요

숨이 막혀 죽을 지경이에요
누가 불을 지폈나요 소리쳐 묻고 싶어요
한숨 속 응어리들이 알알이 깨지는 소리가 들려요
이것도 저것도 그것도 요것도 아닌 소문만 무성해요
하얀 한숨에 실려 가는 아픔들이 상처 받기를 원해요
붙잡을 수 없이 밀려가면서 뒤도 돌아보지 않아요
울고 있어요 속으로 하얗게 울고 있어요
눈물 되어 하얀 파도로 오고 싶어도 오지를 못해요
파도만 크게 부풀려지고 있어요 그리고 연신 한숨이 사라져요
한숨에 저를 싣고 싶어요 함께 떠나게 해주세요
퍼렇게 멍든 가슴과 하얀 한숨으로 오는 한이 있더라도
함께 떠나고 싶어요

바닷가는 늘 외로워요
외로운 사람만 찾는 곳이 바닷가란 걸 이제야 알게 되었어요
수평선 건너에 대고 소리치고 싶어 하는 사람들이 바닷가에 와요
메아리가 없어요 파도가 소리를 삼켜요 그래서 오는지 몰라요
멀리 보이는 섬이 외로운 것은 외로운 눈으로 보기 때문일 거예요

이준희

2013년 『시문학』 등단
한국문인협회, 시문학문인회, 한국현대시인협회 회원

짝사랑

콩 콩 콩
들릴까 말까
두근두근 작은 설렘 소리에

발그스레 홍조를 머금던
수줍던 볼

추억의 일면 속
설렘, 그 느낌

거슬러 오르는 시간 앞에선
희미해진 기억만 남았네.

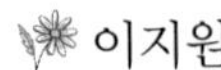 이지원

2014년 『순수문학』 등단
한국문인협회 회원
순수문학인협회 회원

사랑을 끝낸 女子는 이제 울지 않는다

사랑을 끝낸 女子는
결코 울지 않는다.
사랑할 때는
작은 흔들림에도
펌프물 올라오듯
수시로 울던 女子도
사랑의 과거완료 앞에서는
결코
울지 않는다.

사랑할 때는
매사에 意味를 부여하다가,
눈에 보이는
모든 것에 有情한 視線을 보내다가
사랑이
끝나면,
그때부터는
돌처럼
차가워진다.
無心해진다.
無情해진다.

사랑을
그것도 뜨거운 사랑을 끝내고 난
女子는
이제
울지 않는다.

이지윤

1977년 『문학과의식』 등단
한국문인협회 회원

나는 하나

누가 뭐래든 나는 하나 오로지 하나
딱 하나다

둘이 아니고 셋 넷도
열 스물은 더더구나 아니다

그러나
하나인 내가 숨을 고르면

한 송이 두 송이 다섯 여섯 열 스무
송이
꽃들이 서둘러 피어서는 좋아서 자지
러진다

한 마리 두 마리 다섯 여섯 열 스무
마리
새들이 다투어 날라서는 환희의 춤을
춘다

하나인 내가
마침내 정성껏 신비의 키를 두드리면

한 사람 두 사람 다섯 여섯 열 스무
사람
숱하게 많은 사람들의 어깨가 들썩인다

하나인 내가 있어서 하나인 나와 더불어
세상이 온통 흥겹고 마냥 풍성하다

하나인 내가
정성으로 다수운 사랑을 뇌노리면

한 사람 두 사람 다섯 여섯 열 스무
사람
셀 수 없이 많은 사람들의 어깨가 들
썩인다

하나인 내가 있어서 하나인 나와 더불어
세상이 온통 흥겹고 마냥 풍성하다

이찬용

1994년 『시세계』 등단
시집 『이만큼 거리가 있어 좋다』 『이 가랑잎에 은총입니다』 『햇살을 털며 일어서는』
한국문인협회 회원

소록도

사슴들의 여린 눈망울
긴 그리움에 놀 짙어지면
수탄장(愁嘆場)* 언저리는 촉촉한 이
끼 자라며
불그스런 눈물 흐른다.

피-닐리리 보리피리
육중하게 자리 잡은
손가락 잘라버린 한하운 시인의
애달픈 노랫소리 누워있고

흉겹지도, 소란스럽지도
결코 친하지 않는 묵언(默言)들만
서러운 속삭임으로 비켜간다

고름 살 소중히 가꾸며
손가락 발가락 다 내어주고
남은 건 오로지 뭉그러진 눈썹만 남았다

불알 까 죽고
생체실험 또 죽고
화장되어 세 번이나 복(服) 입는
죽을 복을 타고난 보리문둥이

지금도
벌건 벽돌에 을씨년스럽게 붙어있는
정자(精子)들만
피 묻은 신음 소리 흘리며
아우성치고 있다

누가
목이 긴 사슴 같은 천혜(天惠)의 땅을
하늘이 내다 버린 천형(天刑)의 섬이
라 불렀을까.

* 수탄장(愁嘆場): 한센병 부모와 아이들이 철조망을 사이에 두고 한 달에 한 번씩 만나는 근심과 탄식의 장소.

務隱 이창민

1964년 전남매일신문 신춘문예 당선
시집『시를 읊조리는 나그네』
한국문인협회, 무안문인협회 회원
광주문인협회, 서은문학이사
남도문학부회장

검은 태양

먹구름에 칭칭 에워싸인
태양의 모습은 초라했다
몇 겹 구름에 둘러싸여 제 모습을 찾지 못하는
저 태양의 나약함을 그대들은 아는가

온 세상을 밝힐 수 있는 웅장한 빛을 가진 거대한 태양
먹구름에 감금당한 태양의 울부짖음을
그대들은 들어보았는가

태양은 먹구름의 장난에
비까지 뒤집어 쓴 만신창이 몸으로
빛을 잃어버린 지 오래이지만

태양은 또
세상에 밝음을 전하기 위해

오늘도
몸속에 빛의 충전을 계속하고 있다

이창원(李昌源)

2009년 『문예춘추』 등단
시집 『검은 태양』 『단비는 밤새 내려라』
서정주문학상, 윤봉길문학상 대상
한국문인협회 회원

고흐를 그리며

도랑물 끌고 걷는 사이
발밑의 시간들 깊어졌다
당신이 그려놓은 키 큰 사이프러스도
가 닿을 수 없는 노을이
내 머리에서 흘러내려
열 개의 손가락에 걸려있는데
때로 당신이 너무 멀리 있다는 것이
너무 오랜 세월 바라만 보는 것이
내게는 큰 상심이 되지만
당신을 그리워하지 않아도 되는
다른 삶이 있다 해도
여전히 난 당신을 그리워할 것이다

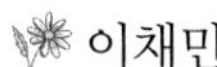 이채민

2004년 『미네르바』 등단
시집 『빛의 뿌리』 『동백을 뒤적이다』 외 1권
미네르바작품상, 서정주문학상, 시예술상 수상
한국시인협회 사무국장
계간 『미네르바』 주간

잊으려 해도

산허리를 휘감은
노을을 보며
밤엔 잊겠지 하고 돌아섰지만
떠오르는 달은
옛 생각을 키우며 내 눈 안으로
걸어오고 있다

어둑어둑
빛줄기가 끊긴 돌담길
발자국 소리
멀어지는 모퉁이에
달그림자 걸어오고 있다

잡을 수 없는 바람이
호숫가에 누울 때마다
물결에 젖은 달빛 점벙거리며
야위어가는 가슴 휘젓고 있다

찬 손으로 기다림의 문을 닫으면
언 강줄기처럼
잔영의 뿌리까지 얼 줄 알았는데
시린 어름 조각
불면 속에서 녹아나고 있다.

이철수

2003년 『문학공간』 등단
시집 『섬 하나 걸어두자』 공저 『자전거를 타고 온 봄』 외 다수
경기도문학상 우수상 수상
한국문인협회 회원, 경기도문인협회기획위원장
수원문인협회 사무국장, 시샘문학회 회장 역임

거합도(居合道)

소리 없이 뽑히는 칼
허공을 가르니
'쉬-익'
울리는 파공음(波空音)
온몸에 전율이 흐른다
민첩하게 움직이는 발놀림
검객의 눈은 매섭다
'야-ㅅ'
칼은 상하좌우로 번개처럼 날렸고
물체는 맥없이
동강 나 떨어진다
검객의 동작은 너무나 빨랐다
나도 모르게 불끈 쥐어지는 두 주먹
이것이
바로
검술의 거합도
진검의 거합술

이학덕

2014년 『옥로문학』 등단
시집 『상사화』 『메아리』
제36회 公友 인문학상 수상 등단
한국문인협회, 대구문인협회 회원
한국가톨릭문인회, 한국공무원문학협회 회원

두향매

쓸쓸한 마음
가야금 소리

두향과 퇴계의
지고지순한 사랑

짧은 인연
겨우 아홉 달

급작스런 이별 충격
수석 둘 화분 하나

그리고는 영 이별
멀리 오가는 정 난과 물

몸을 던진 핏빛 사랑 21년
님은 어이 자중하셨을까

도산 서원 두향매는
지금도 대를 이어 핀다는데

이한식

1991년 『문학공간』 등단
시집 『파란 하늘 저 너머』 『대숲이 사운대듯』 『먼 훗날의 노래』
한국문인협회 회원
한국문인협회 대전광역시지회 회원

손을 잡았다

그의 고백이 까닭 없이 슬퍼서
두 무릎 사이에 얼굴을 묻었다
지는 꽃잎이 파르르
내 어깨 위에서 진저리를 쳤다
사랑이란 슬픔 외에 아무것도 아니구나
그런 말은 끝끝내 품고 있다가
죽어서나 무덤에 묻는 거라고
있는 힘 다 모아 울먹이었다
무릎 사이 두 손으로 얼굴 가리고

그가 망설이며 내 손을 잡았다

이향아

1966년 『현대문학』 3회 추천으로 등단
시집 『온유에게』, 『나무는 숲이 되고 싶다』 등 21권
문학이론서 『창작의 아름다움』 『시의 이론과 실제』 등 다수
한국문학상, 윤동주문학상, 시문학상, 창조문예상 등 수상

사랑은

사랑은
시인이 지어낸 말
그것은
보이지 않고
만질 수 없는 꿈 같은 것

사랑은
호숫가 벤치에서
어깨 나란히 앉고 싶을 때
한강이 보이는 카페에서
커피 향에 취하고 싶을 때
산티아고 순례길*을
같이 걷고 싶을 때
사진첩을 들추어
누군가를 꺼내보는 것

사랑은
별과
꽃과
가슴속에
숨어있는 그리움 곁으로
다가가 보는 것

*산티아고 순례길 : 스페인과 프랑스 접경에 위치한 기독교 순례길. 예수의 열두제자였던 야고보(야곱)의 무덤이 있는 스페인 북서쪽 도시 '산티아고 데 콤포스텔라'로 향하는 약 800km에 이르는 구도와 명상의 길을 말한다.

이현원

2013년 『문예사조』 등단
시집 『그림자 따라가기』
문예사조문학상 수상
한국문인협회, 현대시인협회, 별빛문학회 회원
청숫골문학회 회장

그래도 좋으리니

사랑이 애달프고 삶이 고달프구나
짙게 물든 하늘 환히 타는 가슴
석양은 붉어진 눈가를 적시고
빛은 눈물 되어 옷고름 훔치며
아픈 마음 숨긴 티를 내네

여물어가는 하루의 끝
뒷모습에 붙어
길게 쉬어질 깊은 시름도 동행하여
그 그늘에 기대이라 하시면
힘든 세상 여린 삶 앞에
작은 미소 기꺼이 지으리니

여름날 뜨거움도 잠시 잊은 듯
가녀리고 처연한 가을이
데리고 오는 소리인 양
슬픈 빛 소매 단에 감추어 두고
발걸음 마중하는 오늘
서늘하게 데인 바람이라 하여도
기쁨으로 행복하리라

 이혜영

2016년 『서정문학』 등단
동인지 『초록물결』 참여
초우아카데미 창작 발표 작품집 참여
전자책문학 작품 활동
한국서정문학작가협회 회원

시(詩)의 꿈 꿰매다

내 그대를 만나자 생이별하고
달팽이처럼 웅크려 살아온 지 오래

못내 아쉬워, 못내 그리워
잠 못 이루었나니
꿈속에서도 그대를 그리며 살아왔네

헤매던 길 재치고
꿈 깬 어느 날 엷은 미소 띤 그대가
쓰나미처럼 밀려왔다가 밀려오고
다가왔다가 멀어져 갔지만
어디서 무얼 하며 소식이 없었는지
의아해하며 가만가만 다가왔네

이젠 그대를 놓치지 않겠다고 끌어안으며
절규하네 내게 안겨 달라고
뜨겁게 포옹하려 하네 떠나지 않겠다고

그대와 함께 영원히
꿈을 함께하겠노라고 다짐하며

그대의 가슴속 파고들어
겹겹이 쌓인 사연 '시'로 전하겠노라고

임광남

2014년 『문학예술』 등단
한독문학상, 이가탄 한국약사문학상 대상 수상
한국문인협회 회원

눈망울 속에 사는 연인

바람 자락에
풍경이 시간으로 흔들린다는 것을 알아차린
어느 날부터
눈망울 한곳에 댕기머리 늘어뜨린
연인이 세 들어있음을 알았습니다

그 사람,
동의 없이 둥지를 틀어서인지
마주할 때마다
기도하는 두 손을 내려놓지 않습니다
겸연쩍음도 감추려고만 합니다.

연륜의 변화를 받아들여야 함에도
눈가에 피는 주름의 의구심을 떨치지 못하고
본능의 오해라 설득하려 합니다

산방의 나날은
지는 해가 서로 다른 착시의 거울이었다가
색 바랜 기대의 연못이 되기도 합니다
어둠이 짙으면
눈가에 나와 앉은 그림자의 숨소리도 서럽습니다.

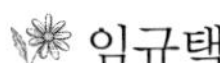

임규택

2008년 『한국작가』 등단
시집 『빨간 우체통』 『고향이 보이는 창』 『산방일기』 외 공저 다수
한국문인협회, 이천문인협회, 광주문인협회 회원

상처를 향하여

너를 감아 오르는 것이 아니라
칭칭 네 몸에 나를 동여매는 것이다.
마디마디 내단 꽃들은 노래가 아니라
너의 상처 속에 덩굴손 뻗어
불 밝힌 나의 울음이다.
네 슬픔의 끝을 찾아 나선 나의 꿈이
뿌리 곁에 떨어져
수혈하는 햇살의 상처를 향하여
회오리쳐 오르면
아, 신기루로 번지는 어지럼증
슬픔의 암벽 속에 발목이 빠진 나는
너의 상처 곁으로 간다.
묻힌 나의 길을 일으켜 세우는
너는 나의 지주
아무런 응답 없는 날들이 무모하다 무모하다고
몇 마리 벌과 나비 속삭이다 갔지만
네 가슴도 이만큼 뛰는가
너의 무릎 아래 나는
목을 매달아 죽는다.

임백령

(본명 임영섭)
2016년 『월간문학』 등단
시집 『거대한 트리』 『광화문-촛불집회기념시집』

강

내 무덤 앞에는 봄 여름 가을 겨울
그대의 사랑이 뿌리 내리는 나무를
심어달라
예감의 나뭇잎에 머물렀던 바람처럼
나 먼저 어느 날 현재를 떠나거든
슬퍼하지 말라 사랑하는 사람아
내 나라 이 땅에 푸른 이야기들 심고
가꾸며
착한 여자의 미더운 지아비로서
자식들 앞길에 밝은 등불이 되어
아침을 향하여 사유의 벌판을 흐르는
맑은 강물이고 싶었다 내 생애는
강물 따라 흐르는 구름인 것을
뒷날 하늘과 땅에 비가 내리거든
내 분신이리니 말 물어보라
물소리 새소리 세월 흐르는 소리는
끝나지 아니한 나의 목소리요 그리고
산천에 백설이 쌓이거든
그리움에 불타는 의식이라고 생각하라
그대 아늑한 가슴속에 묻힌 내 영혼이
푸른빛으로 다시 누리에 피어나리니
먼저 그대 곁을 떠날지라도
숨 쉬는 詩와의 만남을 위하여
걸어온 길 뉘우치지 않았음을 잊지 말라
아, 강은 어디서 와서 어디로 가느냐
피안을 굽이쳐서 다시 흘러오는 것을
뒷날 강물 따라 흐르는 구름을 보거든
그대 만나고 가는 발자취로 알라
내 가장 더운 가슴으로 사랑하는 사람아

임병호

1965년 「화홍시단」 등단
시집 「幻生」 「적군묘지」 등 18권
새천년 한국문인상 본상, 한국예술문화상 문학부문 대상 수상
한국경기시인협회 이사장, 국제펜한국본부 제34~35대 부이사장
「한국시학」 발행인

늦은 답장

어떤 편지의 답장은 하루 만에 오기도 하지만
또 어떤 편지의 답신은 열흘이 넘기도 합니다.
수만 리 밖 이국으로 띄워 보낸 소식은
되돌아오는 데 달포가 소요되기도 합니다.
그렇다고 회신의 속도가 꼭 거리와 비례하는 건 아닙니다.
가까운 곳에 사는 사람에게서도 회신이 늦는 경우가 있습니다.
밤마다 쓰고 지우고 한 답장이 수십 년 걸리는 수도 있으니까요.
간절한 사연일수록 되돌아오는 데 많은 시간이 걸리는지 모릅니다.

어제 조그만 화분 하나가 우리 집에 배달되었습니다.
'천사의 나팔'이라는 이름을 달고 있는 신기한 화초인데
화분 곁에 분홍색 쪽지가 하나 끼어 있었습니다.

초등학교 3학년 때 가정방문을 오신 선생님 따라
읍내의 예쁜 소녀가 산골 우리 집을 찾아왔습니다.
황홀한 이 손님들에게 무엇을 드려야 하나?
장독대 곁에 피어 있던 작약꽃 두 송이를 따서
선생님과 그 아이의 손에 쥐여 주었습니다.
그렇게 해서 나는
그녀에게 꽃을 준 첫 남자가 되었습니다.

그 작약꽃 한 송이가
'천사의 나팔'이 되어 돌아오는 데는
한평생이 걸렸습니다.

 임보

1962년 『현대문학』 등단
시집 『눈부신 귀향』 『산상문답』 『지상의 하루』 등 다수
시론서 『시와 시인을 위하여』 『좋은 시 깊이 읽기』 등 다수

내 안의 그대

별보다 먼
바다보다 깊은
그대
내 안에 있다

너무 멀어 만날 수 없고
너무 깊어 찾을 수 없는
그대
내 안에 살고 있다

임보선

1991년 『월간문학』 등단
시집 『내사랑 350℃』
서울특별시장상, 동포문학상 수상
한국문인협회, 한국시인협회 회원
국제펜한국본부 이사
미래시 동인, 시문회 회원
시문회 회장 역임

사랑, 또는 그대 향한 그리움

가물거리는 그 무늬 사이
반짝이는 눈빛 사이
해맑은 미소 사이
가눌 수 없는 뜨거운 마음

어두움도 현란함도 아닐 때
부드러운, 아주 부드러운 눈길로
다가오는 잔잔한 물결
자꾸 밀려와 쌓이는 그리움 그리움

익어오는 능금 속 매달림
팽팽하게 당겨오는 속살
버려야 할 일상 앞에
늘 가지고 싶은 둘만의 평화

반짝이는 눈빛 사이
고운 입술 사이
눈물 나는 또 다른 이야기
그것은 사랑, 또는 그대 향한 그리움.

임승천

1985년 「심상」 등단
시집 「하얀 입김으로」 「밤비둘기의 눈」 「노들레 흰들레」 외 다수
한국시인협회 상임위원, 한국문인협회 회원, 한국기독교문인협회 이사
충남시인협회 심의위원, 심상시인회, 구로문인협회 회장 역임

사랑법

내 심장을
꺼내어 줄 마음이 없다면
사랑한다는 말
함부로 하지 마라

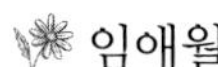

임애월

1998년 『한국시학』 등단
시집 『정박 혹은 출항』 『어떤 혹성을 위하여』 『사막의 달』 등
경기펜문학대상, 경기문학인대상, 경기시인상, 수원시인상 등 수상
『한국시학』 편집주간, 국제펜한국본부 이사, 한국현대시인협회 이사

첫사랑

장미 가슴이 되어
수줍게 꽃피운 적이 있다

가시에 찔려 아파한 적이 있다
노여움도 사랑으로 문지르며 타올랐다

기쁨의 끝이 슬픔이듯
아름다움이 끝나는 곳에 서있다

임정숙

1998년 『월간문학』 등단
저서 『남대천 연어를 위하여』 외 다수
노원문학대상 수상

미니마

부드럽고 통통한 잎 사이
고운 엿가락 대궁 꽃
연노랑 잎 연노랑 꽃
야단스런 화장기 없어도
자세히 들여다보면
잎도 꽃도 수더분한 전부 꽃
삼천여 종 선인장 중
징그러운 가시도

뜯어먹고 싶어 몸살 난 잎도 없이
꼭 껴안고 보듬어주고픈 새악시
물러서다 다가서는
다정한 선인장 미니마
늘 곁에 두고
보고 또 봐도
타고난 정 넘치고
넘치는 사랑의 천사 미니마

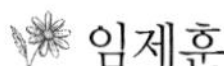

임제훈

2001년 『한국시』 『문학세계』 등단
시집 『조용한 새벽』 『바람꽃』 『산까치야 울지 말아라』 외
소설집 『아내의 환상』 『안개길』 외
한국문인협회, 한국소설가협회, 대구문인협회, 한국시인연대 회원

키우며 채운 나날

준비 없이 뒤늦게 시작한 소꿉 살림
켜켜이 쌓아온 쉽지 않은 44년
지금 보니 꽃이고 열매 되었네

먼발치에서도 느껴지는
서로의 향기 도탑게
푸르게 덧칠되는 우리 집

보이지 않는 것까지도 알아채
누가 먼저랄 것 없이
나누고 베푸는 삶

함께 일구어온
정성이 사랑 돼
행복으로 영글어 웃음 짓네

임충빈

『전우』 3회 추천 완료로 등단
시집 『장맛처럼』
경기문학공로상, 안성예술상, 불교문학대상 등 수상
혜산박두진문학제 운영위원, 어사박문수전국백일장 운영위원
안성문인협회장 역임
한국문인협회 제25대 지회지부협력위원

종이비행기

못다 한
마음속의 글
짙게 눌러쓴다.

요점은
가운데 쓴다.
접다 보면
날갯죽지로 가라고.

누구에게
날려 보낼 건지.

어느 곳으로
보내보고 싶은지.

산들바람 부는 날
동산 위에서
그대를 향해
서쪽으로 보내본다.

이곳에 서있는 나는 누구이고.
그대는
꼭 바람 저편.
그곳에 있어야만 하는지.

詩夢 장동권

2003년 『표현문학』 등단
시집 『내 안 깊은 곳의 너』 『님과 신에게』
한국문인협회, 전북 문인협회 회원
해양문학 연구위원

내 안의 사랑
– J에게

한적한 화원을 따라
음악이 있는 찻집을 좋아하는
그 어느 꽃보다 매력적인
눈이 큰 갸름한 하얀 피부를 가진
한 여인이 있습니다

화가 나도 이내 풀어지고
언제나 바라만 봐도
영원한 눈빛 가슴까지 시려와
하루에 몇 번을 봐도 새롭게 반겨오는
그런 사람입니다

꼭 내 것이라 말할 수 없지만
존재만으로도 아름다울 수밖에 없는
내게 그가 전부이듯
그녀에게 내가 전부인 사람
그런 사랑입니다

마지막 그날까지
한적한 화원을 둘이서 함께 걸으며
서로가 별이 되어주고
천년만년토록 간직하고 싶은
한 여인이 있습니다

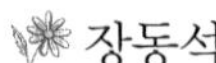 장동석

「한국시」 등단
시집 「그대 영상이 보이는 창에」 「구로동 수채화」 「가장 아름다운 퇴장」 외 다수
올해의 좋은문학 작가상 수상, 세계시문학상 대상 수상
한국문인협회 문학관건립추진위원회 위원
한국문인협회 구로지부회장

젊음 만나고 싶다

당신께 고운 꽃잎 되어
하르르 날아가고 싶다
예쁜 벌새 되어
파르르 날아가
못다 한 세월 누리고 싶다

당신은 영원히 향기로운
아름다운 청춘의 꽃이니
나비처럼
너울너울 춤추며
네 주위를 맴돌고 싶다

젊음
나를 잊었겠지만 나는
당신이 늘 곁에 있는 줄
가끔은 착각하면서
네 주변에서
서성거리기만 하지

시곗바늘처럼 되돌릴 수 없는
그리움의 화신
아 아 나는 아직도
젊음의 향기를 못 잊는가 보다

장문영

2003년 『한국문인』 등단
시집 『동백꽃 수놓기』 『KLIG를 위하여』, 생태시집 『우포늪에서 보내는 편지』 『소금의 눈』 외 공저 다수
문학공간상 본상, 동두천문학상 수상
한국문인협회 정화위원, 국제펜한국본부 회원
한국시인연대 부회장 역임

그대 곁에 잠들게 하라

빨간 꽃
노랑꽃
하이얀 꽃
흐드러지게 피는 꽃

장미 한 송이 따다
그대에게 바치려 하오나
임은 간 곳이 없네

그 찬란한 미소
무덤처럼 서서히 변해버린
서글픈 생명

못 잊어 가슴 위에 피는 꽃
가냘픈 영혼
그대 곁에 잠들게 하라

장봉천

2011년 『문학세계』 등단
문학세계문학상
문학세계문인회 정회원, 세계문인협회, 새부산시인협회 이사
한국문인협회, 부산문인협회 회원

화촉식 축시

화촉 위에 불이 켜졌는데, 두 분의 천생연분에
하늘이 먼저 알고 환한 금빛 미소를 보내주고
금호강 갈대는 G장조로 거문고를 연주하는데
고향 친지 동문 선후배까지 한자리에 모여서
백년가약 굳은 맹세를 감응하여 축수한다오

아름답게 마주 선 착하고 고운 신랑과 신부여!
칠월 칠석 견우와 직녀의 사랑의 눈물비보다
거북바위에 앉은 세오녀와 연오랑의 애정보다
더 높은 사랑 탑을 쌓아갈 역량을 키워내시어
삶의 가치를 높이고 차분한 참사랑을 이뤄가오

용맹스런 신랑이여, 그리고 살뜰하신 신부여!
화촉동방에서 사랑의 씨앗인 아들딸을 낳아서
최고의 정성과 강한 모성애로 튼실하게 키워
낳아주신 은혜에 보답하는 부모님께 효행하는
시가의 진주가 되며 처가의 횃불이 되게 하오

모든 색을 받아들이는 턱시도의 검정 빛깔과
최고의 그림을 그려낼 드레스의 하얀 빛깔로
흑과 백의 상대적 색깔로써 첫 작품의 화폭에
두 손을 잡고 유토피아를 찾는 삶을 그려주고
행복의 꽃이 활짝 피게 미세한 덧칠을 해주오

신랑, 신부여! 참사랑은 이제부터 시작이온데

비 오는 날에는 당신에게 큰 우산이 되어주고
추운 날엔 당신을 위해 비단 이불이 되어주며
순결한 애정 속에 사랑의 세레나데를 부르며
신의 은총을 받아 화기애애하게 백년해로해요

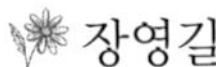
장영길

2004년 『문학저널』 등단
시집 『사랑조』 외 동인지 다수
한국문인협회, 대구문인협회, 복현문인협회 회원
문학저널문인회 영남지부장 역임

그때, 따라나서야 했던 길

과년의 나이임에도
가슴을 설레이게 하는
고즈넉한 시골길에
코스모스 애처로이 줄을 선
그런 길을 아직도 잊지 못하고 그리는가.
기인 나무 그림자를 따라, 그때
정말 따라나서야 했던 환영(幻影)이
지금도 나를 힘겹게 한다
나일 먹을수록 더욱 외롭게 흔들린다
노여움과 그리움, 실상(實象)과 허상(虛象)이
내닫는 세월을 가속시키며
하나, 둘, …… 지워져 가는 친우들이여,
사랑 쌓기와 허물기
실연의 아픔을 뇌리 속에서 지우면서
한없이 울먹였던 길,
오늘에 이르러서도 별수가 없는
그대는 지금쯤 어디에 있는가
코스모스, 민들레, 푸르른 하늘 아래
너무나 슬퍼 흔들리는
그 속에 조용히 미소나 지을까 했는데
그때, 진정 따라나서야 했는데
오늘이 이리 슬픈 이유를
알 것도 같네.

장윤우

1963년 서울신문 신춘문예 당선
시집 『겨울동양화』 등 13권.
한국문인협회 시분과 회장, 부이사장, 『월간문학』 발행인 역임

자식이 뭐길래

도대체
자식이 뭐길래
한 사나흘 목소리를 못 들으면
어찌들 잘 지내고 있을까
공연히 걱정을 하게 되고

두어 서너 주 얼굴을 못 보게 되면
어디들 아프지는 않을까
괜스레 속을 태우다가도
자식이란 그저 울타리일 뿐
곁에 없어도 든든한 마음 하나라
저마다
가정을 이루고 살다 보면
집안 살림 하랴
새끼들 치다꺼리하랴
언제 부모 생각할 겨를이 있으랴
백분 이해를 하며
오늘도 그저
저희들 무탈하기만 빌고 또 빈다

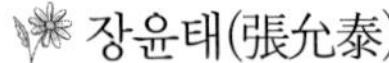

장윤태(張允泰)

1995년 『순수문학』 등단
교단문학 회원(전), 울림시 동인(전)
한국문인협회 회원
한국문인협회 구리지부 회원

목련꽃 그늘에서

목련꽃 그늘에 서있으면
무심한 이 나이에도
젊은 베르테르 편지가 쓰고 싶다.
잊힌 세월을 눈 비비면
우수수 쏟아지는
하얀 그리움들.

차마 못다 한 말들
설레는 가슴으로 삭히어
청보리 빛 눈물이 멍울져 내리는
은빛 사연을 엮어서
추억 속으로
긴긴 편지를 띄운다.

세상이 온통 하얗다.
오가는 사람들
화들짝 웃으며 저리 즐거워하는데
목련꽃 그늘에 서있으면
왠지 니가 보고 싶어
애면글면
가슴이 이리 먹먹해진다.

베르테르 연인보다
은애(恩愛)하는 사람아,
하얗게 서리치는 꽃송이로 눈부신
저 해맑은 순수를 보려무나.
슬픔까지도
찬란한 은빛으로 승화하는
우리들이 젊은
이 사월 아침에.

장지홍

2007년 시집 『칠석날』로 문예 활동 시작
시집 『칠석날』 『고향의 강』 『풀잎들의 고향』 등
한국문인협회 공로상, 하림문학상
한국문인협회 정읍지부장
문예가족, 석정문학, 전북문인협회, 정읍내장문학 동인

목련꽃 연가

움츠렸던 목련꽃봉오리
활짝 피어 눈부시어라.

고향집 툇마루에 앉아
바라보던 꽃인데

송이송이
오늘따라 서러워라.

자릿자릿 넘나드는
어린 날 그 시절

추억의 갈피마다
어머님 모습

어디쯤 계신지 지금은 몰라도
숙명인가 서러운 숨결.

천상의 한이 내려와
저리 흰빛으로 물들었나.

숙연한 몸가짐으로
바라보는 목련꽃

장태윤

1990년 『한국시』 등단
시집 『난꽃 바람꽃 하늘꽃』 외 9권
한국해양문학상, 전북예술상 외 다수
한국문인협회 임실지부장 역임

은혼식

그해 봄 그이와 내가 처음 손을 잡은 곳은
순천만 대대의 갈대밭이었습니다.
동천과 서천에서 흘러든 물이 순천만 대대에 이르고
육중한 파도의 어깨를 막아 선 방파제를 따라
내 키보다 높게 자란 초록빛 갈대숲은
하느님의 악상처럼 풍성했습니다.
쏟아지는 태양,
사운대는 바람 속에
그이와 나는 속삭임처럼 다정한
이름 모를 새들의 울음소리를 들었습니다
울어 도 울어도 고단하지 않는 울음소리……
나는 그 새를 잡고 싶었습니다.
금방이라도 하늘로 초록빛 날개를 펼칠지도 모를
그 새는 몇 개의 소중한 알을 갖고 있을 것 같았습니다
종일 수천만 대대의 긴 갈대밭을 헤매었을 뿐
우리는 그 새를 보지도 못했습니다
갈대 새!
갈대밭에서 우는 새를 우리는 그렇게 부르기로 했습니다
갈대 새는 멀고 가까운 갈대숲 여기저기서
보일 듯 보이지 않고 울고 있었습니다
갈대 새! 갈대 새! 갈대 새!
바다를 쓸어 오는 촉촉한 바람 끝에 들려오는 울음소리.
나의 마음은 그 갈대밭에 남겨진 채로 봄이 갔습니다.
지난여름 그이의 손을 끌고 다시 순천만 대대에 갔을 때
놀랍게도 그 새가 종달새임을 알았습니다
종달새는 왜 갈대 새가 되었을까요?
나의 새는 종달새일까요, 갈대 새일까요
가을이 오면 갈대 새는 어떻게 할까요

장하지

1996년『시문학』등단
시집『갈대새가』
제46회 신사임당의 날 기념 백일장 장원
문학의 숲 연지당 회원
우송문학 동인

연가 · 1

떠나면 잊으리
만나면 잊으리라

바람소리 새소리마저
텅 비어 서글프다

그리움 절절히
파도에 실어 보내니

에이는 마음
더더욱 아리다.

장현경

2006년 『문예사조』 등단
시집 『매화가 만발할 때』 외
허난설헌문학상, 매월당 평론문학상 본상 수상 외
한국문인협회 회원, 청계문학회 회장
문학평론가

아버지의 사랑

속내를 드러내지 않으면서도
바다 같은 넓은 아량으로
보듬어 빚어내고

말로 나타내지 않더라도
은은한 눈빛으로
그윽이 빚어내며

몸짓으로 나타내지 않더라도
붉은 가슴으로
따뜻하게 빚어낸다

장형주

2010년 『한내문학』 등단
시집 『울림』 동인지 『하늘비 산방』 등
한내문학상 수상
한국문인협회 회원

꽃을 안다

꿈꾸던 사랑은 쉬이 오지 않았다
아침 여명으로 찾아 들거나
바람에 실려 향기로 오거나
비 오는 저녁 안개로 피어날까
그리움이 때론 달콤한 설렘이지만
속절없는 기다림은 이제 끝내야지
작은 꽃 한 송이 품은 채
노을이 새벽을 꿈꾸는 강변을 나선다
오! 나의 존재를 지우는 꽃이여, 전부여
순수한 여백에 꿈을 그리며
행복한 동행을 시작하는데
자꾸만 물결에 흔들리는 마음
강물이 그녀의 눈물 같아서
행여 이별이 시작될까 봐
얼른 꽃을 안고 돌아선다

장효식

1993년 『문학세계』 등단
시집 『그대 간 자리에 꽃이 피면』 외
한국문인협회 의성지부회장 역임
한국문인협회, 국제펜한국본부 회원
한국산림문학회 회원

안개꽃 사이로

사랑이여,
안개꽃 사이로
너를 그려본다.
불러도 대답할 리 물론 없지만
더러는 아련한 미소로 다가와
별이 되고, 꽃이 되고
바다가 되는 내 사랑
흔들리는 창문 너머로
노래가 되고, 목숨이 되는
내 사랑 너를 위하여.

전재승

1986년 『시문학』 추천으로 등단
시집 『가을詩 겨울 사랑』 『푸른 시절의 노래』 『휴전선 철조망』 등
문학과의식 신인상 수상
계간 『문학과비평』 편집장, 편집인 역임, 『문학사계』 편집위원 역임
한국문인협회, 한국현대시인협회 회원 ,미당문학회 이사

승봉도의 아침 풍경

아침 안개가 뽀얗게 깔려있고
붉게 핀 해당화가
아침 공기만큼 상큼하다

마을 이장 댁 이웃집엔
소금 뿌려 걸어놓은 우럭 한 마리가
벌써 꼬들꼬들 말라가고 있다

당산 심림욕장 숲길을 들어서
느릿느릿 오르막에 올라보니
키 큰 해송들이 빽빽하게
밀림을 이룬다

덩굴식물들이 휘감겨진 아름드리나무
몸통에는
싱그러운 초록빛 물감이 줄줄 흐르고
있어
시야가 넓어짐을 느끼고
심호흡을 길게 들이쉬어
아침 이슬처럼 맑은 공기를
보약처럼 흡입했다

호젓한 해송 산책로 중턱에 있는
팔각정 쉼터는 연분홍 메꽃이 지키고
있고

오솔길 삼거리에서 고비 군락이
두 팔 벌려 나를 반긴다

하얀 개망초 꽃이 줄지어 핀 내리막 길
목에
태풍으로 쓰러진 나무 등걸 하나가
덩굴식물을 베고 누워 있고
그 곁에 다소곳이 고개 숙인
하얀 까치수염꽃에서 겸손을 배운다.

정경림

2005년 『글사랑문학』 등단
공저 『갯벌문학』 『청라문학』 『인천문단』 외
한국문인협회, 인천문인협회, 서구문화예술인회 회원
갯벌문학 재무이사, 『청라문학』 편집장

어찌 이리 좋은가

아버지와 함께 걷던 옛길
할아버지를 뵈러 가는 흙길
구불구불 이어진 길

두루마기 차림의 아버지는
아무 말씀 없이 앞서 걸으셨다
어린 나는 졸졸 뒤따랐다

오늘은 나 홀로
못다 부른 사부가를 읊조리며
걷는 이 유년의 길

정구조

2003년 『농민문학』 등단
시집 『연리근』 『어찌 이리 좋은가』
국민훈장목련장 수훈
한국문인협회 회원

짝사랑

사계절 내내
허리끈 졸라매고
홀로 서서

하늘에
이름 석 자 던져놓고
타들어 가는 기다림으로
그리움 품고 있네

사랑 그 메아리
따사로운 햇살로
돌아오기를 소원하는 기도

산 넘어 두견새
가슴에 끌어안고
오랜 세월로 야윈

침묵으로 무릎 꿇은 여인
밤새 두 눈에는
맑은 이슬이 맺혔네

정귀봉

2013년 『순수문학』 등단
한국문인협회, 순수문학 회원
성북문예창작회 회원

웃음 한 조각

사랑하든 미워하든 이유가 있어
좋다가 싫어지기도 하고
다시 좋아지기도 하지
영영 돌아오지 않을 것처럼
멀어졌다가 가까워졌다가
맴맴 돌다가 가버린 사랑

아주 가버린 인연이라 해도
고개 끄덕이며 그럴 수 있지
다시 만날 약속 없다 해도
지구 돌고 돌아 필연 되면
왜 그랬느냐고 묻지 말고
웃음 한 조각 띄우는 사랑을 해

이유가 닳고 닳아서 더 이상
이유가 존재하지 않을 때
우리의 미움 사라질 거야
우리 사랑도 사라지겠지
웃음 한 조각 띄우는 사랑을 해
존재만으로도 행복한 사랑을

정다겸

2012년 『국보문학』 등단
시집 『무지개 웃음』 외 다수
한국문인협회 회원
수원문인협회 홍보차장, 서울시인대학 홍보대사
경기문학인협회 사무국장

빙어

꿈속에서도 비가 내리고
눈뜬 아침 창가엔 진눈개비가 흩날린다

장독대 뒤로 보이는 소나무 가지엔
그리움이 눈꽃으로 피어나고

새록새록 떠오르는 너의 모습은
어느새 함박눈이 되어 어른거린다

산자락 아래 펼쳐진 배추밭은
보내지 못하는 새하얀 편지가 되고

차마 하지 못했던 말들을
수없이 되뇌며 쓰고 지우는 사이

어스름밤이 찾아들고
정작 하고픈 말들은
차가운 겨울 하늘 별이 되어
얼어붙고 말았다

정대현

2016년 『서정문학』 등단
동인지 『초록물결』 1, 2집
전자책 『파란풍경마을』
네이버 문학밴드 다솔문학 기획국장
한국문인협회, 시와수상문학작가회 회원

결혼기념일

설레는 마음으로 다가서는 눈빛
서로의 마음을 주고받으며
헤이지기 싫을 때
하이얀 면사포로 응답하던 날
37년 전 그날은 꿈 많던 날
내가 선택한 좋은 사람과 사랑하며 꽃길만을 걷기를
그러나 현실은 그렇게 녹록지 않았다
아이들 둘을 낳고 기뻐했고

아이들이 자라며 주는 행복이란
초등학교 입학할 때
머리를 짧게 깎고 중학교 입학할 때
다 컸다고 사춘기를 지날 때
큰아들은 대학에 수석하고 작은아들은 수시에 입학해줄 때
군대 가는 뒷모습을 바라볼 때

이제는 졸업하여 제 갈 길을 가고 있는 아들들
그들이 장성하고 결혼하여 일가를 이루면
또 하나의 세대가 이어가겠지
나의 사랑도 빛바랜 사진처럼 퇴색하지 않고
영원하기를
대지에 온통 봄이 묻어나는 오월에 바래본다

정덕자

2013년 『한국문인』 등단
안산문학 신인상
성호 이익 백일장 장원
한국문인협회 회원
한국문인협회 안산지부 운영이사

붉은 진달래꽃

광란의 화산불꽃이 폭발한다
분진으로 터트리는 뜨거운 열기
못다 한 울컥거림이 서러워지는
억압과 압박이 덮어있는 땅속
용암이 목석 태우는 불타는 사랑

땅속 임의 함성 소리인가
땅속 임의 피눈물 통곡인가

"나도 불타는 사랑하고 싶다"
하늘 감동시키려는 외침 소린가

가신 임 웃음이 꽃잎 속에 들리고
가신 임 마음이 꽃 색깔에 물들고
가신 임 사랑이 꽃술 향기로 풍기고
가신 임 얼굴이 꽃잎 겹겹 엿보인다

정도경

2001년 『문학세계』 등단
시집 『물닭』 『이슬방울』 등
김유정 전국문예공모 최고상 외 다수 수상
한국문인협회, 국제펜한국본부 회원
문예춘추문인협회 회장 역임
한국육필보존회 편찬위원, 한빛동인문인회 회장

마주한 섬

오늘도 마주하는 그대는
푸른 하늘 떠도는 바람입니다.

멀어질수록 가차이 다가와
섬을 만들어
물거품으로 뒤척이고
파도는 드센 바람으로 일어나
하늘 향해 울부짖다가
등대불로 깜빡이며
새벽이면 서둘러 떠나갑니다.

내 안에 일어나는 전율
무어라 마저 건네지 못한 말
어느 하늘 너울거리다
꽃구름으로 떠오르겠지.

새벽 종소리 울려 퍼질 때
그대 향한 몸짓으로
일어서는 섬입니다.

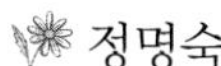

정명숙

『믿음의문학』 등단
저서 『 바람의 말씨』
4인 시선집 『별과 꽃과 그리움』
『한글문학』 발행인
한국펜한국본부, 한국문인협회, 한국현대시인협회, 경주문인협회 회원

아들에게 주는 시

할 말이 많을 것 같지만
새삼 무슨 말을 덧붙이랴
한평생 살면서
글로써 다 써버렸는데.
살다가 아버지가 생각나거든
내 시를 읽어보아라.
가장 아름다운 구절이 있거든
그것은 나의 화려한 거짓임을—,
읽다가 옳다고 여기는 말이 있거든
시집을 덮고 조용히 나를 생각하라
돈이 생각나고 명예가 생각나거든
너희는 다시 내 시를 읽어보아라

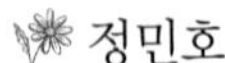 정민호

1966년 『사상계』 등단
시집 『꿈의 경작』 외 15권
한국문학상, 펜문학상, 예총예술대상, 창릉문학상 등 수상

감잎 단풍에 담은 연서

붉게 타는 저녁놀
끄트머리
갈 길은 먼데
떠날 줄 모르고

열어주지 않으면
열리지 않는
자물쇠와
열쇠

아직도
단풍은 안 들었는데
마음만 먼저 가서
물들어 있네

정삼일

1969년 『핏빛』으로 작품 활동 시작
시집 『바람도 깨지 않게』 『고독한 날개』 『황금동 연가』 등
한국농민문학상, 다산문학상, 거랑문학상 외 수상
한국문인협회, 국제펜한국본부 회원
국제교류위원, 문단윤리위원 역임

고전적

그리운 이여
늦가을 저녁 바람이
국화꽃 흔들거든
꽃잎이 지기 전에
국화꽃 향기 속으로 숨으렴

그러면 나는
머나먼 나의 집
고요의 뜨락
국화꽃 곁에 앉아서
그대 살 향기
흐르는 소리 들으리.

정성수(丁成秀)

1979년 『월간문학』 등단
중3때 낸 시집 『개척자』 이후, 『세상에서 가장 짧은 시』 『기호 여러분』 『우주새』 등 12권
제1회 한국문학백년상 등 수상
한국문인협회 시분과 회장

헌책방에서

책장을 넘기다가
사랑의 푸른 시간과
공허했던 형상의 꽃잎을 본다.

그 어디에도 구속이 없는
밑줄 그어 번진
풀물 냄새가
달콤한 영혼으로 뜬다.

머금었던 보랏빛 숨소리며
통통한 사랑의 그늘이며
아직도 물관이 숨 쉬는 꽃잎.

소유가 바뀐 치맛자락이여
불면(不眠)의 낯선 허공을 휘감고
어디쯤 표류하는가.

깊은 밤
하늘 가득
남 몰래 한 옴큼 쥐어지는
환상을 읽는다.

정송전

1963년 『시와시론』 등단
시집 『그리움의 무게』 『바람의 침묵』 『꽃과 바람』 등 다수
세계시문학회장 역임
한국자유시인협회 본상, 세계시문학상 수상
시맥회, 이한세상 동인, 한국현대시인협회 중앙위원장

사랑의 집배원

나는
육남매가 까만 오디 열매처럼
억척으로 매달려 욕심차게 빨고 자랐던
지금은 밋밋하게 마른 어머니 그 젖가
슴에는
옛날 그 뜨거웠던 사랑의 샘이
점차 말라가는 것으로 생각하며
무심히 살아왔더이다

그 어머니는
내가 아이들을 둔 어른이 되고 난 지
금에도
가을 된서리 맞아 하얘진 머리에
긴 세월이 그리도 무거워 꼬부라진 작
은 등에
꼬깃꼬깃 숨겨둔 적은 용돈 모아 만든
구수한 햇된장, 고추장, 들깻잎, 호박
꼬지 꾸러미며
이곳저곳에서 흩어져 살아가는 육남
매의
살가운 삶의 애환 소식 뭉치들을 이고
지고
눈비 쏟아지고 찬바람 거세게 몰아쳐도
충청도 경기도 전라도 서울로 곳곳을
누비며
팔순의 머나먼 집배원 길을
마다하지 않더이다

그 어머니는
다른 사람의 희생을 요구하지 아니하며
자신의 목숨까지 내어 준 예수님의 농
축된
그 사랑의 빚진 자 되어
믿지 않는 자손과 이웃들에게 기쁜 소
식(福音)도
힘써 전하더이다
뜨거운 열정과 감사가 넘쳐나는
참으로 행복한 모습으로 말입니다.

정수영

2015년 『상록수문학』 등단
한국문인협회 회원

첫사랑

차라리 저 구름이면
좋겠네.

맑게 씻은 달을
비껴 흘러

갈대밭에
스러지는

저 구름이면
좋겠네.

애틋한 사랑은
옛날에 머물러 꿈쩍도 않는데

그리움만
모닥불처럼 피어올라

한숨 짓노니

아, 차라리 달무리에 붉게 젖은
저 구름이면 좋겠네

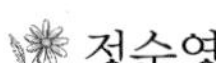 정순영

1974년 『풀과 별』 추천완료
시집 『시는 꽃인가』 『꽃이고 싶은 단장』 『조선 징소리』 외 다수, 동인지 『흙과 바람』 『4인시』
봉생문화상, 부산문학상, 세계금관왕관상, 한국시학상 등 수상
국제펜한국본부 부이사장 역임
『계간시원』 주간, 중앙대학교문인회 부회장

폭설

바시락 바시락 소리 잠이 깨어
창문을 열어보니
함박눈이 쏟아지고 있네
시계는 새벽 3시
올 겨울 이렇게 눈이 쏟아지고
있는 것이 처음이라 신기하네
뜰 잔디밭 상록수 나뭇가지 하얀 눈이
소복소복 쌓이는 모습이 아름다워
사진 한 장 찍어볼까 하는 생각
층층대에도 눈이 계속 쌓이고
세상이 모두 잠들어 있는 사이
아침에 일어나 창밖을 보니
눈은 그치고 환상적인
그림 그려 놓았네
집 앞 골목 눈치우는 소리
외출해야 하는데 골목길
미끄러워 보이네

소연 정순자

2004년 『문예사조』 등단
허난설헌문학상 본상, 불교문학 대상 수상
한국문인협회 회원

그 여름 너머

물안개가 강을 덮쳤다
달콤한 신음을 토해냈다
해당화가 강물에 뿌려졌다
가시에 찔린 손이 울고 있다
그녀는 간음 중이다

 정아지

2003년 『시사문단』 등단
시집 『오래된 그리움을 담다』
공저 시집 『시간의 반란을 꿈꾸며』 외 다수
여성동아문학상
현대시문학 회원

사랑

사랑하다
사랑하다
지쳐도 좋을 사랑
수줍어서
수줍어서
숨겨둘 가슴 사랑

마주 보고
돌아서도 꿈으로
꿈으로 닮은 화폭의
사랑 하나
토닥이며
지쳐도 고운 사랑을

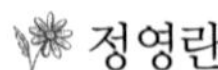 정영란

2009년 『한비문학』 등단
시집 『어머니 용서하세요』
한비문학 작가상
문예춘추(한국현대문학백년기념문학상)
한국문인협회, 한비문학, 영남여성문학회 회원

사랑

* Editor's Award. by The International Library Of Poetry(03)
* 권길상 작곡가에 의하여 가곡으로 작곡됨.

그대는 누구이길래,
고요히 앉아있어도
속마음에 가득 차오르고

문을 닫아걸어도
가슴을 두드리는가.

내가 찾지 못하여
서성이고 있을 때
그대 마음도 그러하려니
차가운 돌이 되어
억년 세월을 버티지 말고
차라리
투명한 시내가 되어
내 앞을
소리쳐 지나가게나,

골목을 지나는 바람처럼
바람에 씻기는 별빛같이

그대는 누구이길래,
이 밤도
텅 비인 나의 마음을
가득 채우는가.

정용진

1973년 「지평선」 등단
시집 「강마을」 「장미 밭에서」 「금강산」 등
미주문학상, 한국크리스천문학상 수상
미국국제시협회 The best Poems&Poets 선정
한국작가회의, 한국문인협회 회원

가을 그리고 그 여자

길고도 긴 날들
멀고도 먼 자리
하늘 높은 소나무 밑에서
미처 영글지 않은 갈잎 속에서
하나의 이불을 만들었습니다

그때 그날
도심 속의 수많은 언어들을 버리고
물 젖은 화선지 위에
아스라이 편지를 썼습니다

정말 달콤한 어둠이 물린 작은 석양에
하늘이 열리고
땅이 치솟고
행복에 젖은 그날이었습니다

아무것도 안 보이고
가랑잎에 덮여진
작은 영혼은 힘찬 연주곡에 취해
세상을 알았습니다

그 여자를 알았습니다.

물레 정인관

1987년 『예술계』 등단
시집 『물레야 물레야』 외 5권
윤동주 문학상 외 3회, 녹조근정훈장 등 수상
한국문인협회 이사, 국제펜한국본부 회원
임실문인협회, 은평문인협회 지부장 역임

한마음

네가 술이라면
나는 잔이 되고
잔은 입술이 되어
너를 찾아갈 텐데

내가 펜이라면
너는 종이가 되고
종이는 생각이 되어
나를 찾아올 텐데

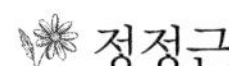

정정근

1999년 『시대문학(현 문학시대)』 등단
시집 『숨은 그림들』
한국문인협회 정책위원 역임
강남문인협회 이사, 강남시문학회 회원

짝사랑

전생에 우린 어떤 사이였기에
서로 웃음 가득한 얼굴로 만났을까
어떤 축복이 이렇게 귀한
첫 걸음을 바라보게 했을까

안 보면 보고 싶고
보아도 더 보고 싶은 너는
어떤 존재이기에
온통 감탄사와 사랑으로 가득 차있는
것이냐

길 가다가도 생각나면 사진을 보며 웃고
알아들을 수 없는 옹알이로도 말이 통
하는
너와 나는 어떤 인연이기에
넘치는 사랑이 아깝지 않은 것이냐
아무리 힘든 일이 생겨도
너만 생각하면 봄눈 녹듯 누그러지고
눈앞에 큰일이 어깨를 짓눌러도
너를 보면 발걸음이 가벼워지는
나를 위해 이 세상에 온 것이라
착각하고 살게 하는 너
그 해맑은 미소에 반하고
한 번의 눈길에 어쩔 줄 몰라 하는
나는 분명 너에게 푹 빠진 거야

눈 마주치면 생각이 통하고
안고 있으면 피가 통하는 우리
세상의 모든 신에게 감사하게 만드는
소중한 기도가 되는 너,
모두의 꿈이 되고
세상에서 가장 따뜻한 존경을 받는 사람
불굴의 기둥이 되고야 말
내 사랑 임재승(林載承)

정정례

2010년 『유심』 등단
대전일보 신춘문예 당선
한국문인협회, 한국시인협회, 국제펜한국본부 회원
시집 『시간이 머무른 곳』 『숲』 『덤불설계도』
천강문학상 우수상, 한올문학상 대상
삼정문학관 관장

그리움 비우기

수양매화 꽃잎 속에 바람

꽃이 진다고 서러워할 일도 아니네
수양매화 꽃잎을 그대 찻잔 속에 떨구니
마음속 못물 찰랑찰랑 물주름이네

겨울 강가에서

꽝꽝 언 겨울 강 같은
그대 마음 풀릴 수만 있다면
내 천 리 길 눈보라 마다하지 않고
그대에게로 달려가겠네

목련꽃 등대

아득한 밤하늘에 하얀 조각배 수백 척을 띄우다니요
그대는 목련꽃 등대 삼아
머~언 미지의 바다
밤새 노 저어 왔다지요

달밤

달이 참 밝지요?
꿈꾸듯, 한밤이면 달님이 강물 위로 내려와 노닐던
강촌에 살자던 백 년 약속 잊진 않으셨는지요?

정종규

1994년 「자유문학」 「문학세계」 등단
한국문인협회, 한국시인연대 회원

사랑이라는 말 그것 참 생각보다 어려워

평생 동안 또는 어느 순간이던 간에
“사랑합니다”라는 누구의 말
여태껏 말하면서 말하기 쉬웠던 말인가요
여태껏 들으면서 듣기 쉬웠던 말인가요

항상 쉽게 말하고 쉽게 듣고 싶었던 것 같은데
다가가면 그만큼 멀어지고, 떨어지면 또 그만큼 다가오고
생각으로는 끊임없이 갈구해도, 마음에는 필요할 때마다
관계와 관계, 가까이 멀리 또는 사방을 맴돌이 하는 것

사랑. 그게 뭔데?
필요한 거야. 꼭 필요한 거야.
그런데 사랑. 그게 정말 뭔데?

정지안

2005년 『문예사조』 등단
시집 『내가 선 자리 또 하늘을 보니』 『한번 세게 분 바람』 『새벽 다섯 시 반』 등 다수
한국문인협회, 국제펜한국본부 회원

여보! 우리 저 꽃을 봐요

가업리 은봉산에 초가집
사랑채 마루에 서서 앙증맞게
꽃 한 송이를 들고 있는 아기가 당신이었습니다

처음 만날 때 우리도 그 꽃을 보았지
꿈속에서 만나면 둘이서 꽃반지를 만들며 끼고 놀던
그 꽃이 바로 당신이었습니다

깐깐하고 고집스런 남편을 만나
어려운 시절에 힘들었던 일도 있었으련만
꾹 참으며 자식 둘을 낳아 교육을 시키고
이 집안의 대를 이어준 당신이 고맙습니다

그런 당신에게 여태껏,
그 흔한 액세서리 하나 선물을 못하고
늘 매련 대며 형편이 나아지면 좋은 걸로 사줄게
수없이 약속하며 사십여 년을
거짓말로 지낸 것이 후회가 되고 미안합니다

당신의 허전한 손가락에 바보 남편이
꽃반지를 끼워주리라

여보! 우리 웃고 있는 저 꽃을 봐요
당신은 어렸을 때 참, 이뻤어

정창희

2006년 『모던포엠』 등단
공저 『님이여 우리들 모두가 하나 되게 하소서』 (대한민국 제15대 대통령 김대중 추모시집)
한국문인협회, 한국산림문학회, 광화문시인들

춤추는 창문

에메랄드 하늘가에
잿빛구름 군무하고

나직이
비에 젖은 나뭇잎이
몸 부비고 있다

피아노 삼중주 하듯
은은히 퍼진 오후

하르르
운율 타는 오선지에 음표들이

시간이 지나면서
길을 내는 무한 분열

춤추는 창문에
출렁출렁! 금빛 물살 세운다

심강 정춘희

2005년 『문학시대』 등단
저서 『들꽃들의 춤사위』 『모르고 산다면』 외
한국문인협회 회원, 광진문협 자문위원

삼덕공원에서

짧은 햇살
흠뻑 받고 누운 자리

부질없는 욕심 내려놓고
천행 길 앞당겨
떠난 흔적 너무 컸다

오랜만에 찾은 바람
그리움의 온기가
뼛속 깊이 파고든다

지상에 두고 간
사랑의 시간들
뒤돌아봄 없이
마지막 꿈이 되었다

모난 상처 헹구어
쓸쓸한 시간의 울타리에 건다

봉분을 싸고도는
이승에서 못다 한
우리 이야기
생의 끝에서
풀어진 매듭과 함께
섬으로 떠있다.

정태순

2011년 『순수문학』 등단
사화집 『꽃에 대한 시선집』
『시마을 사람들』 『행복을 부르는 바람』 등 다수
한국문인협회 회원
순수문학, 계간문학, 둥지문학 동인

오월의 장미

신록의 오월이 오면
붉은 가면으로 찾아와서
마음 설레게 하는
그녀의 계절

여린 장밋빛
붉어지는 연민의 끈으로
낮은 담장을 물들게 하는
열정의 손짓

내 안에 담긴
말 못 할 사연 불태워
붉은 이야기로 꽃피우는
오월의 장미

가슴으로 불태우던
그녀의 계절
추억의 끝자락을 붙잡고
오월을 노래하는
붉은 장미여!

정태조

2005년 『미래문학』 등단
시집 『꽃잎을 깨우는 햇살』
한국문인협회 인권옹호위원
경북문인협회 회원
영덕문인협회 회장 역임

겨울 장미의 꿈

간신히
첫 눈발이 프로포즈로 날리던
지난밤에
시집간다고
다섯 별이나 모자란 신랑 나라로
초대한 잔치
울며 읊는 이별사
어릿광대의 눈빛으로
가슴을 후벼 갔구나
밤새 울다가도
손목 잡고 늘어놓는 변명
사랑하노라
치기는 아니었더라

 정태호

1987년 「시와의식」 등단
시집 「피아노와 꽁보리밥」 「겨울 장미의 꿈」 등 다수
한국문인협회, 한국경기시인협회 회원
국제펜한국본부 이사

가을의 흔적

산새들 조잘대고
다람쥐 촐랑대는
녹음 우거진 산에
불 지른 자 누구

나뭇잎이 불타서
낙엽으로 연 날리는
가을 하늘은
감 따는 간짓대보다 높구나

감이 익으니 홍시 되고
밤송이 익으니 알밤 터지고
정이 익으면 사랑이라니
우리 사랑 익혀주는
가을의 흔적들.

정호영

2004년 「시사문단」 등단
한국문인협회, 서울시인협회 회원

동행(同行)

날마다 그대 품 안에서 눈뜨는 해마루
바알간 햇덩이 이글거리는 눈부신 해
돋이
뜨거운 열병에 까맣게 타들어 가도
함께 맞는 동행 마냥 행복한 것을

봄볕처럼 살가운 그대
철길처럼 마주한 즐거운 동행
두 손 맞잡고 산책하고 대화하며
뛸 듯이 춤추듯이 날아오를 듯이
무시로 새로운 기쁨 만끽하는 것을

늘 곁에 있어도 그리운 동행
언제나 서로 큐피드 불화살 쏘며
경사로 오를수록 밀고 끌고 얼싸안아
한순간도 떠날 수 없는 불치병인 것을

슬픈 곡조로 용틀임하는
가파른 절망의 단애에서도
영혼 맞닿아 기대고 부둥켜안으면
내 안에 그대 있고 그대 안에 내가 있어
얼음장 절로 녹는 동행 절절한 사랑
인 것을

애간장 녹고 뼈와 살이 다 타도
절벽 애무하는 산더미 파도처럼
전신이 다 젖도록 아우르는 동행길
철석같이 믿고 맹세한 가슴이 불길일
지라도

조규화

2001년 『조선문학』 2015년 『열린시학』 등단
시집 『내 시린 샛강에 은하수 흐를까』 『사랑은 승리의 불별이라』 등, 논문 『김현승 시 연구』
율목문학상, 한국크리스찬문학상, 하인리히 하이네 문학상 대상 외
한국문인협회, 국제펜한국본부, 한국현대시인협회 회원
과천문인협회 회장

그대와 걷던 길

그대와 거닐던
숲 우거진 그 길
지금도 누군가 우리처럼
어깨 마주하며 걷고 있을까

그때는 사랑에 가려
오가는 사람도 보이지 않던
나무 향기 그윽했던 길

그때 있던 나무는
몰라보게 컸겠지
죽도록 사랑하자고 하던 곳
그 바위는 변함없이 우리를 지켜보겠지

세월이 흘러간 지금
추억을 더듬으며
그대와 다시 한번
꼭 걸어보고 싶은 그 길.

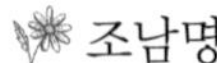 조남명

2009년 「한울문학」 등단
시집 「사랑하며 살기도 짧다」 「그대를 더 사랑하는 것은」 「세월을 다 쓰다가」 등
한울문학상 수상
한국문인협회, 대전문인협회, 충남시인협회 등 회원

외손녀

딸네 집에
사랑꽃 하나 피었다
백일쯤

미소 한 방 날리면
내 마음은 깃털이 되어
청정 하늘을 날고

샘물 같은 미소는
내 안에
먼지들을 씻어 내린다

눈 맞추고 있으면
맑은 기운이
감돈다

조덕순

2011년 『순수문학』 등단
저서 『순수문학 사화집』 동인지 『시마을 사람들』 외
한국문인협회, 순수문학, 한국문학발전포럼 회원

그대가 있어

해그림자 스러지고
아슴아슴 빈곤이
성큼 다다른 길목에서
나는 그대가 있어 꿈을 꿀 수 있어라

훈풍에 붉은 싸리꽃 달고
하늘을 치솟는 까마귀와 까치의 설렘으로
저 별들의 강을 건너
안드로메다은하까진 아니어도
견우와 직녀에 가서 연서를 전하거나
휴대폰을 건네준다든지
노잣돈을 놓고 온다는 꿈만 같은 꿈까지

나는 그대가 있어
바닷물이 춤추도록 동그랗게 웃는,
청보리 빛 초원을 꿈꾸는 꽃구름이어라
그대가 있어서

조덕혜

1996년 『문학공간』 등단(조병화, 최광호 추천)
시집 『비밀한 고독』
문학공간본상, 한국문학비평가협회작가상, 경기도문학상 등 수상
한국문인협회 회원, 국제펜한국본부 이사
한국현대시인협회 이사, 한국문화예술연대 부이사장

사랑

십자가 그늘
그 완성의 손길 아래
사라진 나
가진 것 다 주어도
준 것이 없네
있는 것 다 나누어도
나눈 것이 없네
속살거리는 미풍 속
너그러이 번지는 미소
그 빛.

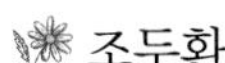 조두환

1975년 시집 「중랑천 근방」으로 문단 활동 시작
시집 「마포일기」 「그리움」 「동그라미」 외
논 · 저술 및 번역서 다수
「문학예술」신인상, 한국문학비평가협회 작가상 수상

사랑이란 이런 거잖아

사랑은
깊이를 잴 수 없는 거지

세상 그 무엇과도
견줄 수 없는 거니까

세상 그 무엇과도
바꿀 수 없어야 되는 거야

사랑은
세상 그 어떤 꽃보다
아름다운 거잖아

세상에서
가장 고귀하니까

세상에서
가장 아름다운 미소를
짓게 하지

사랑은
많이 아프기도 해

세상에
그 어떤 시련이 온다 해도
지켜내야 하니까

그런 사랑을 위해선
자신의 모든 걸
버려야 한다는 것도……

조민희

2015년 『대한문학세계』 등단
시집 『고갯마루 굽은 바람에 기대다』
공저 『햇살 드는 창』 등 다수
한국향토문학상 수상
한국문인협회, 창작문학예술인협의회 회원

사랑

가슴이 설레이는 그 순간을
평생 잊지 못하는 것
인연의 끈을 잡고 있는
생각 속에서
그대와 나는
오늘도
사랑이란 설레임으로 산다
서로를 위로하며
애정의 손을 잡는다

조부선

2013년 『참여문학』 등단
시집 『산을 오르며』
한국문인협회 회원
여주문인협회 이사

孟浪이 첫돌에 부쳐

첫돌 아침에 한 발자국도 못 걷는다고
전혀 서두를 것은 없다
세상을 여유롭게 사는 것을 배워라
일등만이 좋은 것은 아니다

백 원짜리 집어 저금통장 넣고 박수
칠 때
엉덩이가 어디냐고 물으면 두 손이 뒤
로 갈 때
유모차에 앉을 때 외출한다는 것을
감지하고 환히 웃는 표정

집 밖으로 나오면 온 세상이 신기한 눈
으로
두리번두리번 알 수 없는 표현
두 눈만 번득번득 무엇을 알고 있는지

뜨겁다고 울고 빼앗는다고 울고
싫으면 집어 던지고 바로 우는 너
같이 놀아주면 웃고 간질여주면 좋아서

느낀 대로 말없이 표현하는 너
네 검은 눈동자에서 쏟아지는 웃음
그 마음만을 항상 간직해라
얼마나 참된가

툭 열려있는 마음만을 가진
계산이 없는 너
가진 게 없는 너
진정한 사랑의 메시지가 아닌가
맹랑아 사랑한다.

조성순(부산)

2006년 『해동문학』 등단
시집 『금정산 그리고 중앙동』 외 8권
최치원문학상, 문예시대 작가상 등 수상
한국문인협회 해양문학연구위원, 국제펜한국본부 간행위원
부산문인협회, 한국현대시인협회 이사

YOU

아침 차를 마시고
비발디의 사계 중 봄을 듣고
숲이 우거진 산길을 한 30분 정도 산책하고
풀뱀을 보고 – 줄무늬다람쥐를 보고 –
새소리를 듣고 – 돌아와 자리에 눕다
당신이 곁에 있었으면 바람했습니다
당신은 주위에 펼쳐있는 푸른 초원과 더불어 있습니다
당신 뒤에는 사랑을 주는 사람이 있고
당신 발치에는 사랑을 받는 사람이 있습니다
푸르고 오염되지 않은 솔숲이 나뒹굴고
더 이상 흩어지지 못할 하늘의 구름이 당신입니다
더 이상 욕심내지 않겠습니다
당신을 생각하는 것만으로도
행복합니다

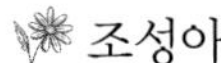

조성아

1994년 『예술세계』 등단
시집 『나만의 시간과 연인이 되어』 『할 말이 없소이다』 『널 생각하면 눈물이 흐름에』
한국문학비평가문학상, 대한문학상 등 수상
한국현대시인협회 부이사장 역임
한국NGO신문 신춘문예 운영위원, 국제펜한국본부 이사, 『계간문단』 편집장

억새꽃 파도

옷깃으로 스며드는 싸늘한 갈바람에
밀물로 밀려 왔다
썰물 되어 쓸려 가는
억새꽃 파도는

속세의 한 묻고 사는
하이얀 고깔의 여인
출렁출렁 너울너울
신음하듯 뿌리고 젖히는
장삼(長衫)의 춤사위런가

별리의 깃발 흔들고 떠난
약속한 사람 그리다 지쳐
흑– 흑– 흑–
흐느끼는 여인의 몸짓이런가

오늘도
어제처럼
하늘공원 억새꽃은
그렇게 그렇게
가을을 신음하고 있었다
옛 사랑을 부르고 있었다.

한뫼 조세용

2005년 『문학예술』 등단
재학시절 『백류』 동인 활동
시집 『봄 그리는 마음』 『내 마음의 봄은』 외 다수, 저서 『중세국어 문법론』 『한자어계 귀화어 연구』
한국문인협회 회원, 한국현대시인협회 중앙위원
한국기독시인협회 자문위원, 한국문학예술가협회 고문

엄마 소리

울음 깨고
태어나 잠들 때
귀로서
결코 들을 수 없었지.

가슴 위에
남긴 엄마의 흔적
도닥도닥
도닥 소리 들린다.

여든 인생
문턱에서 들리는
이 소리
꿈길에서 들었었나.

의식은
멀리 사라지고
그렇지
몸과 맘 어스러져

석양 넘어
어둠이 깃들어 갈 때
비로소
불현듯 들리었네.

날 다시
엄마 품으로 오라는 듯
엄마 소리
도닥도닥 들리었네.

보국 조원기

2006년 『문학예술』 등단
시집 『새로운 몸짓으로 살고 싶다』 『나무는 뿌리가 있다』 『사계와 기의 인간』
문집 『새로운 몸짓으로 살고 있는가』

사랑할 때는

천지엔 꽃밭이었다
온 세상 향기로왔다

공기는 달고 맛있었다
살아있는 것들은 저마다
달콤한 속삭임으로 소근거렸다

나무도 풀도 순결한 향내를 지니고
바람조차 부드러워 유순했다.

그런 때도 있었다

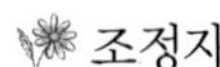

조정자

2015년 『심상』 등단
시집 『그 새떼들 다 어디로 갔을까』 『은여울에 별빛 내리다』
한국문인협회, 국제펜한국본부 회원
고양문인협회, 심상문학회 회원

강

흐르면 됩니다
바라보면 됩니다

오늘은 불현듯
건너가고 싶습니다
저편에 가서
기다려야 할 것 같습니다
건너편 버드나무 밑에서
만나자고 하였습니다
언제 만나자고는 않았으니
무작정 기다려야 합니다

제 마음대로 흐르는 물처럼
내 마음대로 기다리는 것이
옳습니다
흐르는 강가에서
기다리면 됩니다
바라만 보면 됩니다

조종명

1992년 『농민문학』 등단
시집 『소나무는 외롭지 않다』 『긴 길에서 만난다』
산청문인협회, 경남문인협회, 한국문인협회, 국제펜한국본부 회원
남도시단 동인

연서(戀書)

새벽 강 안개는 햇살 가두고
나는 이 어둠에 나를 가두네

나뭇가지에 갇혀
풀어달라고 아우성대는 저 빛결들
그대가 여린 가지 살짝 젖히니
이토록 숨 가쁘게 쏟아져 내게 안겨오네

더 이상 무릎 꿇고 있을 수 없어
걷고 또 달려야만 해
그대가 빛으로 나를 품기 전까지
고되고 힘든 삶이라 체념했던 길

저 강물 위를 휘도는 바람처럼
이제 그대 품 안에 노니는 나
오 사랑인가
정녕 이리도 사랑이 오셨는가

조금 이르게도 말고
너무 늦게도 말고
돌아갈 수 없을 만큼 내게 다가와
영원토록 머물기를 바라노니

내 허한 그늘에도 별이 스미듯
그대 향해 멈추지 않은 이 걸음

안개처럼 방초 틈새로 살짝 다가가
사랑의 축가 풀잎으로 부르리라.

조진우

2014년 『아시아문예』 등단
시집 『연서』
전자책 『신약대간』 『구약대간』 『하나님의 호루라기』 등
한국문인협회, 한국기독시인협회, 순천문인협회 등 회원

그대가 있어

식구들이 둘러앉아서
도란도란 거리면
입가에 미소(微笑)가 피어나고

아이들에게
늘
좋은 생각을 갖도록 해주며

주변에 벌어지는 일
스스로
최선을 다하려고 하는

그 모습 보고 있노라면
살포시
피어나지요
함박웃음꽃

송암 조한석

2007년 『한류문예』 등단
시집 『순간이 행복으로』 『강물에 흐르는 그믐달』
저서 『물이 있어 바람이 일고』 『천부경; 천상의 소리』
한국문인협회 상벌제도위원

풀벌레 소리

밤새도록 쓰고 있네.

아주 가는 촉으로
새벽까지 쓰고 있네.

가만 들어보니,
아아 무서워라
이름 하나만 쓰고 있네.

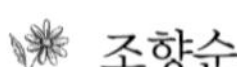

조향순

1977년 영남일보 신춘문예 당선
시집 『꿈은 꿈대로』 『풀리는 강가에서』
산문집 『말 붙잡기』 『빈 자리에 고인 어둠』
한국문인협회 문경지부장

사모곡

스르르 눈이 졸리운 날은
죽어서도 눈을 감지 못하는
사람들을 생각하자

이생에 풀지 못한 숙제가 많아
눈을 뜬 채로
눈을 감았던
젊은 엄마를 생각한다

환갑이 넘은 나의 가을날
이제 세상 눈감고
그리운 엄마 만나러 가고 싶은데

멀리서 멀리서
가을 하늘에서 엄마는 더 멀어지며
오지 말라고 오지 말라고
엄마의 목숨까지 더 살고 오라고

오래오래
엄마의 행복까지 누리다가
천천히 천천히 오라고
그래야 엄마가 편안히 눈을 감는다고

외로운 가을날에 더없이 그립지만
씩씩하게 아름답게
엄마의 목숨 오래오래
다 태우고 눈을 감겠습니다

조형식

2013년 『문학세계』 등단
한국문인협회 회원
광명문인협회, 문학에스프리, 목란문학회 이사

단소를 부는 사나이

달이 뜨는 밤이면 사나이는
언덕에 올라 단소를 불었다.

지상의 어떤 소리보다도
단소의 음률은
아름답고 애절하였다.

달빛 사이를 타고 노는
단소의 가락을 들으며
사나이 곁에 누운 나는
별들이 꼬리를 끌며 떨어지는 것을
구경하였다.

뒷산 마루에 달이 고갯짓 하면
닭은 홰를 치며
새벽을 알리고

교회당 종소리가 은은히 울리면
달빛 속에서 음률과 함께
별을 따던 사나이는

단소 소리를 살짝 접으며
언덕 마루를 내려오곤 하였다.

조홍련

2008년 『문학세계』 등단
한국문학신문 기성문인문학상 대상 수상
한국문인협회 회원

아직도 옛 생각이

목석같은 가슴에도
수선화 같은
매화 같은
앞 · 뒷산 그리움으로 피어나는 진달래꽃 같은

가슴 태웠던 이여
오 년 가고 십 년 가면
세월 속에 녹아버리는가 했지.

까마득한 세월 속을 헤집고
나 아직도 그대를 연모하고 있다면
참으로 딱한 일인지도 모르겠지

부질없는 생각이라고 털어버려도
털리지 않는
가슴 속에 들앉은 이여

그대도
나처럼
지나는 바람결에
아직도 옛 생각이
그리 나는가?

효산 주광현

2006년 『한국시』 등단
시집 『세월이 흐르는 소리』 외 2권
한국시문학상, 전남문학상 수상
한국문인협회 회원, 『한울문학』 편집위원
전남문인협회 이사

그 겨울의 하늘 수박 · 2

그 겨울밤엔 눈 내렸지
밤새 함박눈 내렸지
눈 내려 쌓인 밤길 걸으며
뽀드득뽀드득 발자국 남기며
마을 뒤편 야트막한 언덕 넘어
과수원집 가는 길
그 길은
늙은 굴참나무 늘어선 언덕
늦은 여름이었던가
사슴벌레, 장수풍뎅이 잡고 놀던 곳
밤새 눈길 걸었지
우리는 이방인처럼
눈길 걸으며
앞서간 사람들은
사랑하는 이의 이름을
하얀 눈 위에 써 두었네
오뚝하니 예쁜 얼굴
깊고 까만 눈동자의 그대
그 밤의 눈길은 끝없이 아늑하여
마치 요람처럼
깊고도 포근한 밤이었네

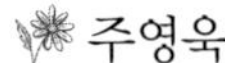

주영욱

1976년 『시문학』 등단
시집 『마른 풀』 『동박새 생각』 『그 겨울의 하늘수박』, 산문집 『그리움 속으로 걸어가다』 시선집 『가끔은』 등
경상북도문학상 수상
한국문인협회 안동지부장 역임
문화사랑방 『안동』 편집위원

사랑 사색(思索)

사랑하는 사람이 있다 하시면
한껏 마음을 열어 비추십시오
세상에서 가장 아름다운 것이
사랑하는 마음입니다

사랑의 볕을 쐬면 쐴수록
빛 고운 사랑 꽃을 피웁니다
사랑하는 사람과
함께 기뻐할수록 함께 아파할수록
사랑은 더욱더 숙성됩니다

사랑하는 사람을 위해
자신을 내어주는 것이 사랑입니다
주어도 주어도 부족한 것
채워도 채워도 양에 차지 않아
애를 끓이는 것이 사랑입니다

사랑하는 사람이 있다 하시면
한껏 마음을 열어 비추십시오
사랑은 축복입니다.

주응규

2012년 『한맥문학』 등단
시집 『人生은 詩가 되어 흐른다』 『삶이 흐르는 여울목』 등
윤봉길문학 대상 수상
한국문인협회 회원, 창작문학예술인협의회 이사
대한문인협회 사무처장

즉흥환상곡

지울 수 없는 사랑
동백은 목을 꺾고
뜨거운 입술 포개어
절정의 피를 토하며
폭설의 키스로 불탄다

포르테의 위험한 빗줄기
몸부림으로 막아서며
팔색조의 날개 달고
세상에는 없는 바다로 날아가는
가슴 찢는 사랑이여!

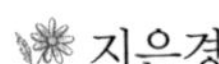 지은경

1995년 『문예사조』 등단
시집 『유츠프라카치아』 등 11권 외, 칼럼집 『알고 계십니까』 『명시선』 등 다수
황진이문학상, 국제펜명인대상 수상
한국문인협회, 국제펜한국본부 이사
현대시인협회 부이사장, 세종시예총 자문위원, 월간 『신문예』 발행인

pm 2시 · 2

불덩이처럼 달구어진 대지
빨갛게 농익은 앵두
기다림도 이쯤 되면 발이 저려온다

옆으로 누워서 흐르는 시간
오늘 하루를 반으로 툭 배를 갈라
그 속살 만져볼 수 있을까

반을 훌쩍 지나버린 이 해
반을 훨씬 지나버린
내 피부에 붙었다 떨어져 나간 비늘들

그리운 마음이야 나팔꽃처럼 피어나도
난 차마 못 하리
가로수를 타고 오르는
저 힘찬 용기 나에게는 없으니

진경자

2000년 『문예사조』 등단
한국문인협회 회원
영주문인협회, 흰뫼문학 회원

구시포 명사십리

바다는 깊은 속에 모래성을 품고
낮은음 높은음 모래알들을 다듬은
구시포 명사십리 밤마다 미리내는
그대 함께하지 못한 아쉬움
발자국 발자국마다 새기었네
모시조개, 구시포 노랑모시조개들
속삭임이었네, 모래성 사랑이었네

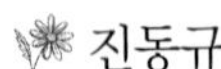 진동규

1978년『시와의식』등단
전주예술총연합 회장
전국체전 개폐막식 시나리오 및 예술감독
한국문인협회 부이사장

사랑

당신의
작은 가슴에
내 마음 실으면
당신은
비둘기 되어
하늘을 날으고
커다란
내 가슴에
당신 마음 실으면
내 영혼은
작은 가슴 위해
푸른 창공 펼쳐드리리

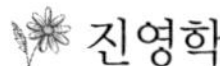

진영학

1995년 『문학세계』 등단
시집 『온누리 향한 땅울림』 『논두렁 밭두렁 거닐며』 등
경기문학인 대상 수상
한국문인협회, 한국공무원문학협회, 경기문학인협회 회원

가을 숲을 사랑하는 까닭은

그 여자를 만날 때는 다 보이니까!
우아한 그녀를 만나야 하네. 더 그리워지면
옷 벗는 시간까지 기다려야 하네. 기다리면
나신으로 걸어오는 날씬한 모습 달려가서도
보듬어줄 수는 없었네. 바로 앞에서 보면 볼수록
눈 시리고 우아해서 어리둥절하기 때문이네.

화장지우고 옷 벗는 그 속살 그 살냄새
눈 감으라고 해서 눈 감을수록 다 보이네. 연방
훌훌 옷 벗는 당신의 알몸 보시 않노록 더
꼭꼭 눈 감으라고 윙크해서 꼭꼭 눈 감고 서서
기다리면 바스락 숨결까지 훤히 웃는 당신

그중에서도 애지중지 아끼던 색동옷 벗는 때깔
더군다나 목욕탕에서 막 나올 때 물안개 면사포에
볼그레한 낯빛 잘 익은 산수유 입술 보고 깜짝
놀란 고라니는 쿵덕쿵덕 뛰는 걸 보았네.
눈 떠보니 후드득 꽃비가 쏟아지고 있네.

마지막 부끄러움 한 잎마저 떨어뜨리지 않으려고
달라붙다 거미줄에 걸려 나비로 떨고 있네.
차마 눈 감아주려해도 감출 수 없는 낙하
서녘 바다도 '마르살라 와인'에 취해있었네.

차영한

1979년 『시문학』 등단
시집 『시골햇살』 『섬』 『살 속에 박힌 가시들』 『캐주얼빗방울』 외 다수
평론집 『초현실주의시와 시론』 『니힐리즘 너머 생명시의 미학』 등
청마문학상 본상 수상 외

사랑

물을 물이게 하세요
돌을 돌이게 하세요

날개를 잡지 말아요
떠나게 하세요
헤어짐도 떠남도
먼 만남이지요
바람을 만나며 떠나보내며
홀로 꽃을 피우는
풀이 되세요

물을 물이게 하세요
돌을 돌이게 하세요

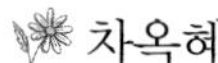

차옥혜

1984년 『한국문학』 등단
시집 『깊고 먼 그 이름』 『바람 바람꽃』 『아름다운 독』 외 6권
시집 『숲 거울』 2016년 세종도서문학나눔 선정
경희문학상, 경기펜문학대상, 황금찬시문학상 수상

가슴에 피는 꽃

꽃밭에 피는
꽃은 香氣로 피더니만

가슴에 피는 꽃은
사랑으로 피더이다

채바다

시집 『파도가 바람인들 어쩌겠느냐』 『일본은 우리다』 『아무도 부르지 않는 노래』
『고대 한일 문화이동 뱃길 찾아』 『통나무 떼배 타고 일본 3차례』
1996년 제주, 영암에서 나가사키, 사가현 가라스(唐津)

사랑을 부르면

사랑을 부르면 사랑은
저만큼에서 서성이네
다가가면 한 걸음 다시
저만큼에서 웃음 띤
노래는 가슴으로 오고
물소리 깊어지는 마음에
출렁이는 파도는 기어
깊이에서 나올 줄 모르는
뒷자락 사라지는 포말
그리움은 그렇게 종점
거기서 기다리겠다는
표정이 여전히
망연(茫然)으로 서있네

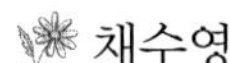

채수영

1978「월간문학」 등단
시집「광인의 콘서트」 외 32권, 비평집「상상론의 각서」 외 24권
수필집「정서학사전」 외 6권, 채수영전집 20권
한국문학비평가협회장, 고문

가을날

가을날
과원(果園)에서 성숙되는 보람이듯이
당신의 기대는
어느덧 익고 있었다

내 사유(思惟)의 울타리 안에서
언제나 흔들리고 있던
당신의
눈부신 풍요

물빛으로
잔잔히 흔들리며
철이 바뀌는 소리
들려올 때

당신은
한 알 과일로 영글어
내 기대의 그릇 속에
떨어져 담긴다.

최광호

1961년 시집 『분노의 영토』와 서울신문, 한국일보, 경남일보로 작품 활동
시집 『기상통보』 『꽃으로 피다』 외 다수, 칼럼집 『희망의 실마리』
『문학공간』 창간인 및 주간
한국문화예술연대 이사장
한국문인협회 부이사장 역임, 한국시인연대 회원

눈 오는 일기

그해 말고는 눈이 오다 말다 했다
눈을 쓸 때마다 생각난다
열일곱 눈 오는 겨울밤, 한 남학생이 나를 불러냈다
모자에 눈을 하얗게 뒤집어쓰고
일기 공책을 세 권씩이나 건네주고 가버렸다

지난 오십 년은 맹지(盲地)
맹지에도 눈이 내릴까
지금은 말해도 되는 것

그때 눈을 털어낸 자리가
오후 속에서 덧난다
자라지 않는 것들은 거기 있을까

속눈썹처럼 자라지 않는다
숱이 적어졌을지 몰라

최금녀

1999년 『문예운동』 등단
시집 『바람에게 밥 사주고 싶다』 외 6권
국제펜문학상, 현대시인상, 미네르바작품상, 바움문학상 등 수상
세종우수도서, 한국여성문학인회 고문

당신이 있어 너무 행복합니다

아름다운 눈동자 속에
촉촉이 맺힌
이슬방울이
난 당신의
품속을 헤어날 수가 없어요.

그 매혹적인 모습에
잠도 못 이루고
내 일생에 있어
난 당신이
내 곁에 있어 매우 행복하거든요.

그 고귀한 마음과
자상한 마음이
고마울 뿐이고
난 당신과
영원히 함께 갈 작정이예요.

당신은
내 가슴속에 한가운데
자리 잡아
난 이대로
당신을 위해 늘 아끼고 사랑할래요.

德明 최대락

2011년 『한비문학』 등단
한비신인대상 수상, 한비문학상 수상
한국비평가협회 좋은 시 명시인 선정
한국문인협회, 동작문인협회, 한비문학협회, 작가협회 회원

사랑 이자

자아를 찾는 꿈틀임이라고
생각했습니다

그래요, 나 아닌 또 한 사람
당연한 줄 알았는데 당연한 것은 아니었습니다
행복은 멀리 있는 것이 아니란 것을 압니다

하나도 저축해 놓은 게 없는 줄 알았지만
당신의 미소만큼
사랑도 행복도 묻어 있었습니다

밤이 얼마나 깊었는지 내버려둡니다
오토바이 굉음에 퍼뜩 시계를 봅니다
새벽 두 시가 넘어버린 시간
불현듯 허기가 듭니다
당신의 복스러운 미소가 그리워집니다

사랑도 때가 있다는 것을 이제는 알겠습니다
밤이 깊을수록 모여오는 뜨거움을 압니다
그래요, 사랑 이자
듬뿍듬뿍 셈해 놓으렵니다

최대승

2013년 「문예사조」 등단
공저 「시간이 가는 길」 「사랑할 수 있을 때」 외 다수
문예사조문학상 최우수상, 본상 수상
문예사조문인협회 부회장 역임
문예사조문인협회 감사, 한국문인협회 인성교육개발위원

로렐라이 언덕

깊은 골 높은 절벽 아래
푸르른 강물 내려 흐르고
로렐라이 언덕 둔턱에
아리따운 아가씨 춤추듯 손짓하네

목마른 정 젊은 사공들의
사랑 노래 들리는 듯한데
너울져 흐르는 거친 물살은
젊은 그들을 순간 삼켜버렸네

아…, 물결에 떠내려간 애달픈 청춘
오늘도 끝나지 않은 서글픈 사랑 이야기
그리워라 로렐라이 언덕에
풀 한 포기 아쉬운 사랑의 노래여……

湖濟 최동화

2015년 『한국문인』 등단
시집 『여로』 『여의도 축제』 『송학의 벗』
한국문인협회 회원

하늘 쟁기

샐녘 새빛 어둠을 가로지른다
소리 없는 하늘쟁기 몰고 동쪽 먼 곳 땅
별밭을 향한다
어둠안개 오르내리락
밭이랑 가시덩굴 들풀들 뒤엉켜있다

천년 기다린 연결고리
끊어진 듯 멈춘 듯
가늘고 짧은 곳에서 숨소리 들린다
발목 묶인 사슬
새빛 쟁기 지나간다
골고루 웃음 씨앗 이랑마다 뿌려진다
하늘비 내린다
싹눈 돋고 잎이 나온다
각종 별꽃피고 웃음과일 열린다

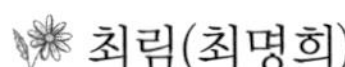

최림(최명희)

2013년 『자유문학』 추천
한국문인협회, 한국자유문인협회 회원
서대문문인협회 재무차장

바람의 말

날아오르세요
망설임 없이
앞으로 나아가세요
그대를 밀어주고
띄워줄게요
짐이 늘어나면
날기 어렵다는 걸
가라앉기 십상이라는 걸
산에서도
물에서도
눈물로 배운 그대여
마음의 끈을 조이고
삶의 줄을 단단히 잡으세요
그대가 먼 세상까지 바라볼 수 있도록
산도 물도 아름답다는 것을 느낄 수 있도록
그대를 띄워줄게요
받쳐줄게요
사랑하는 그대여
그대의 짐을 기꺼이 지고
두려움 없이
앞으로 나아가세요
높이 날아오르세요

최명숙

1990년 『동양문학』 등단
시집 『내가 그에게 다가갔을 때』 『천국보다 낯선』
한국문인협회 회원

어머니 등에서 울고 싶다

나는 지금 어머니 등에 있습니다

그 옛적에 있습니다

어머니

네다섯 살 적이었나 봐요
둘째아들이 근무한 면소재지 위생소
오는 길이였지요
행룡재* 넘어 십 리 길 울음 그치지
않았다지요
고렇듯 고집보 아이였어요
무에 그리 억울했을까요
형한테 빰따구 맞았다지요
몹시 발발대고 번잡했겠지요

이제는 압니다
어머니

봄날 고갯길은 얼마나 더디셨습니까
어머니

악쓰고 울고 싶습니다
더 미워지고 싶습니다
더 죄송해지고 싶습니다

어머니
어머니

* 행룡재: 고향 산 언덕길 이름.

최모경

(본명 최기섭)
2000년 『토란잎에 영근 이슬』로 작품 활동 시작
2004년 『현대시문학』 등단
시집 『푸른 것은 그냥 푸르지 않는다』 『보푸라기』
한국문인협회 회원
세계한인문학가협회 한국인문학 이사

어느 멋진 가을날

말보다는
가슴으로 느끼는 따뜻한 사랑

기분 좋은 날

온통 세상이
가을 색으로 물들었을 때
창밖은 바람 불고

낙엽 흩날리던 날

맑고 끝없이 높은
파란 하늘이
더욱 아름답던 그날

당신을 만나
하늘 가득
가슴 먹먹한 그 기쁨

가을 꽃 향기여
오색 물든 단풍이여

오늘 우리의 만남은
영혼의 축복이었다

꿈꾸어라
그리고 영원하리라

가을이 붉게 타는 이 밤
술 익는 향기

달 뜨고 진
삼십육 년의 성상
이 어찌
멋진 날이 아니었던가

어슴푸레
그때가
그립고 보고 싶어지니
이 마음 어찌하리!

최상화

2012년 『아람문학』 등단
시집 『그대 머문 자리』
청향문학상 수상
아람문학문인협회 회원
한국전쟁문학회 이사
청운문학 대구시포럼 회장

세기의 동행 · 2

미워하지 마라
누군들, 매사 가슴 닳지도 마라
물살처럼 부대끼며 여울지며 가는 길
흐르는 세월과 함께 바람과 함께
더러는 슬픔과 함께
외딴 나룻길 들풀과도 함께
한세상 지고한 인연 있음이다
기도하고, 묵묵히 기도하라
사람이나 미물이나 고삐 매인 짐승이나
어린 동물 같은.
저마다의 가엾은 숙명을 살아가지만
영혼의 붉은 가슴 쓸쓸히 뒤적이는 사람이기에
사람이기에 숱한 심연의 아픔을 견디며
헝-헝 굽이치는 외로움을 버티며
머리 위에는
금세기의 저녁별이 뜬다
누군들, 미워하지도 가슴 닳지도 마라
물살처럼
흐르고 물 흐르며 격정 많은 세기의
풀꽃 같은 아린 눈물 같은 동행
그로 하여
이 땅에서 生이 외롭지 않음이다

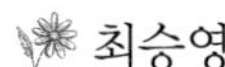

최승영

(본명 최장규)
2003년 『문예사조』 등단
시집 『외로우면 길을 걸어라』
타고르 기념 문학상 수상
한국문인협회, 광주문인협회 회원

대나무

나이테 하나 챙기지 못하고
일생에 단 한 번
다 같이 꽃을 피운 후
빈 가슴을 안고
사라지는 대나무처럼
우리네 인생도
그랬으면 좋겠네

풀인지 나무인지
그저 바람이 이는 대로 흔들리며
마디마디에 삶의 흔적만을 남긴 채
열매 없는 꽃을 단 한 번 피우고
죽어가는 대나무처럼
우리네 사랑도
그랬으면 좋겠네.

최승옥

2009년 시집 『씨 없는 언어들』로 등단
시집 『박제된 언어들』
한국문인협회 회원

손금

세월은 제일 먼저
여자 손에 내려앉는다며
누군가 소곤거렸는데
앳된 신바람 잦아든 뒤
푸르던 머리 희어지고
나이테처럼 잔주름 쌓였네.

이날까지
내 옆 지키며
푸른 핏줄 뜨겁던 섬섬옥수
그대여!
구구절절 손금에 새겨진 사연
쓰다듬기만 해도 살아나 웃네

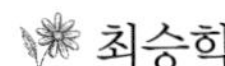

최승학

1977년 『한맥문학』 등단
시집 『아그배나무 붉은 열매』 『항아리 속 하늘』 『휘파람새와 황금빛 숲』 등
백교문학상 한맥문학상 청계문학상 수상
한국문인협회 회원
『사친문학』 편집위원장

몽돌의 외출

파도가 토해낸 검은 달
짠맛 휘감고 반추에서 벗어나
처음 본 태양이 눈부시다
화염으로 녹아내려
지각의 골짜기를 빠져나와
부딪치는 선율
합주곡마을에서 살고 있다
지느러미 그리워하다
채찍에 맞아
가진 모서리 다 버리고
온몸으로 울부짖는 탁마
이제는 물결 타고 도는
황홀한 속삭임이 되었다
적신에 새겨진 한 폭 그림
하얀 포말로 빚은 치자꽃 피고
삼베에 물들이는
할머니가 아슴아슴하다
코스모스 스친 바람이 지나가고
멀리 파도소리 들려온다

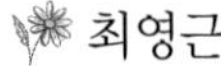

최영근

2000년 『문학전남』 등단
『광주 · 전남문학 대표작 선집』(시편), 『한국향토시선』(시편) 외 3편
한국문인협회 회원

그리운 그 소리

영혼을 흔드는 것은
햇빛이나 소리 속에 담긴
맑은 바람의 흔적 때문
이제는 들을 수 없는
지상에서 밀려난
당신의 숨소리

먼 산정에서 귀와 가슴에
고여 있는 자고도 파도소리
별자리 듯 점점이 솟은
작은 섬들 사이로
숨 가삐 따라가는
당신의 말씀

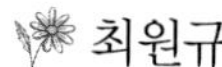

최원규

1962년 『자유문학』 등단
시집 『겨울가곡』 『바다와 새』 『비 속에서』 외 17권
충청남도문화상, 현대문학상, 국제펜문학상, 현대시인상, 훈문학상 등 수상

불나비

당신으로 한 구심력은
온갖 의식마저 아슬하기만 하고
활활거리는 불꽃 소용돌이 속으로, 응당
스스로를 저버리는 목숨의
희열입니다.

한빛살, 빛보라를
마냥이사 맴돌다가
지워진 나래 무늬
시방은, 온갖 혈흔마저 다 하느라
허허롭기만 한 시공에서

지극한 명암으로 머얼고도 가차이
어쩔 수 없는 연기로
아로새긴 내력의 이름

당신과 나로 한
불과 나비는
해바라기 꽃씨알에 번져들고
향기로 가다듬어
하늘과 땅을 채우는
이야기의 처음이요
원광 속 사랑의
끝까지 –

최은하

1959년 「자유문학」 등단
시집 「비추사이다, 비추사이다」 「마침내 아득하리라」 등 20권
경희문학상, 한국현대시인상, 한국문학상 등 다수 수상
한국현대시인협회 회장, 한국기독교문인협회 회장 역임
한국문인협회, 한국현대시인협회 국제펜한국본부
한국기독교문인협회 등 고문(평의원), 계간 「믿음의
문학」 발행인

갈증을 풀어주는

요즘 자주 입이 마른다
자리끼 한 대접이 그리운 시기

수안보 하늘재를 내려와
목욕탕에서 물 뒤집어썼는데
입이 마른다
목이 타는 출구에서
동행에게 물병을 나누고 있는 여인
잠기면 더 갈증이 인다는 걸
알기라도 하는 듯

성찬이 침을 말리는 저녁
마주 앉은 상머리에서
슬며시 남편 앞에 흘리는 그 여인의 젖은 음성
"식단이 이 정도 되었으면
구내식당 밥값 예산 좀 올려주세요"

식판으로 북적이는 줄에 서서
목 타게 바라는 회사 모습

넘치도록 잠긴 여울목에서

갈증 일 때는
자리끼 한 대접처럼 목 축여주는
그 한마디 자꾸만 떠오른다

최인석

2011년 『시선』 등단
시집 『소리의 파장』

담장 너머 당신께

당신을 그리워하는 높이만큼 당신의 그리움이 자라지 않았을 때, 당신을 생각하는 넓이만큼 당신의 생각이 넓어지지 않았을 때, 아픔 같은 돌로 쌓은 토담 하나 우리 사이 가로막고 있었지요? 그리고 서운함 돌담 담쟁이처럼 자랐습니다. 왠지 빈집 지붕 같은 당신을 보며 마루에는 무엇이 놓여있는지, 마당귀엔 무엇이 자라는지, 처마 밑엔 무얼 걸어놨는지 설레게 궁금했습니다. 혹 내 기억 어느 곳에 돌돌 말아두었다 한 번쯤 꺼내 햇빛에 펼쳐 보지 않을까 하는 바람 때문에.

담장 너머 당신의 집에도 나뭇잎 떨어져 내리며 가을 이미 깊었겠지요? 온몸이 아픔인 당신께 푸근하게 잎으로 떨어지겠습니다. 온몸이 상처인 당신을 덮고 또 덮겠습니다.

담장 너머 당신께.

 최재선

2014년 『한비문학』 등단
시집 『잠의 뿌리』 『마른 풀잎』
한국문인협회 회원

그대 향한 내 마음

내심에 바라던 기다림
하루 속히 만나
가슴속 시름을 들어주고
오래된 앙금도 말끔히 지우고 싶다.

조심스레
잃어버린 사랑도 곱게 심고
못 잊을 안타까움
온몸으로 다독이며
열정의 물을 듬뿍 주고 싶다.

믿음이 오롯이 담긴
아름다운 감정 나누면서
입맞춤 하나 되는 기적을 이루면
가장 큰 행복, 우리 앞에 올 것만 같다

최정수

2006년 『문예한국』 등단
시집 『차 한잔』 과 다서 『茶訓集』
한국문인협회 회원
대구중등교원문예연구회 회장 역임

꿈길

가만가만히
사뿐사뿐히
딛고 가는 길
여릿한 하얀 속살 감추인
치맛자락 스치어
달빛은
나뭇가지에 서럽게 걸리고
이 마음도
함께 걸어둡니다

어느 때
뒤돌아가는 임 그림자
혹여 볼 수 있다면
가는 걸음 가벼울 것을
고요한 몸짓으로
불러보건만
소리는 노래가 되지 못하여
미소만 웃는 꿈길에

임이여
가만히
사뿐히
오소서

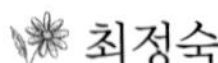 최정숙

2012년 『한국문학정신』 등단
시집 『영혼, 그 아름다운 사랑』 외
한국문인협회, 현대시문학작가회, 서울시인협회, 짚신문학회 회원

사랑 유전

자식 사랑에 모든 것 내어주고
먼지처럼 바스러져간 우리 어머이
내 등골 빼먹어라
내 등골 빼 사이좋게 나눠먹어라

어머이가 아파한 건 당신의 황폐가
아니라
자식들의 우애였다
그가 떠난 세상에서 다만 자식들이
오순도순 살아가기만을 바랬다

쇠약해진 제 어미의 육신을 파먹고
크는
새끼 거미처럼 우리는 기실 아무렇지
도 않게
어머이의 등골을 빼먹으며 자랐다
가없는 모성의 자양분을 먹으며 일
어섰다

내 어미가 나를 위해 헌신으로 치성
했듯
이제와 새끼들을 위해 내 등골 빼어
준들
무에 대수던가

자식 사랑은 끝없는 윤회
한 세대가 가면 또 한 세대가 오는 것
유전처럼 전해지는 부모의 희생
나도 내 등골쯤은 기꺼이 빼어주리
우리 어머이가 그랬듯이
내 불효의 면죄부가 되어도 좋고
내 새끼 사랑의 증표가 되어도 좋으니

최종한

2002년 「순수문학」 등단
2008년 「창작21」
양양군민문화예술상, 강원도문화상 수상
한국문인협회 회원

꿈

시간의 천 가지 얼굴들이
만든 초배지
행여 찢어질까 숨도 못 쉬고

비 그치지 않는 하늘 아래
서성이는 밤

사라지지 않는
날 것의 비린내가 새어 나올까 봐
풀칠하는 손끝에 울음이 묻어나는데

당신은 이미 알고 있었나요
이렇게 오래도록 깨어나지 못할 것을

수만 겹 종이는 녹아서
내 살이 됩니다
당신이 허락하신 마지막 잠 속에서

최진화

2005년 『문학나무』 등단
시집 『푸른 사과의 시절』
계간 『미네르바』 편집부장 역임
현재 『월간문학』 기획 편집위원

오 지칠 줄 모르는 나의 활화산이여

오 그대는 나의 활화산
케냐의 파라다이스
뭇 사내의 시샘 속에 심연으로 침잠
반세기 은인자중 만년설을 머리에 이고
응축되어온 코스타리카의 리콘드리아여

황소의 깊고 멍한 동공 속에
억눌러 온 그 냉랭함으로도 그대 향한
그 열기 식혀내지 못하네

갑오, 을미, 병신년의 격랑 속에서
밝은 봉우리 불타올라라
벌어진 가을밤이여 늘어진 계변 양류여

마음으로, 가슴으로, 위로, 아래로
입으로, 몸으로 한 구멍 두 구멍
콩고의 화산이 되어 터져 오른 그 열기여

언어의 유희, 인식의 굴레, 세속의 인습
모두 불사른 시실리의 에토나여
내 정염의 불기둥 너만의 핵연료 봉이로다

천만 년 응축을 뚫고
원효의 염불 人百 己 千 고운의 격문으로도
못 당할 너의 그 뜨거운 활화산이여
육봉을 녹여 낸 억겁 윤회의 굴레 되어
용문으로 용문으로 녹여 내리고저

최해필

2009년 『문학세계』 등단
시집 『귀둔』 외
저서 『장군이 되기까지』 『귀원』 『수시치인』 등
설봉신문 칼럼위원
세종집현전 회장

배낭

1
구겨진 바지처럼
나를 넣고
떠나고 싶다.

2
거기 있지만
멀리 떠난 것

떠났지만
그 자리에 있는 것

사랑도.

최현순

2002년 『창조문학』 등단
시집 『두미리 가는 길』 『아버지의 만보기』
한국문인협회, 강원문인협회, 현대불교문인협회, 삼악시 동인 회원
풀무문학회 회장

수채화

클로버 꽃반지 나누어 끼고
손잡고 거닐었던 오솔길
실개천 돌다리 폴짝폴짝 뛰어 건너가고

파란 하늘 솜털 구름 두둥실 떠다니고
검정 주름치마 세라복 차림으로 팔짱 끼고
운동장 고목 아래 두 다리 뻗고 앉아

밀렸던 이야기꽃 피우며 울다 웃다 하는 사이
어느새 해 저물어 아쉬움 달래면서 헤어지고
먼 옛날 되어버린 지금쯤 그 친구는

어디서 무얼 하고 있을까?
혹시라도 저세상에서 나를 지켜보고 있을까?
수채화 같은 그리운 나의 옛 추억

수현 최현희

2007년 『문예춘추』 등단
시집 『아름다운 말에는 향기가 있다』 『황혼의 코스모스』
허난설헌 문학상, 한국창작문학대상 외 다수 수상
계간문예작가회 이사, 문학의 집 정회원
한국창작문학 자문위원, 시인의 마을 회원

그대

삼월 그 하루 만월이
이른 새벽 아쉬운 작별인가
서녘 하늘 붉은 해 내려앉던
그 나무에서
지고 있다

무안해서 무참해서
달 속에 이지러진 얼굴들이
왔다가는 사라지고,
오란 소리도 않았는데
봄꽃처럼 화사한 옷을 입고
그대 피었다가는
달 얼굴에 겹쳐진다

잠 안 드는 이 새벽
관과 현이 어울려
여리고 느리게
때로는 힘차고 빠르게
먹구름 사이로 춤사위처럼
거닐다가 노닐다가
내 가슴
살며시 적시는데

달이 진다
나뭇가지에
그대 얼굴 사라진다
내 마음이 무너진다

최홍준

(본명 최홍목)
2009년 『한국현대시문학』 등단
대한뉴스 25년간 집필, K-TV 전문위원
한국천주교 평신도사도직단체협의회 회장 역임
경북동부신문 서오칼럼 연재

노래

1
대학병원의 돌담을 끼고 걸으면
기침이 난다.

추운 연인들끼리
소중한 작별.

어깨너머 흐느끼는
긴 머리칼.

2
안타까이도 이젠
너의 눈매조차
거의 기억되지 않는다.

그러나 오후의 거리에 나서면
마주쳐 오는 여인들
모두의 눈빛에서,

혹은 교차로에서
신호를 기다리는 동안,
네 곁에 너의 어깨를
느끼게 된다.

최휘림

1961년 한국일보 신춘문예로 등단
의사신문 편집국장 대리
의협신문 편집국장, 주필
한국문인협회 회원

인연의 고리

금빛 쌍가락지가 순환한다.
햇빛이 노을로 기운을 다하면
달빛이 어둠을 밝혀 자전하고
달무리가 스스로 제 빛을 거둘 때
햇무리가 밝음으로 궤도를 여는
인연의 고리

인연을 바꾸어 읽으면 연인이 되어
한평생 사랑하며 살아온
우리 부부가 아닌가
비구름이 해와 달을 가리고
일식과 월식으로 그림자를 드리운다
해도
본심과 진심은 변함없이
영혼을 빛내고 있지 않았는가

순아,
지구에서 마지막 생명을 붙잡고 있어도
내가 밤길을 다닐 때
온몸의 기력으로 달빛을 비추어
외따로 가는 길이 외롭지 않구나

순아.
야윈 몸으로 점점 사위어가는 달빛에
해의 심장에서 붉은 동맥을 흘려보내
오늘도 아름다운 이목구비를 밝히는
이별 없는 사랑이기를……
고해하듯 간곡히 올리는 기원에
날마다 우리 부부 첫사랑 같지 않은가

태동철

2003년 『문예사조』 등단
시집 『내 사랑 영흥도』
한국해양문학상 수상, 제6회 대한민국 독도문화대전 입선
한국문인협회 회원, 한국문인협회 인천지회 이사

꽃지 노을

꿈꾸는 푸른 바다 달빛을 싣고
밀려드는 파도 호사에 겹고
손끝에 뚝뚝 떨어지는 안면(安眠) 낙조
머리 붉은 학 신열로 토해낸 울음이
수평선의 경계에 걸리면
해당화 피울음 토하는 안면도
붉은 그리움이 하늘을 태운다.

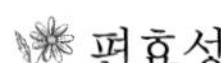

편효성

2008년 『모던포엠』 등단
불교문학상, 모던포엠 문학상, 다산목민문학 대상 등 수상
『불교문학』 편집주간 역임
한국문인협회 회원

순백 편지

1
하늘과 땅이 입맞춤을 합니다
첫눈이야! 이 말 스무 번쯤
그 갑절은 하고 싶었지만

무슨 말인가 더 생각해야 하는데
그냥 뜨거운 손 꼭 붙들어 매고
광화문에서 수유리고개 넘어 걸어갑니다

함박눈꽃 같은 그대와
이 찬란한 세상 몇 날은
그냥 살아도 좋겠습니다

2
그런데 이제 어쩌지요
옆에 누워 있는 당신을
깜빡 잊은 날이 많습니다

그러면 정말 안 됨에도
겁나게 죄송합니다

하순명

1998년 『문예사조』 등단
시집 『밤새도록 아침이 와도』 『나무가 되다』 『산도産道』 등
허난설헌문학상, 세계문학상, 공무원문학상 외 다수 수상
한국공무원문인협회 회장, 한국문인협회 문인유족회 설립위원
국제펜한국본부, 한국시인협회 회원
『글의세계』 편집주간

사랑

당신 생각에 실성한 듯
알 수 없는 웃음만 나옵니다

세상이 온통 행복으로
환해지며 밝기 시작합니다

무슨 말을 하고 들어도
그냥 기뻐서 둥실 떠있습니다

당신 생각만 하면
괜히 히죽이는 중증 환자랍니다

글랑 한경희

2011년 『한내문학』 등단
한내문학상 수상

아내의 기도

아내의 뜨거운 눈물이 내 정수리에 떨어집니다
나의 머리에 얹은 아내의 손은 이미 떨리기 시작했고
체읍(涕泣)은 어느덧 활화산으로 변했습니다

주여

사랑하는 이 사람
고통에서 벗어나게 해주소서
당신의 품에 사랑으로 감싸 안아주소서
생과 사의 갈림길에 엇박자가 뒤범벅된 채
호흡이라도 자유로울 수 있다면–

질곡(桎梏) 속에서 힘든 나를 위해
간절히 기도하는 아내는
하염없이 눈물만 흘립니다

한평생 동행하는 아내의 기도엔
예수님의 사랑이 있고
부처님의 자비가 있고
조상님의 돌아보심이 있습니다
그러기에 가족의 사랑은 위대한 힘이 있습니다

아내의 기도 앞에서
세포가 춤추고 은혜로 건강을 회복하니
은총 속에 나는 한없이 평안합니다

그 어떤 의술보다도 위대한 힘은
주님의 사랑, 아내의 기도입니다

한성국

2012년 『한울문학』 등단
시집 『아내의 기도』
한국문인협회, 제주문인협회 회원

돈할아버지

모처럼 가족나들이
남한강가의 탁 트인 공간
강가에서 예쁜 돌 주워
마음껏 멀리 던지다가
여주 영릉(英陵) 들어서니
측우기 해시계 물시계
세종대왕의 업적을 소개한 작품들
"야, 돈할아버지다"
느닷없는 아이의 규성(叫聲)
걸려 있는 세종대왕 초상화
아이는 가끔 보던 만원 지폐의 얼굴이
이곳에 걸려 있어 신기한 듯
감동의 소릴 지른다
그래 돈할아버지야,
내가 생각하는 훌륭한 세종대왕
할아버지 할머니가 가끔 주는 돈
그 돈은 아버지 어머니도 여러 장 가지고 다니며
필요한 물건을 살 수 있는 것
다섯 살 어린이에게 기쁨 주는 그 돈할아버지
많은 사람에게 더 많은 기쁨을 줄
그 할아버지가 반갑고 신기하여 모두 웃음꽃 피웠다

한수종

2002년 『문학과문화』 등단
시집 『꽃범의 꼬리』 『갈대, 푸른 하늘을 날다』 등

도라지 佛

그리움을 심었더니 피어난 도라지꽃
보라색 흰색의 빛깔들
우렛소리 몇 건너와 삼킨 울음, 속 끓였던
곡진한 슬픔이 맑게 피어났다
북한강 자투리 밭의 풍경이 된 그는
향기를 뿌리지 않는다
작은 소리도 내지 않는다
서너 됫박의 비련을 안으로 감추고
바닥에 내려놓을 줄도 안다
기다림을 심었더니 몰래 피어난 도라지꽃
먼 데 풍경 소리에 실려 오는 원각경 독경
들으며 실눈을 뜨고, 강물에
뒤척이는 적막소리 엿듣는다

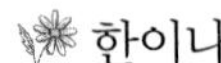 한이나

1994년 『현대시학』 등단
시집 『유리자화상』 『첩첩단풍 속』 『능엄경 밖으로 사흘 가출』 등 다수
한국시문학상, 서울문예상 대상, 내륙문학상, 2016년 세종우수도서 선정

갯바위

불 꺼진 어항이 파도에 젖는다 바다를 건져 올린 포장마차 주인이 물컹한 추억에 칼날을 넣는다 산 낙지가 행성을 탈출한다 개불은 사라진 개펄을 찾지 못해 남자의 목구멍 속으로 들어가고 가리비는 고향을 버렸다 치매가 기억을 데려간 것처럼

여자의 한쪽 몸이 기울어진다 파도가 콧대 높은 돌의 목덜미를 후려치며 백색 신호를 보내자 나는 검은 신호를 보낸다 작은 고깃배가 방파제를 뜯어 먹는다 갯바람이 수색을 나선다 밀물은 눈물의 높이를 남기고 썰물은 플랑크톤을 먹은 문어의 빨판으로 동해를 삼킨다 이주한 여자가 위태롭다 브래지어를 끊어낸 자리에 등대가 외눈을 깜빡인다 등명기가 광파를 연이어 보내자 토막 난 텔레파시는 각질로 쌓인다

게으른 바람이 갯바위를 출산한다 등을 쓸어주던 하얀 웃음이 제 꼬리를 자르고 뭍으로 내려온다 갈매기 무리가 돌의 뼈를 옥죈다 푸른 혀가 미역귀로 자란다

한희정

2010년 『한울문학』 등단
시집 『몽당붓 향기』
한국문인협회, 부산시인협회 회원
아남카라문인회 동인

봉숭아 사랑 · 23

한 장의 신문이면 커다란 방을 만든다
그 안에 가득 별을 담는다
그녀와 오늘도 별자리 여행을 떠난다
슬픈 오르페우스의 노래 거문고자리에 머물다가
칠석날의 아름다운 만남의 주인공인 독수리자리에 멈춘다

나란히 별을 향하여 누워본다
별이 우수수 떨어져 눈에 들어와 박힌다
이대로 누워 에녹*처럼 하늘에 들려지는 꿈도 꾸어본다
하늘이 와르르 가슴에 와 낳는다

그녀의 손을 살며시 잡아보는 순간
어느새 이렇게 메말랐을까 생각을 하다가
울컥 가슴이 메어진다.

* 에녹: 성경 속의 인물.

함용정

1998년 『문예한국』 등단
시집 『그리움』 외 동인시집 다수
갯벌작가상, 인천예총 공로상

겨울 편지

첫 추위가 왔다고
또 계절이 간다고
편지가 왔다

아직도 가슴 두근거리는
읽기도 전에 페이지가
다 녹아버리는

첫눈이 내리고 있다

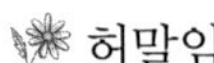 허말임

2005년 『문학산책』 등단
시집 『따라오는 먼 그림자』 『저 낮은 곳의 뿌리들』 『마음에 틈이 있다』 등 다수
제5회 불교청소년 도서저작상 수상
한국문인협회, 안양문인협회 회원

무지개를 사랑한 걸

무지개를 사랑한 걸
후회하지 말자

풀잎에 맺힌 이슬
땅바닥을 기는 개미
그런 미물을 사랑한 걸
결코 부끄러워하지 말자

그 덧없음
그 사소함
그 하잘것없음이

그때 사랑하던 때에
순금보다 값지고
영원보다 길었던 걸 새겨두자

눈멀었던 그 시간
이 세상 무엇과도 바꾸지 않을
기쁨이며 어여쁨이었던 걸
길이길이 마음에 새겨두자

허영자

1962년 『현대문학』 등단
시집 『얼음과 불꽃』 외 다수
목월문학상 외 다수 수상
한국시인협회 회장 역임

목화밭에서

하늘에 뭉게구름
떠 가고
먼 산에 나뭇잎
짙어갈 무렵

끝도 없이 넓은
덕바구 밭에
목화꽃 피어나

새들 들녘
벼 이삭
탐스레 피어날 때

다래가
주저리주저리 열리네

어정칠월
둥둥 팔월 한낮에
다래가
무르익어 터지면

하얀 솜털 꽃이
꽃 바다를 이루네

목화밭에서
목화 따는 소녀는

무지개 꿈 그리네
부푼 소망을 그리네.

海印 허혜자

2008년 『시사문단』 등단
시집 『푸른나무』 『연분홍겨울장미』, 전자시집 『연분홍 겨울장미』
시예술상 수상
한국문인협회, 국제펜한국본부 회원
한국문예학술저작권협회, 한국문학비평가협회 회원

어머니의 기도

주름진 두 손
합장하여 비나이다

시골로 시집간 큰 딸
손등 갈라지지 않게 비나이다

서울서 큰 회사 다니는 장남
출퇴근 길 화통하게 비나이다

배 타고 고기잡이 나간
막내아들 뱃길 바람 불지 않게 비나이다

우리 손자 손녀 학교에서
공부 잘하고 건강하게 비나이다

불쌍한 우리 영감
자식들에게 누가 되지 않게
나보다 먼저 편히 눈감게 비나이다

현항석

2007년 『시사문단』 등단
한국문인협회, 구로문인협회, 동작문인협회 회원
월간시사문단작가협회, 빈여백, 가래문학 동인
북한강문학비 건립추진위원

난행(難行)

여름 바다 밀물 썰물 속에서 몸살 중인 파도
해열제 찾는 데 정신 팔려서 제 목소리 거칠어지는 줄 모르고
온몸엔 셀 수 없는 멍투성이와 딱지뿐이다
똑같은 나날이 반복되는 불안을 삭이며
떠돈다, 결국 회복하지 못하고 바닷물과 하나가 되어
손가락으로 귓구멍을 후비거나 하늘을 멍하게 쳐다보다가
우연히 그날의 분화구 속으로 빠졌다
천둥 번개를 삼킨 폭풍우 속 소용돌이 호흡
심장이 터질 것 같다, 라는 몸짓이 파랗게 나부낄 때
너무 아늑하고 따뜻한 무중력 상태, 더 탐색하며 깔깔깔
500광년을 뛰어넘은 주파수 하얗게 여위었고
돌아보면 요란하게 뱃고동 소리가 달려온다

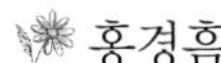

홍경흠

2003년 『현대시문학』 등단
경희대학교 총동문회 사자상, 공로상 수상
한국창작문학 편집운영위원장, 한국문인협회 해외발전위원
한국시인협회 · 국제펜한국본부 회원

자귀나무 꽃피다

당진 그녀의 창밖에서
사랑을 엿듣는 자귀나무 꽃

육칠월이면 어김없이
오랜 침묵과 기다림 끝에
밤마다 몸을 포갰다 편다

네가 와 닿는 순간
우주도 눈을 감는다

바늘 끝만큼의 틈도 없이
마침내 하나가 되는
몸과 영혼의 합일
그 어지러운 붉은 목숨
뼈와 살이 네게서 내게로
자꾸 투명해진다
생명의 합환체 의식이다

죽어서도 한 몸처럼
자귀나무가 되고 싶다는
그녀의 겁 없는 음모
오늘 밤도 창문을
떠나지 못하는 자귀나무 꽃
그 방 안이 궁금하다.

홍금자

1987년 『예술계』 등단
시집 『시간, 그 어릿광대』 외 15권
윤동주문학상, 한국문학상, 마포구문화상 외 다수 수상
국제펜한국본부, 한국여성문학회 이사
한국시인협회 상임위원, 한국문인협회평교운영위원장

사랑의 의미

스쳐 지나가는 바람도
무성한 콩밭에 그림자도
옛것이 아니건만
나는 추억에 홀리듯
유년을 보낸 그 자리에
멈추어 서있다

밤 주우러 갔다 옵빠시 쏘여
퉁퉁 부어오른 눈탱이에
된장 발라주시던 어머니한테
아껴 신으라던 꺼먹 고무신
나무 꼬챙이에 찢기어
마루 밑에 숨겨두었다는 말
아직도 못 하고

썰매 타다 얼음꺼져 젖은 솜바지
말린답시구 엉덩이 태워 먹고는
집 모퉁이에 떨고 섰는데
감기 걸리면 어쩌려고
게 그러고 섰느냐며
빙그레 웃으시던 아버지 얼굴이
자꾸만 생각난다.

홍기연

2014년 『문학세계』 등단
한국문인협회 회원
목란문학회 이사
광화문사랑방시낭송회 감사

삶

네가 올 것만 같아
무시로 치어다보던
하늘
땅거미 지는
오후 6시 30분이면
가슴 밑바닥 헤집고
올라오던 서러움

또 무시로 바람이
손짓하는 향방
실눈 뜨고

살금거리며

너 오는 소리
혹여 아니면
조바심 낸 세월

그러나
이미 오래전
내 안에
내가 널 생각한 순간
기다린 순간
그리움, 꿈으로
내 안 깊숙이 있었던

넌 보이지 않는
그 무엇이 아니라
존재하는 그 무엇
이미 나를 확인하는
살아 숨 쉬는 의미
움직이는 그 어떤
무엇이었던 것이다.

홍나영

『한비문학』 등단
시집 제11집 『내 마음의 파라다이스』
한국문인협회원, 대구문인협회원

가시나요

꽃물 들은 당신 마음
내 가슴에 묻어 두고
너 먼 길 어이 홀로 떠나가시나요
다시 못 올 그 먼 길 어찌 그리 가시나요

목이 멘 눈물바다 기약 없는 길
야멸차게 뿌리치고 어찌 그리 가시나요
치맛자락 부여잡고 배웅하지만
내딛는 걸음마다 하얀 국화꽃
훠이~ 훠이 흩뿌리며 떠나가네요

꽃동산 무릉도원 원초적 고향
복사꽃 만발하여 손짓하며 반기지만
개똥밭에 굴러도 이승이 낫다던데
기억 속에 잠이 든 당신 얼굴만
하늘가에 나타났다, 구름 속에 멀어지니
처마에 곱게 화등 걸고 향초롱 밝힐게요

어~혀!
가시나요, 진정 가시나요
주소는 하늘나라 꽃 편지로 보낼게요
그리워서 너무 많이 사랑한다고
꽃잎마다 수놓아 눈썹달로 부칠게요
만월로 차오르면 달빛으로 읽으시고
답장으로 화답할 때 소낙비로 뿌리세요
보고파서 얼룩져진 슬픈 눈물 감추게요

홍대복

2011년 『대한문학세계』 등단
시집 『초련화』
전국시인대회 장려상, 한국문학예술인 금상 수상
서울문화대상, 대한민국문예진흥대전 대상 수상
대한문인협회 경기지회장 역임
시가흐르는서울 부회장

슬픈 사랑

당신이 버거워
창문을 닫으니
달빛 되어 서성이다

빗장을 걸으니
바람 되어 밤새
창문을 흔들더니

침상에 누우면
꿈결로 다가와서
내 심장을
송두리째 앗아가 버린

당신 때문에
허수아비처럼
허공만 바라보다
또 하룻밤을 지새웁니다

無影 홍성수

2006년 『문예사조』 등단
시집 『나도 한번 소리 내어 울고 싶다』 『천 일의 숨소리』
문예사조문학상, 한내문학상본상 수상
한국민족문학가협회문학상 우수상 수상
한내문학 이사

그림자

그대와 나의 곡진한 사랑을 시샘하는 궂은 날엔
잠시 그대를 떠나 있지만
찬란한 빛 아래서 그대를 만나는 시간이 기다려집니다

빛이 기울어 그대를 떠나기 전
점점 멀어져 가는 그대를 보며 눈물짓지만
다시 만나는 기쁨의 아침을 위해 모든 걸 참아냅니다

강렬한 빛이 그대 머리 위에 내리비칠 때는
나 그대와 한 몸이 됩니다
그땐 그대의 단아한 모습, 아름다운 마음씨까지도
고스란히 옮겨 받고 싶습니다
우리는 서로의 목숨과도 같은 것
난 그대의 영혼 그 자체가 되고 싶습니다

먼 훗날
그대가 나를 영영 버리는 날 올지라도
한사코 그대 곁을 떠나지 않을 겁니다

 홍순선

2015년 『서정문학』 등단
한국문인협회 회원
동해문학 회원

유리그릇

속까지 들여다보이는 데도
그녀의 마음을 아직까지
나는 읽을 수가 없다

말갛게 속내까지 내보이는 그녀에게
나는 왜 선뜻 다가서질 못하는지

다정한 듯 싸늘한
늘 나를 외롭게 하던
그의 눈빛이 이랬던가

쨍그랑
쨍그랑

함부로 어울리질 못하는 게
그녀의 흠이란 걸
차갑고 매끄러운 게
언제나 그녀의 불안이란 걸 안다

그녀에게 안겨
뜨겁게 달아오른 내 마음만
붉게 타오를 뿐

이 취기 다하도록 찬미하기엔
그녀는 너무나 맑고 투명하다
마음이 시리도록 황홀하다

홍은숙

1991년 『순수문학』 등단
한국문인협회 회원

어머니 사랑합니다

어머니 사랑합니다
천 번을 불러봐도
참정이 찾아옵니다
8남매 낳아 길러 가르쳐주신
초아의 사랑하는 어머니
고운 얼굴 검은 얼굴 되신
팔순 중반 희생의 어머니
무병장수 건강하시도록
불효자식들은 빌고 빕니다

어머니! 사랑합니다!
손잡아보고 가슴에 묻혀
사랑의 정을 느껴봅니다
밭 매시고 모 심던 그 옛날
부지런하시던 어머니
눈 밝아 호롱불 등잔 아래
한복, 이불 바느질하시던 어머니
자식, 손자, 증손녀 자손들
정심으로 모시고 효도하렵니다

어머니! 사랑합니다
주름살 얼굴, 손가락마다 굵어
너무나 많이 늙으셨습니다
바다처럼 넓고 산처럼 높도록
인정 베풀고 큰 덕 이루신 어머니

평생 자식들 사랑과 근심에
더 늙으신 사랑의 어머니시여!
어머니 정 체온 속에 살면서
자식들은 감사하고 영광 올립니다

홍춘표

2003년 『공무원문학』 등단
시집 『소나무처럼 넝쿨처럼 살고 싶다』
한국문인협회 구로지부장
계간문예작가회 부회장, 마포경우회 회장

사랑

번개 치고
천둥 울고
벼락 때리는

국지성
집중 호우

또는
회오리바람

홍해리

1969년 시집 『투망도投網圖』 를 내어 등단
시집 『치매행致梅行』 『바람도 구멍이 있어야 운다』 『매화에 이르는 길』 외 다수

첫사랑

한 계절 비운 가지
첫눈을 못 이긴다

휘어진다

아무도 없던 빈 마음
네가 들어왔다

무너진다

오장육부가
다 녹아내린다

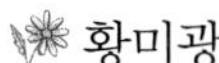

황미광

시집 「지금 나는 마취중이다」 외 공저, 논문집 다수
뉴욕주정부 여성교육자상, 올해의 한인상 수상
한국문인협회, 국제펜한국본부 회원
「미주한인 이민 백년사」 출판위원장, 코리아타임즈 발행인 역임

사랑 빚 갚기

말로는
사랑의 실천을
어떻게 하는 것인지를 못 할 사람 어
디 있겠나

아이들 앞에서 사랑을 말했네
이 세상에서 제일 큰 사랑은
주는 것
정렬의 붉은 살붙이
자기 몸을 아낌없이 빼주는 것

흔치 않은 기회가 왔어도
몸이 아파, 컨디션이 안 좋아
핑계로 뒤로 미루고 피하고 말았었네

기분 좋은 봄비 내리는 아침
산골까지 찾아온 적십자버스
마음 내켜
선뜻 내민 팔뚝

따끔한 바늘 상쾌하고
속 시원히 몸속을 뚫고 나와
담겨지는 내 붉은 정열의 몸붙이
사랑스럽게 자랑스럽게 담기네

사랑은 용기가 필요하다네
주머니 가득 넘치는 끓는 용기가

소싯적 총상으로 쓰러져
심한 출혈로 허덕일 때
내 몸을 채워 새 생명 얻게 한
전우들의 용기와 사랑의 피

이제 겨우 마음 속 빚을 갚았네

나이 들었다고 조금밖에 못 한
320ml의 사랑의 실천.

황봉

(본명 황행일)
1992년 『문학세계』 등단
시집 『백령일기』 『뫼비우스띠 위의 무당벌레』
경기문학상(공로), 제1회 포천문학상 수상
한국문인협회 포천지부 창립발기인, 초대 부지부장 역임, 고문
창변문학동인

정말이다

세상 강물이
다 흘러들어도
바다는
여전히 짠맛이다
그것은
그대 향한
내 마음이다
정말이다

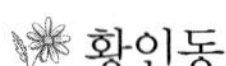 황인동

1991년 『대구문학』 등단
시집 『뻔한 일』 외
대구문인협회 부회장
경북문화예술관장

피와 살

세상은 슬픈 것뿐이지요
백 가지 좋은 것과 만나도
한 가지 슬픈 것을 접하게 되면
세상 모든 것이 슬픈 것입니다

천 번의 사랑을 노래해도
한 번의 슬픈 이별을 노래한다면
그 사랑의 끝은 이별입니다

오늘도 내 사랑을 보며 웃었지요
한 번도 이별을 노래한 적은 없지만
행여 잠꼬대라도 이별을 말할까 봐
가슴 졸이고 목젖이 탑니다

믿음 없는 사랑은 놀이이고
밤낮이 다른 사랑도 장난이지요
사랑이 장난이나 놀이처럼
재미로 하는 것은 절대 아닙니다

사랑은 피와 살입니다
공기나 햇빛보다 중요한 것이고요
믿음 속에서만 그 빛을 발하게 되지요
그런 사랑이 행여 끝나기라도 할라치면
살아도 죽은 것과 같으니
참으로 아름답고 슬픈 것이 사랑입니다

황진주

1990년 「문예사조」 등단
시집 「고래도 슬날에는 깊은 바다에서」 외 다수
한국문인협회 회원